HENRY JAMES

A HERDEIRA

Título original: *Washington Square*
copyright da tradução © Editora Lafonte Ltda. 2021

Todos os direitos reservados.
Nenhuma parte deste livro pode ser reproduzida por quaisquer meios existentes sem autorização por escrito dos editores.

Direção Editorial *Ethel Santaella*

REALIZAÇÃO

GrandeUrsa Comunicação

Direção *Denise Gianoglio*
Tradução *Otavio Albano*
Revisão *Diego Cardoso*
Capa, Projeto Gráfico e Diagramação *Idée Arte e Comunicação*

```
Dados Internacionais de Catalogação na Publicação (CIP)
       (Câmara Brasileira do Livro, SP, Brasil)

    James, Henry
       A herdeira / Henry James ; tradução Otavio
    Albano. -- São Paulo : Lafonte, 2021.

       Título original: Washington Square
       ISBN 978-65-5870-085-2

       1. Ficção norte-americana I. Título.

21-62293                                   CDD-813
```

Índices para catálogo sistemático:

1. Ficção : Literatura norte-americana   813

Cibele Maria Dias - Bibliotecária - CRB-8/9427

Editora Lafonte
Av. Profª Ida Kolb, 551, Casa Verde, CEP 02518-000, São Paulo-SP, Brasil — Tel.: (+55) 11 3855-2100
Atendimento ao leitor (+55) 11 3855-2216 / 11 3855-2213 — atendimento@editoralafonte.com.br
Venda de livros avulsos (+55) 11 3855-2216 — vendas@editoralafonte.com.br
Venda de livros no atacado (+55) 11 3855-2275 — atacado@escala.com.br

HENRY JAMES

A Herdeira

Tradução
Otavio Albano

Brasil,
2021

Lafonte

I

Durante alguns anos da primeira metade deste século, e mais particularmente durante sua última parte, prosperou e exerceu na cidade de Nova Iorque um médico que talvez tenha desfrutado de uma considerável parcela da consideração que, nos Estados Unidos, sempre foi concedida a membros ilustres da classe médica. Tal profissão, na América, é tida em grande conta e, com mais sucesso do que em qualquer outro lugar, tem reivindicado o epíteto de "liberal". Em um país no qual, para ter um destaque na sociedade, é preciso ganhar um ordenado ou fingir que o ganha, a arte da cura tem parecido combinar duas fontes reconhecidas de crédito. Ela pertence ao domínio do pragmatismo, o que nos Estados Unidos é altamente recomendável; e é tocada pela luz da ciência – um mérito apreciado em uma comunidade onde o amor ao conhecimento nem sempre foi acompanhado pela disponibilidade de tempo e de oportunidades. Um dos componentes da reputação do dr. Sloper era o fato de que sua erudição e suas habilidades estavam equilibradas de maneira muito uniforme; era o que se poderia chamar de médico acadêmico, mas nada havia de abstrato em seus medicamentos – ele sempre lhe receitaria alguma coisa. Embora fosse considerado extremamente meticuloso, ele não era desagradavelmente teórico e, se às vezes explicava algumas questões de maneira mais minuciosa do que poderia parecer útil ao paciente, nunca foi tão longe (como alguns de seus colegas de quem já se ouviu falar) a ponto de fiar-se apenas em sua explicação, prescrevendo sempre alguma receita incompreensível. Havia médicos que apresentavam a receita sem dar nenhuma explicação; e ele também não pertencia a essa classe, que era, afinal, a mais comum. Verão que estou descrevendo um homem inteligente; e esta é realmente a razão pela qual o dr. Sloper tornou-se uma celebridade local.

No momento em que nos interessamos particularmente por ele, tinha cerca de cinquenta anos de idade, e sua popularidade estava no auge. Era muito espirituoso e, na mais aclamada sociedade de Nova Iorque, passava por um homem do mundo – o que, de fato, era, em grau suficiente. Apresso-me a acrescentar, para antecipar possíveis equívocos, que ele não era de nenhuma forma um charlatão. Era um homem completamente honesto – honesto a tal ponto que talvez nunca tenha tido a oportunidade de mostrar quanto; e, deixando de lado o bom coração do círculo em que trabalhava, que gostava muito de gabar-se de possuir o médico "mais brilhante" do país, ele justificava diariamente os talentos que lhe eram atribuídos pela voz do povo. Era um observador, até mesmo um filósofo, e ser brilhante era-lhe tão natural e (como dizia o clamor popular) tão fácil que ele nunca tinha a intenção de produzir qualquer impacto, e nem usava dos truques e ostentações das reputações de segunda categoria. É preciso admitir que a sorte o favorecera e que o caminho da prosperidade foi-lhe muito fácil de trilhar. Casara-se aos vinte e sete anos, por amor, com uma garota muito encantadora, a srta. Catherine Harrington, de Nova Iorque, que, além de seus encantos, trouxera-lhe um sólido dote. A sra. Sloper era amável, graciosa, habilidosa, elegante e, em 1820, fora uma das belas moças da pequena, mas promissora capital que se estendia em torno do Battery[1], com vista para a baía e cujos limites mais ao norte eram indicados pelas margens cobertas pela relva da Canal Street. Mesmo aos 27 anos, Austin Sloper já deixara sua marca, o suficiente para atenuar a anomalia de ter sido escolhido entre uma dúzia de pretendentes por uma jovem da alta sociedade, que tinha dez mil dólares de renda e os olhos mais encantadores da ilha de Manhattan. Tais olhos, e alguns de seus acompanhamentos, foram por cerca de cinco anos fonte de extrema satisfação para o jovem médico, que era ao mesmo tempo um marido devotado e muito feliz.

O fato de ter se casado com uma mulher rica não fazia diferença no rumo que traçara para si mesmo, e ele empenhou-se em sua profissão com um propósito tão definido quanto se ainda não tivesse outros recursos além de sua parcela do modesto patrimônio que compartilhara com os irmãos e irmãs quando da morte de seu pai. Tal propósito não era preponderantemente ganhar dinheiro – mas, antes, aprender algo e fazer algo. Aprender algo interessante, e fazer algo útil – era esse, a grosso modo, o plano que havia esboçado, e cuja validade parecia-lhe de modo nenhum modificada pela eventualidade de sua esposa ter rendimentos. Ele gostava de seu trabalho e de exercer uma qualificação que conscientemente lhe agradava, e isso era uma verdade tão patente que, se não fosse médico, não haveria outra coisa que poderia ser, e insistia então em ser médico nas melhores condições possíveis. Certamente sua situação doméstica poupou-lhe de muito trabalho duro, e a associação de sua esposa com as "melhores pessoas" trouxe-lhe muitos daqueles pacientes cujos sintomas são, se não mais interessantes

---

1 Battery (atualmente chamado The Battery) é um antigo aterro sanitário transformado em parque urbano no extremo sul da ilha de Manhattan, em Nova Iorque, com vista para a baía do rio Hudson e a Estátua da Liberdade. (N. do T.)

em si mesmos do que os das classes mais baixas, pelo menos eram expostos de forma mais consistente. Ele ansiava por experiência e, ao longo de vinte anos, obteve bastante. Devemos acrescentar que ela surgiu sob formas que, independentemente de seu valor intrínseco, eram o oposto de boas-vindas. Seu primeiro filho, um garotinho que gerou extraordinária expectativa, em quem o doutor, mesmo não sendo dado a entusiasmos banais, tinha muita fé, morreu aos três anos, apesar de tudo que a ternura da mãe e a ciência do pai puderam inventar para salvá-lo. Dois anos depois, a sra. Sloper deu à luz um segundo bebê – um bebê cujo gênero tornava a pobre criança, na concepção do doutor, um substituto inadequado para seu lastimado primogênito, a quem ele prometera tornar um homem admirável. A menina era uma decepção; mas isso não foi o pior. Uma semana depois de seu nascimento, a jovem mãe, que, como é costume dizer, passava bem, subitamente apresentou sintomas alarmantes e, antes que outra semana se passasse, deixou Austin Sloper viúvo.

Para um homem cujo ofício era manter as pessoas vivas, ele certamente saíra-se mal em sua própria família; e um médico brilhante, que em menos de três anos perde sua esposa e seu filho, deveria talvez estar preparado para ter sua habilidade ou sua dedicação contestada. Nosso amigo, no entanto, escapou das críticas: isto é, escapou de todas as críticas, exceto das suas, que eram muito mais competentes e desafiadoras. Ele viveu sob o peso dessa censura muito particular durante o resto de seus dias, e carregou para sempre as cicatrizes de um castigo que lhe foi imposto pela mão mais forte que conhecia na noite que se seguiu à morte de sua esposa. O mundo que, como já dissera, apreciava-o, sentia pena demais dele para ser irônico; seu infortúnio tornava-o ainda mais interessante e até ajudava-o a manter seu renome. Comentava-se que até mesmo as famílias de médicos não podem escapar das formas mais insidiosas de doenças e que, afinal, o dr. Sloper havia perdido outros pacientes além dos dois que mencionei; o que constituía um honroso precedente. Sua filhinha continuava com ele e, embora não fosse o que desejara, ele decidiu torná-la o melhor possível. Ele tinha em mãos um estoque de autoridade por despender, do qual a criança, em seus primeiros anos, abusou largamente. Ela, evidentemente, recebera o nome de sua pobre mãe e, mesmo quando ainda era um minúsculo bebezinho, o doutor sempre a chamou de Catherine. Ela cresceu robusta e saudável e seu pai, ao olhar para ela, muitas vezes dizia para si mesmo que, do jeito que ela era, ao menos ele não precisava ter medo de perdê-la. Digo "do jeito que ela era" porque, para dizer a verdade... Mas esta é uma verdade que vou demorar mais um pouco para contar.

II

Quando a criança tinha por volta de dez anos, o médico convidou sua irmã, a sra. Penniman, a vir ficar com eles. As mulheres da família Sloper eram apenas duas, e ambas se casaram cedo. A mais jovem, de nome sra. Almond, era a esposa de um próspero comerciante e mãe de uma família promissora. Ela própria muito prometia e, de fato, era uma mulher graciosa, tranquila e razoável, e a favorita de seu inteligente irmão, que, em matéria de mulheres, mesmo quando eram suas parentes próximas, era um homem de preferências nítidas. Ele preferia a sra. Almond a sua irmã Lavinia, que se casara com um clérigo pobre, de compleição doentia e um estilo rebuscado de eloquência, e então, aos trinta e três anos, viu-se viúva, sem filhos, sem fortuna – com nada além da lembrança dos floreios do discurso do sr. Penniman, cujo vago aroma pairava sobre sua própria fala. Ainda assim, ele oferecera-lhe um lar sob seu próprio teto, que Lavinia aceitou com a vivacidade de uma mulher que passou os dez anos de sua vida de casada na cidade de Poughkeepsie[2]. O doutor não propusera à sra. Penniman vir morar com ele indefinidamente; ele sugerira que ela se abrigasse em sua casa enquanto procurava por acomodações sem mobília. Não se sabe se a sra. Penniman alguma vez chegou a procurar por acomodações sem mobília, mas é incontestável que ela nunca as encontrou. Instalou-se com seu irmão e nunca mais partiu e, quando Catherine tinha vinte anos, sua tia Lavinia ainda era uma das atrações mais notáveis entre as pessoas que lhe eram mais próximas.

A versão da própria sra. Penniman acerca do assunto era que ela permanecera para cuidar da educação de sua sobrinha. Ao menos, ela apresentara essa versão a todos menos ao doutor, que nunca lhe pediu explicações que ele mesmo poderia perder tempo inventando qualquer dia. Além disso, embora tivesse boa dose de uma espécie de falsa segurança, a sra. Penniman evitava, por razões indefiníveis, mostrar-se ao irmão como fonte de instrução. Ela não tinha grande senso de humor, mas tinha o suficiente para evitar incorrer nesse erro; e seu irmão, por sua vez, tinha o suficiente para perdoá-la, dada sua situação, por ter de sustentá-la durante parte considerável de sua vida. Por isso, ele implicitamente concordou com a declaração que a sra. Penniman lhe formulara implicitamente, de que era importante que a pobre garota órfã de mãe tivesse uma mulher brilhante por perto. Seu consentimento só poderia ter sido implícito, já que ele nunca ficara deslumbrado com o brilho intelectual de sua irmã. A não ser quando ele se apaixonou por Catherine Harrington, ele nunca ficara deslumbrado por quaisquer características femininas; e, embora fosse até certo ponto o que se chama de médico de senhoras, sua opinião particular acerca do sexo mais complicado não era uma opinião

---

2 Cidade a cerca de cem quilômetros ao norte da cidade de Nova Iorque, com aproximadamente trinta mil habitantes em 2019. (N. do T.)

exaltada. Ele considerava suas complicações mais curiosas do que edificantes e tinha uma ideia da beleza da razão que era, de modo geral, muito pouco corroborada pelo que observava em suas pacientes. Sua esposa havia sido uma mulher racional, mas era uma brilhante exceção; entre as várias coisas das quais ele tinha certeza, esta talvez fosse a principal. Tal convicção, certamente, em pouco contribuía para aliviar ou encurtar sua viuvez; e impunha-lhe um limite à sua capacidade de reconhecer, na melhor das hipóteses, as perspectivas de Catherine e a ajuda da sra. Penniman. No entanto, ao final de seis meses, ele aceitou a presença permanente da irmã como fato consumado e, à medida que Catherine crescia, percebeu que havia de fato boas razões para que ela tivesse uma companhia de seu próprio sexo imperfeito. Ele era extremamente educado com Lavinia, educado de uma maneira formal e meticulosa; e ela nunca o vira enfurecer-se a não ser uma única vez em sua vida, quando perdeu a paciência em uma discussão teológica com seu falecido marido. Com ela, ele nunca chegou a discutir teologia, nem, na verdade, o que quer que fosse; contentava-se em dar a conhecer, muito claramente, sob a forma de um perspicaz comunicado, suas aspirações em relação a Catherine.

Certa vez, quando a menina tinha cerca de doze anos, disse-lhe:

— Tente fazer dela uma mulher inteligente, Lavinia; eu gostaria que ela fosse uma mulher inteligente.

Ao ouvir isso, a sra. Penniman pareceu refletir por um momento. — Meu querido Austin — ela perguntou —, você acha que é melhor ser inteligente do que ser bom?

— Bom para quê? — perguntou o doutor. — Não servimos para nada, a não ser que sejamos inteligentes.

Diante dessa afirmação, a sra. Penniman não viu razão para discordar; possivelmente chegou à conclusão de que sua grande utilidade no mundo devia-se à sua aptidão para muitas coisas.

— Certamente desejo que Catherine seja boa — disse o doutor no dia seguinte. — Mas ela não será menos virtuosa por não ser tola. Não tenho medo de que ela seja má; ela nunca terá uma pitada sequer de maldade em seu caráter. Ela é tão boa quanto um bom pão, como dizem os franceses; mas daqui a seis anos não quero ter de compará-la com um bom pão com manteiga.

— Você tem medo de que ela se torne insípida? Meu caro irmão, sou eu quem lhe fornece a manteiga; então não precisa ter medo! — disse a sra. Penniman, que assumira para si as aptidões da criança, vigiando-a ao piano, onde Catherine demonstrava certo talento, e acompanhando-a à aula de dança, onde deve-se admitir que ela não se destacava.

A sra. Penniman era uma mulher alta, magra e clara, um tanto quanto apagada, mas com um temperamento completamente amável, um alto grau de gentileza, um gosto por literatura leve e um certo desvio de caráter tolo. Ela era romântica, era sentimental, tinha paixão por pequenos segredos e mistérios – uma paixão muito inocente, pois seus segredos sempre foram tão pouco práticos quanto ovos podres. Ela não era completamente sincera; mas esse defeito não tinha grandes consequências, já que ela nunca tivera nada a esconder. Ela gostaria de ter tido um amante, e de se corresponder com ele sob um nome falso, por meio de de cartas deixadas em alguma loja; sou obrigado a dizer que sua imaginação nunca levou a intimidade muito além disso. A sra. Penniman nunca teve um amante, mas seu irmão, que era muito astuto, entendia o que se passava em sua mente. "Quando Catherine tiver cerca de dezessete anos", dizia a si mesmo, "Lavinia tentará persuadi-la de que algum jovem de bigode está apaixonado por ela. Isso não será realmente verdade; nenhum jovem, com bigode ou sem ele, se apaixonará por Catherine. Mas Lavinia vai assumir que tudo é real e falará com ela a respeito; talvez chegue até mesmo a falar comigo, se seu gosto por operações clandestinas não prevalecer. Catherine não verá o mesmo que ela e, felizmente para sua paz de espírito, acabará não acreditando; a pobre Catherine não é romântica".

Ela era uma criança saudável e bem crescida, sem nenhum traço da beleza de sua mãe. Não era feia; simplesmente tinha um semblante comum, enfadonho e gentil. O máximo que já se dissera a seu respeito era que tinha um rosto "simpático" e, embora fosse uma herdeira, ninguém jamais pensara em considerá-la uma beldade. A opinião de seu pai sobre sua pureza moral era amplamente justificada; ela era completa e imperturbavelmente boa; afetuosa, dócil, obediente e bastante inclinada a dizer a verdade. Quando mais nova, era muito travessa e, apesar de ser uma estranha confissão a se fazer sobre a heroína de um romance, devo acrescentar que ela era muito comilona. Que eu saiba, ela nunca chegou a roubar passas da despensa; mas gastava todo o seu dinheirinho comprando bolos de creme. Em relação a isso, no entanto, uma atitude de censura seria inconsistente com uma referência inocente aos primeiros anos de qualquer biógrafo. Catherine, decididamente, não era inteligente; ela não era rápida com seus livros nem, na verdade, com coisa alguma. Mas não era deficiente de algum modo anormal, e reuniu conhecimento suficiente para comportar-se de maneira respeitável nas conversas com seus contemporâneos, entre os quais – deve-se reconhecer, entretanto – ocupava um lugar secundário. E sabe-se muito bem que, em Nova Iorque, é possível para uma jovem ocupar o lugar principal. Catherine, que era extremamente modesta, não tinha o desejo de brilhar e, na maioria das chamadas ocasiões sociais, seria encontrada no fundo, à espreita. Ela gostava imensamente do pai, e tinha muito medo dele; considerava-o o mais inteligente, bonito e célebre dos homens. A pobre garota contentava-se de tal forma com o exercício de seu afeto que o mínimo tremor de medo que se misturava à sua paixão filial dava-lhe um sabor extra, em vez de enfraquecê-la. Seu desejo mais profundo era agradá-lo e sua concepção de felicidade era saber que conseguira fazê-lo. Ela nunca tivera sucesso além de um certo ponto. Embora, no geral, ele fosse muito gentil com ela, Catherine tinha perfeita consciência disso e ir além desse certo ponto parecia-lhe algo que faria sua vida ter valor. O que ela não suportaria saber, certamente, era que ela o desapontava, embora em três ou quatro ocasiões o doutor quase fora franco a esse respeito.

Ela cresceu tranquila e confortavelmente, mas aos dezoito anos a sra. Penniman ainda não conseguira fazer dela uma mulher inteligente. O dr. Sloper adoraria orgulhar-se de sua filha; mas não havia nada do que se orgulhar na pobre Catherine. É claro que também não havia nada do que se envergonhar; mas isso não bastava para o doutor, que era um homem orgulhoso e teria gostado de poder pensar que sua filha era uma garota incomum. Teria sido algo natural caso ela fosse bonita e graciosa, inteligente e distinta; pois sua mãe havia sido uma mulher extremamente encantadora em seus poucos dias e, quanto a seu pai, ele certamente conhecia o próprio valor. Tinha momentos de irritação por ter gerado uma criança comum e, às vezes, chegava ao ponto de ter certa satisfação em pensar que sua esposa não vivera o bastante para descobrir as limitações da filha. Naturalmente, ele mesmo demorou a fazer semelhante descoberta, e só depois que Catherine tornou-se uma jovem dama é que considerou o assunto tal como era. Ele deu-lhe o benefício de inúmeras dúvidas; não tinha pressa de chegar a uma conclusão. A sra. Penniman frequentemente garantia-lhe que a filha tinha uma natureza encantadora; mas ele sabia como interpretar essas garantias. Elas significavam, em sua opinião, que Catherine não era sábia o suficiente para descobrir que sua tia era uma tola – uma limitação mental que não poderia deixar de ser conveniente para a sra. Penniman. Tanto ela quanto o irmão, no entanto, exageraram nas limitações da jovem; pois Catherine, embora gostasse muito de sua tia e tivesse consciência da gratidão que lhe devia, olhava-a sem a mínima parcela do leve temor que imprimia sua marca à admiração pelo pai. Para ela, nada havia de extraordinário na sra. Penniman; de certo modo, Catherine viu-a por completo imediatamente, e não ficou deslumbrada com o que vira; ao passo que as grandes aptidões do pai lhe pareciam, à medida que se expandiam, perder-se em uma espécie de ambiguidade luminosa que indicava não que haviam cessado de alargar-se, mas que a mente de Catherine não era mais capaz de segui-las.

Não se deve supor que o dr. Sloper manifestasse sua decepção à pobre garota, nem que a deixasse suspeitar que ela o decepcionava. Pelo contrário, com medo de ser-lhe injusto, ele cumpria seu dever com zelo exemplar e admitia que ela era uma filha leal e afetuosa. Além disso, ele era um filósofo; fumara muitos charutos pensando em seu desapontamento e, com o passar do tempo, acostumou-se com a ideia. Contentou-se em não ter expectativas, embora, de fato, o fizera com uma certa singularidade no raciocínio. "Não espero nada," dizia para si mesmo, "de modo que, se ela acabar me surpreendendo, tudo ficará em paz novamente. Se isso não acontecer, não haverá perdas". Tudo isso se passou quando Catherine completara dezoito anos, e assim pode-se ver que seu pai não fora precipitado. Nessa época, ela parecia não apenas incapaz de surpreendê-lo; a questão era saber se ela seria capaz de surpreender a si mesma – sendo ela tão tranquila e apática. As pessoas que se expressavam com grosseria chamavam-na de letárgica. Mas ela era apática por ser tímida, desconfortável e dolorosamente tímida. Nem sempre a compreendiam e, às vezes, ela passava a impressão de ser insensível. Na verdade, era a criatura mais amável do mundo.

III

Quando criança, ela prometia ser alta, mas, aos dezesseis anos, parou de crescer e sua estatura, como a maioria de suas características, não era incomum. No entanto, ela era forte, bem-feita e, felizmente, sua saúde era excelente. Já foi dito que o doutor era um filósofo, mas eu não responderia por sua filosofia caso a pobre menina tivesse se mostrado uma pessoa doente e sofredora. Sua aparência saudável constituía sua principal pretensão de beleza, e sua tez clara e fresca, em que cada tom branco e vermelho era distribuído de maneira muito equilibrada, era, de fato, algo primoroso de se ver. Seus olhos eram pequenos e calmos, suas feições um tanto quanto duras, seus cabelos castanhos e lisos. Uma garota comum e sem graça, era como os críticos mais rigorosos a chamavam — uma garota quieta e elegante, por aqueles mais criativos; mas por nenhum deles era examinada com mais afinco. Quando finalmente convenceu-se de que era uma jovem dama — o que demorou certo tempo para que ela aceitasse —, subitamente desenvolveu um vívido interesse por vestidos: um vívido interesse é a expressão adequada a usar. Sinto como se devesse escrever a esse respeito em letras miúdas, pois sua opinião nesse assunto não era infalível; estava sujeita a confusões e embaraços. A grande satisfação que tinha com o que vestia era, de fato, o desejo de se manifestar de um espírito reprimido; ela procurava ser eloquente com suas roupas, compensando a timidez no falar com a franqueza no vestir. Mas se ela se expressava com suas roupas, é certo que as pessoas não tinham culpa por não considerá-la uma pessoa espirituosa. Deve-se acrescentar que, embora ela fosse herdar uma fortuna – o dr. Sloper há muito tempo ganhava vinte mil dólares anuais com sua profissão e poupava metade desse montante –, a quantidade de dinheiro à sua disposição não era maior do que a renda de muitas garotas pobres. Naquela época, em Nova Iorque, havia ainda muitas velas acesas no templo da simplicidade republicana, e o dr. Sloper ficaria feliz em ver sua filha apresentar-se, com uma elegância clássica, como uma sacerdotisa dessa moderada doutrina. Quando estava sozinho, ele chegava a torcer o nariz só de pensar que uma filha sua pudesse, ao mesmo tempo, ser feia e se vestir de maneira espalhafatosa. Ele mesmo gostava das coisas boas da vida, e fazia uso considerável delas; mas tinha aversão tanto à vulgaridade quanto à teoria de que ela estava aumentando na sociedade que o rodeava. Além disso, há trinta anos o conceito de luxo nos Estados Unidos não era de modo nenhum levado tão a sério quanto hoje, e o astuto pai de Catherine tinha uma visão antiquada sobre a educação dos jovens. Ele não tinha nenhuma teoria específica acerca desse assunto; ainda não havia se tornado uma necessidade de autodefesa ter uma coleção de teorias. Apenas parecia-lhe adequado e razoável que uma jovem bem-nascida não devesse carregar metade de sua fortuna nas costas. As costas de Catherine eram largas e teriam carregado boa parte dela; mas, para não dar nenhum desgosto ao pai, ela nunca ousou expô-las, e foi apenas aos vinte anos de idade que nossa heroína se presenteou com um vestido de noite de cetim vermelho enfeitado com franjas douradas, embora fosse uma peça que ela, durante muitos anos, cobiçara em segredo. Ao vesti-lo, ficava com a aparência de uma mulher de trinta anos; mas, curiosamente, apesar de seu fraco por roupas finas, não tinha um pingo de elegância e, quando as usava, preocupava-se se as roupas pareceriam bem, e não ela mesma. Aqui há um ponto no qual a história não foi explícita, mas a hipótese é certa; foi usando o traje real que ela se apresentou em uma pequena festa oferecida por sua tia, a sra. Almond. A garota estava então no auge de seus vinte e um anos, e a festa da sra. Almond foi o início de algo muito importante.

Cerca de três ou quatro anos antes disso, o dr. Sloper havia transferido sua residência para a parte alta da cidade, como dizem em Nova Iorque. Vivera desde o casamento em um edifício de tijolos vermelhos, com arremates de granito e uma enorme claraboia sobre a porta, em uma rua a cinco minutos a pé da prefeitura, que vivera seus melhores dias (do ponto de vista social) por volta de 1820. Depois disso, a tendência passou a ser estabelecer-se em direção ao norte, já que, de fato, graças ao estreito escoadouro por onde a cidade de Nova Iorque flui, esse é o sentido obrigatório de crescimento, com o tráfego fluindo à direita e à esquerda da Broadway. Na época em que o doutor mudou de residência, o sussurro do comércio já se tornara um poderoso tumulto, o que era música aos ouvidos de todos os bons cidadãos interessados no desenvolvimento comercial de, como gostavam de chamá-la, sua afortunada ilha. O interesse do dr. Sloper nesse fenômeno era apenas indireto — embora vendo que, com o passar dos anos, metade de seus pacientes passou a ser de homens de negócios ocupadíssimos, ele poderia ter sido mais direto — e, quando a maioria das moradias de seus vizinhos (também decoradas com arremates de granito e enormes claraboias) foi convertida em escritórios, armazéns e agências marítimas, ou de alguma forma adaptada para algum tipo de uso comercial, ele decidiu procurar um lugar mais tranquilo. O lugar ideal para uma reclusão calma e refinada, em 1835, foi encontrado em Washington Square, onde o doutor construiu para si uma bela e moderna casa, com ampla fachada, um grande balcão diante das janelas da sala de estar e um lance de escadas de mármore que dava acesso a um pórtico igualmente revestido com mármore branco. Tal estrutura, e muitas outras da vizinhança, com as quais se assemelhava com bastante exatidão, deveriam, quarenta anos atrás, incorporar os últimos avanços da ciência arquitetônica e permanecem, até hoje, sendo moradias muito dignas e sólidas. Diante delas estava a praça, com uma quantidade considerável de vegetação barata, cercada por uma cerca de madeira que só aumentava seu aspecto rural e popular; e, virando a esquina, situava-se a parte mais majestosa da Quinta Avenida, que nascia neste ponto com um ar amplo e confiante, já anunciando seus grandiosos destinos. Não sei se é devido à doçura de antigas reminiscências, mas esta parte de Nova Iorque parece ser a mais agradável para muitas pessoas. Há nela uma espécie de sossego institucionalizado que não é frequente em outros cantos da longa e estridente cidade; e há também uma aparência mais madura, mais rica e respeitável do que em qualquer outra das ramificações ao norte da grande via principal – a aparência de ter possuído alguma história social. Foi aqui, como fontes fidedignas devem ter-lhe informado, que você veio a um mundo que parecia oferecer uma variedade de fontes de interesse; foi aqui que sua avó viveu, em respeitosa solidão, e prestou certa hospitalidade que enaltecia tanto a imaginação quanto o paladar das crianças; foi aqui que você deu seus primeiros passeios fora de casa, seguindo a babá com passos desiguais e exalando o estranho perfume dos ailantos[3], que, à época, eram a principal fonte de sombra da praça, e espalhavam um aroma que você ainda não tinha senso crítico suficiente para detestar como merecido; foi aqui, enfim, que sua

---

3 Também conhecida como árvore-do-céu, espécie nativa da China e levada para a Europa e a América do Norte em meados do século XVIII. (N. do T.)

primeira escola, mantida por uma velha senhora de busto e corpo largos e uma palmatória à mão – que sempre tomava chá em uma xícara azul, com um pires que não lhe fazia par –, alargou o círculo tanto de suas observações quanto de suas sensações. Foi aqui, de qualquer forma, que minha heroína passou muitos anos de sua vida; o que é minha desculpa para estes parênteses topográficos.

A sra. Almond morava mais ao norte da cidade, em uma rua embrionária com numeração alta – uma região onde a extensão da cidade começava a assumir um aspecto teórico, onde os álamos cresciam ao lado do asfalto (quando havia algum) e fundiam suas sombras aos telhados inclinados das esparsas casas em estilo holandês, e onde os porcos e galinhas divertiam-se nas sarjetas. Agora, esses elementos característicos da vida rural desapareceram totalmente do cenário das ruas de Nova Iorque; mas ainda podiam ser encontrados na memória das pessoas de meia-idade, em bairros que, hoje em dia, envergonhariam-se de tal lembrança. Catherine tinha muitos primos – incluindo os filhos de sua tia Almond, que eram nove – e gozava de considerável intimidade com eles. Quando era mais nova, os primos tinham bastante medo dela; acreditavam que fosse, como é costume dizer, altamente educada, e qualquer pessoa que morasse com sua tia Penniman refletiria certa grandiosidade. A sra. Penniman, entre as crianças da família Almond, era muito mais objeto de admiração do que de simpatia. Suas maneiras eram estranhas e magníficas, e suas vestes de luto – ela vestiu-se de preto por vinte anos após a morte do marido e, subitamente, apareceu certa manhã com rosas cor-de-rosa em seu chapéu – tinham, em lugares singulares e inesperados, complicados adornos como fivelas, rebites e alfinetes, algo que desencorajava qualquer tipo de aproximação. Ela usava de muita força ao segurar as crianças – seja para fazer-lhes bem ou mal – e tinha um ar opressor como quem sutilmente espera algo de nós, de modo que ir visitá-la era como ser levado à igreja e ser obrigado a sentar-se no banco da frente. Logo descobriram, no entanto, que a tia

Penniman era apenas uma eventualidade na vida de Catherine, e não parte de sua essência, e, quando veio passar um sábado com os primos, ela aceitou brincar de "seguir o mestre", e até mesmo de pula sela. Como consequência, chegaram facilmente a um entendimento e, por vários anos, Catherine confraternizou com seus jovens companheiros. Digo companheiros porque sete dos primos Almond eram meninos e Catherine preferia as brincadeiras que eram desfrutadas de forma mais conveniente usando-se calções. Aos poucos, no entanto, os calções dos meninos Almond começaram a virar calças e seus donos a dispersar-se e estabelecer-se na vida. As crianças mais maduras eram mais velhas que Catherine e os meninos foram mandados para a faculdade ou para escritórios de contabilidade. Das meninas, uma casou-se no momento adequado e a outra, também no momento adequado, tornou-se noiva. Foi para comemorar este último evento que a sra. Almond ofereceu a pequena festa que mencionei. Sua filha iria casar-se com um jovem e robusto corretor da bolsa, um menino de vinte anos; e isso era considerado algo muito bom.

IV

A sra. Penniman, com mais fivelas e braceletes do que nunca, certamente, veio para a festa, acompanhada por sua sobrinha; o doutor também prometera aparecer naquela noite, mais tarde. Haveria muita dança e, antes que ficasse tarde demais, Marian Almond aproximou-se de Catherine na companhia de um jovem e alto rapaz. Ela apresentou-o como alguém que tinha grande desejo de conhecer nossa heroína, e como primo de seu próprio noivo, Arthur Townsend.

Marian Almond era uma jovenzinha de dezessete anos, com um corpo muito pequeno, vestido com uma faixa muito grande, alguém a cujos modos elegantes o matrimônio nada teria a acrescentar. Ela já tinha todo o ar de uma anfitriã, recebendo os convidados, abanando o leque e afirmando que, com tanta gente a recepcionar, não teria tempo para dançar. Fez um longo discurso acerca do primo do sr. Townsend, a quem deu uma batidinha com o leque antes de afastar-se para suas outras obrigações. Catherine não compreendeu tudo que a prima lhe dissera; sua atenção dedicara-se a admirar a conduta natural e o fluxo de ideias de Marian e a olhar para o rapaz, que era incrivelmente bonito. Contudo, ela conseguiu captar seu nome, ao contrário do que muitas vezes acontecia quando lhe apresentavam alguém, um nome que parecia ser o mesmo do jovem corretor de ações de Marian. Catherine sempre ficava nervosa com apresentações; parecia-lhe um momento tão difícil e ela perguntava-se como algumas pessoas – seu novo conhecido neste instante, por exemplo – preocupavam-se tão pouco com tal coisa. Ela também se perguntou o que deveria dizer, e quais seriam as consequências de não dizer nada. Nesse momento, as consequências foram muito agradáveis. O sr. Townsend, sem dar-lhe tempo para constrangimento, começou a falar-lhe com um sorriso natural, como se a conhecesse há um ano.

— Que festa deliciosa! Que casa encantadora! Que família interessante! Que linda garota é a sua prima!

O sr. Townsend fazia tais observações, em si mesmas sem grande profundidade, sabendo quão pouco valiam, meramente como uma contribuição à apresentação. Ele olhava diretamente nos olhos de Catherine. Ela não lhe respondeu nada; apenas ouviu e fitou-o de volta; e ele, como se não esperasse nenhuma resposta específica, continuou a dizer muitas outras coisas da mesma maneira tranquila e natural. Catherine, embora permanecesse calada, não sentia nenhum embaraço; parecia adequado que ele falasse e que ela simplesmente ficasse olhando para ele. O que tornava tudo tão natural era o fato de ele ser tão bonito, ou melhor, como ela disse para si mesma, tão belo. A música silenciara por um tempo, mas subitamente recomeçou; e então ele perguntou-lhe, com um sorriso mais profundo e intenso, se ela lhe daria a honra de dançar consigo. Nem mesmo a essa pergunta ela ofereceu um consentimento audível; simplesmente deixou-o colocar o braço ao redor da sua cintura – ao fazê-lo, ocorreu-lhe, com mais clareza do que nunca, que aquele era um lugar singular para o braço de um cavalheiro estar – e, em um instante, ele a conduzia pelo salão no harmonioso rodopiar da polca. Quando pararam, ela percebeu que enrubescera; então, por alguns momentos, parou de olhar para ele. Abanou-se e olhou para as flores pintadas em seu leque. Ele perguntou-lhe se queria recomeçar e ela hesitou em responder, continuando a olhar para as flores.

— Dançar a deixa tonta? — perguntou ele, muito delicadamente.

Então Catherine olhou para ele; certamente era lindo e não havia ficado nem um pouco vermelho. — Sim — ela disse; e mal sabia por quê, pois dançar nunca a deixara tonta.

— Ah, bom, nesse caso — disse o sr. Townsend — vamos ficar parados e conversar. Vou encontrar um bom lugar para nos sentarmos.

Ele encontrou um bom lugar – um lugar encantador; um pequeno sofá que parecia destinado a apenas duas pessoas. A essa altura, os salões estavam abarrotados; os dançarinos aumentavam em número e as pessoas ficavam de pé junto a eles, virados de costas, de modo que Catherine e seu companheiro restaram isolados e despercebidos. — Vamos conversar — disse o rapaz; mas ainda era só ele que falava. Catherine recostou-se em seu lugar, com os olhos fixos nele, sorrindo e achando-o muito inteligente. Ele tinha feições parecidas com as dos rapazes de pinturas; Catherine nunca vira feições como aquelas – tão delicadas, tão definidas e bem-feitas – nos jovens nova-iorquinos por quem passava nas ruas e que conhecia nas festas. Ele era alto e magro, mas parecia extremamente forte. Catherine achou-o parecido com uma estátua. Mas uma estátua não falaria daquele modo e, sobretudo, não teria olhos de uma cor tão rara. Ele nunca estivera na casa da sra. Almond antes; sentia-se como um estranho; e foi muito gentil da parte de Catherine sentir pena dele. Ele era primo de Arthur Townsend – não era muito próximo; um primo distante – e Arthur o trouxera para apresentá-lo à família. Na verdade, ele era um completo estranho em Nova Iorque. Era sua terra natal; mas há muitos anos não pisava ali. Viajara pelo mundo e vivera em terras muito distantes; voltara há apenas um ou dois meses. Nova Iorque era muito agradável, mas ele sentia-se só.

— As pessoas nos esquecem, entende? — disse ele, sorrindo para Catherine com seu olhar encantador, enquanto inclinava-se em sua direção, com os cotovelos apoiados nos joelhos.

A Catherine pareceu-lhe que ninguém que já o tivesse visto jamais o esqueceria; mas, embora tal reflexão passara por sua mente, ela guardou-a para si, quase como guardamos algo precioso.

Ficaram sentados ali por algum tempo. Ele era muito divertido. Perguntou-lhe sobre as pessoas que estavam próximas; tentou adivinhar a identidade de algumas delas e cometeu erros extremamente engraçados. Fez-lhes críticas com muito desembaraço, de forma positiva e espontânea. Catherine nunca ouvira ninguém – especialmente nenhum rapaz – falar daquele jeito. Era assim que um jovem rapaz falava nos romances; ou, melhor ainda, em uma peça, no palco, à boca de cena, olhando para o público e com todos olhando para ele, maravilhados com sua presença de espírito. E, no entanto, o sr. Townsend não era como um ator; ele parecia tão sincero, tão natural. Tudo estava extremamente interessante; mas, em meio a tudo, Marian Almond surgiu abrindo caminho na multidão e emitindo um gritinho irônico ao descobrir que os dois jovens ainda estavam juntos, fazendo com que todos se virassem e com que Catherine, conscientemente, ficasse vermelha de vergonha. Marian interrompeu a conversa e disse ao sr. Townsend – a quem tratava como se já fosse casada e ele fosse seu primo – que fosse procurar a mãe dela, que, na última meia hora, estivera ávida por apresentá-lo ao sr. Almond.

— Havemos de nos encontrar novamente! — disse ele a Catherine ao deixá-la, e Catherine achou aquela frase muito original.

A prima pegou-a pelo braço, fazendo-a dar uma volta com ela. — Não preciso nem sequer perguntar o que achou de Morris! — a jovem exclamou.

— É esse o nome dele?

— Não estou perguntando o que achou do nome dele, mas o que pensa dele próprio — disse Marian.

— Ah, nada especial! — Catherine respondeu, fingindo pela primeira vez em sua vida.

— Estou pensando seriamente em contar-lhe isso! — exclamou Marian. — Vai fazer-lhe bem. Ele é terrivelmente presunçoso.

— Presunçoso? — disse Catherine, encarando a prima.

— É o que Arthur diz, e Arthur conhece-o bem.

— Ah, não lhe diga nada! — Catherine murmurou, suplicante.

— Não lhe dizer que é presunçoso? Já lhe disse uma dúzia de vezes.

Com esta declaração de audácia, Catherine olhou maravilhada para sua pequena companheira. Ela supôs que, porque iria casar-se, Marian presumia-se tão destemida; mas também imaginou que, quando ela mesma ficasse noiva, esperariam tais proezas de sua parte.

Meia hora depois, ela viu sua tia Penniman sentada no peitoril de uma janela, com a cabeça um pouco inclinada para o lado e seu monóculo dourado sobre os olhos, que perscrutavam o salão. À sua frente havia um cavalheiro, levemente inclinado para a frente, de costas para Catherine. Ela reconheceu suas costas imediatamente, embora nunca as tivesse visto; pois quando ele a deixara, instigado por Marian, saíra da maneira mais polida possível, sem se virar. Morris Townsend – o nome já se tornara muito familiar para ela, como se alguém o tivesse repetido ao seu ouvido na última meia hora –, Morris Townsend estava transmitindo suas impressões acerca dos presentes à tia dela, assim como fizera consigo; dizia-lhe coisas inteligentes e a sra. Penniman sorria, como em sinal de aprovação. Assim que Catherine notara o que se passava, afastou-se; ela não queria que ele se virasse e a visse. Mas sentiu muito prazer em tudo aquilo. Tanto que ele estivesse falando com a sra. Penniman, com quem ela vivia, a quem via e falava todos os dias — o que parecia mantê-lo por perto e torná-lo ainda mais fácil de contemplar do que se ela própria fosse o objeto de suas cortesias — quanto que tia Lavinia gostasse dele, sem ficar chocada ou assustada com o que ele dizia — o que também parecia à garota um certo ganho pessoal, pois o padrão de tia Lavinia era extremamente elevado, consolidado como estava sobre o túmulo de seu falecido marido, no qual, como ela convencera a todos, o próprio espírito da arte da conversação estava enterrado. Um dos meninos Almond, como Catherine costumava chamá-los, convidou nossa heroína para dançar uma quadrilha e, durante um quarto de hora, ao menos seus pés ficaram ocupados. Desta vez, ela não ficou tonta; sua cabeça estava bastante lúcida. Quando a dança acabou, viu-se, em meio à multidão, frente a frente com o pai. Normalmente, o dr. Sloper apresentava um sorrisinho, nunca muito grande, e, com seu sorrisinho brincando em seus olhos claros e em seus lábios cuidadosamente barbeados, ele olhou para o vestido carmim da filha.

— É possível que essa magnífica pessoa seja minha filha? — disse.

Ele teria ficado surpreso se lhe dissessem que sim; mas é uma verdade absoluta que quase nunca se dirigia à filha que não fosse de maneira irônica. Sempre que lhe falava, enchia-lhe de prazer; mas ela tinha de extrair o prazer do restante do discurso, por assim dizer. Restavam pequenas porções, leves resquícios e fragmentos de ironia, com os quais ela nunca sabia o que fazer, parecendo-lhe delicados demais para seu próprio uso; no entanto, Catherine, lamentando as limitações de sua compreensão, achava que tais ironias eram valiosas demais para serem desperdiçadas e acreditava piamente que, mesmo que fossem deixadas de lado por sua mente, ainda assim contribuiriam para a apreensão geral da sabedoria humana.

— Não estou magnífica — disse ela com humildade, desejando ter colocado outro vestido.

— Você está suntuosa, exuberante, luxuosa — seu pai insistiu.

— Parece receber oitenta mil dólares anuais.

— Bom, como não recebo... — disse Catherine, sem muita lógica. A concepção que tinha de sua futura riqueza ainda lhe era muito incerta.

— Como não recebe, não deveria parecer que sim. Gostou da festa?

Catherine hesitou por um momento; então, desviando o olhar: — Estou bastante cansada — ela murmurou. Já disse que essa festa foi o início de algo importante para Catherine. Pela segunda vez em sua vida, dava uma resposta dissimulada; e o início de uma era de dissimulação é certamente uma data significativa. Catherine não se cansava tão facilmente assim.

No entanto, na carruagem, enquanto voltavam para casa, estava tão quieta que parecia que o cansaço tomara conta dela. A forma como o dr. Sloper dirigia-se à sua irmã Lavinia assemelhava-se muito com o tom que ele adotara com Catherine.

— Quem era o rapaz que a cortejava? — ele logo perguntou.

— Ah, meu bom irmão! — murmurou a sra. Penniman, com um tom de reprovação.

— Ele parecia estranhamente meigo. Durante meia hora, sempre que eu olhava em sua direção, ele tinha um ar completamente devoto.

— A devoção não era para mim — disse a sra. Penniman. — Mas para Catherine; ele conversava comigo sobre ela.

Catherine ouvia com toda atenção. — Ah, tia Penniman! — ela exclamou baixinho.

— Ele é muito bonito; é muito inteligente; expressou-se com muito... Muito contentamento — continuou a tia.

— Ele está apaixonado por esta majestosa criatura, então? — o doutor perguntou, fazendo graça.

— Ah, pai — exclamou a garota, mais baixinho ainda, extremamente grata por estar escuro dentro da carruagem.

— Isso não sei; mas ele admirou seu vestido.

Catherine não chegou a dizer a si mesma no escuro "Só meu vestido?". O anúncio da sra. Penniman chocou-a por excesso de detalhes, e não por sua escassez.

— Veja só — disse o pai —, ele acha que você recebe oitenta mil anuais.

— Não acredito que ele pense nisso — disse a sra. Penniman. — É refinado demais.

— Deve ser imensamente refinado para não pensar nisso!

— Bom, ele é! — Catherine exclamou sem pensar.

— Pensei que você tivesse adormecido — respondeu o pai. "A hora chegou!", acrescentou para si mesmo. "Lavinia vai arranjar um romance para Catherine. É vergonhoso pregar tais peças em uma garota." — Qual é o nome do cavalheiro? — continuou ele, em voz alta.

— Não entendi bem e não gostaria de ter de lhe perguntar. Ele pediu para ser-me apresentado. — disse a sra. Penniman, com certo orgulho. — Mas você sabe como é difícil entender o que Jefferson diz — Jefferson é o sr. Almond. — Catherine, querida, qual é o nome do cavalheiro?

Por um minuto, se não fosse pelo barulho da carruagem, teria sido possível ouvir o cair de um alfinete.

— Não sei, tia Lavinia — disse Catherine, com muita calma. E, com toda sua ironia, seu pai acreditou nela.

V

Ele soube a resposta do que perguntara cerca de três ou quatro dias mais tarde, depois que Morris Townsend, juntamente a seu primo, apareceu em Washington Square. A sra. Penniman não contou ao irmão, no caminho de volta para casa, que havia insinuado ao simpático rapaz cujo nome ela não sabia que ficaria, assim como sua sobrinha, muito feliz em vê-lo; e ficou muito contente, e até mesmo um pouco lisonjeada quando, ao fim de uma tarde de domingo, os dois cavalheiros apareceram. Estar acompanhado de Arthur Townsend tornou a situação mais natural e espontânea; o primo começava a relacionar-se com a família e a sra. Penniman comentara com Catherine que, como ele ia casar-se com Marian, seria educado de sua parte fazer-lhes uma visita. Tais eventos aconteceram no final do outono e Catherine e a tia sentaram-se nas cadeiras de espaldar alto junto à lareira, na penumbra do cair da tarde.

Arthur Townsend sentou-se próximo a Catherine, enquanto seu companheiro ficou no sofá, ao lado da sra. Penniman.

Até então, Catherine não era dada a críticas severas; era fácil de agradar – gostava de conversar com rapazes. Mas, naquela tarde, o prometido de Marian fez com que ela se sentisse ligeiramente rabugenta; ele limitou-se a olhar para o fogo e esfregar o joelho com as mãos. Quanto a Catherine, ela mal conseguia fingir manter uma conversação; sua atenção concentrou-se no outro lado da sala; ela escutava o que se passava entre o outro sr. Townsend e sua tia. De vez em quando, ele olhava para Catherine e sorria, como se quisesse mostrar que o que estava dizendo também lhe interessava. Catherine gostaria de mudar de lugar e ir sentar-se perto deles, onde poderia vê-lo e ouvi-lo melhor. Mas tinha medo de parecer ousada – de parecer ansiosa; e, além disso, não seria educado com o jovem pretendente de Marian. Ela tentava entender por que o outro cavalheiro havia escolhido sua tia – como parecia ter tanto a dizer à sra. Penniman, a quem, quase sempre, os jovens não eram especialmente devotados. Não estava de forma nenhuma com ciúmes da tia Lavinia, mas tinha um pouco de inveja e, sobretudo, procurava entender a situação, já que Morris Townsend mostrara-se um objeto sobre o qual sentia que sua imaginação poderia exercitar-se livremente. Seu primo estava descrevendo uma casa que comprara em virtude da união com Marian, e as facilidades domésticas com as quais pretendia equipá-la; como Marian gostaria de uma casa ainda maior, e a sra. Almond recomendara uma outra menor, e como ele próprio estava convencido de que comprara a casa mais elegante de Nova Iorque.

— Nada disso importa — disse ele. — É apenas por três ou quatro anos. Ao final de três ou quatro anos, nos mudaremos. Essa é a forma de se viver em Nova Iorque – mudar-se a cada três ou quatro anos. Assim, consegue-se sempre o que há de mais atual. Como a cidade está crescendo muito rápido – é preciso acompanhá-la. Está sempre estendendo-se para a parte alta – é para lá que Nova Iorque está indo. Se eu não tivesse medo de que Marian se sentisse sozinha, iria para lá – para o alto da cidade – e esperaria que a cidade me alcançasse. Apenas teria de esperar dez anos – e assim, todos chegariam depois de mim. Mas Marian diz que quer alguns vizinhos – ela não quer ser uma pioneira. Sempre diz que se tivesse de ser uma colonizadora, seria melhor ir para Minnesota. Acho que vamos subir pouco a pouco; quando nos cansarmos de uma rua, subimos. Então, veja só, sempre teremos uma casa nova; é uma grande vantagem ter uma casa nova; conseguimos todas as melhorias mais recentes. Inventa-se tudo de novo a cada cinco anos, e é ótimo estar em dia com as novidades. Eu sempre tento me manter atualizado com as inovações de todos os gêneros. Você não acha que esse é um bom lema para um jovem casal – continuar "indo mais alto"? Esse é o nome daquele poema... Como é mesmo o nome? *Excelsior*!

Catherine dispensou ao seu jovem visitante apenas a atenção necessária para perceber que não fora assim que o sr. Morris Townsend falara na outra noite, ou como falava nesse momento com sua afortunada tia. Mas, subitamente, seu aspirante a parente tornou-se mais interessante. Ele parecia ter percebido que ela fora afetada pela presença de seu companheiro e achou que era apropriado explicar-lhe por que ele estava ali.

— Meu primo pediu para vir comigo, caso contrário não teria tomado a liberdade de trazê-lo. Ele parecia querer muito vir; você sabe que ele é extremamente sociável. Disse-lhe que queria pedir sua permissão antes, mas ele afirmou que a sra. Penniman já o havia convidado. Ele não é muito rigoroso com o que diz quando quer ir a algum lugar! Mas a sra. Penniman parece pensar que está tudo certo.

— Estamos muito contentes em vê-lo — disse Catherine. Ela queria falar mais sobre ele; mas mal sabia o que dizer. — Nunca o vi antes — continuou ela.

Arthur Townsend olhou-a fixamente.

— Ora, ele me disse que conversou com você por mais de meia hora na outra noite.

— Quero dizer, antes da outra noite. Essa foi a primeira vez.

— Ah, ele estava fora de Nova Iorque – esteve no mundo todo. Não conhece muitas pessoas aqui, mas é muito sociável e pretende conhecer a todas.

— Todas? — disse Catherine.

— Bom, quero dizer todas que valem a pena. Todas as belas garotas – como a sra. Penniman! — e Arthur Townsend deu uma risadinha para si mesmo.

— Minha tia gosta muito dele — disse Catherine.

— A maioria das pessoas gosta dele... Ele é tão brilhante.

— Ele parece-se tanto com um estrangeiro — sugeriu Catherine.

— Bom, eu nunca conheci um estrangeiro! — disse o jovem Townsend, com um tom que parecia indicar que sua ignorância era uma opção.

— Nem eu — confessou Catherine, com um tom mais humilde. — Dizem que eles são geralmente brilhantes — acrescentou ela, incerta.

— Bom, as pessoas desta cidade são inteligentes o suficiente para mim. Conheço algumas delas que acreditam ser inteligentes demais para mim; mas não são!

— Suponho que não se possa ser inteligente demais — disse Catherine, ainda com um tom humilde.

— Não sei. Conheço certas pessoas que chamam meu primo de inteligente demais.

Catherine ouviu essa declaração com extremo interesse e com a sensação de que, se Morris Townsend tinha algum defeito, naturalmente ele seria esse. Mas não se deixou comprometer e, em um instante, perguntou: — Agora que ele voltou, ficará aqui para sempre?

— Ah — disse Arthur —, se ele conseguir encontrar alguma coisa para fazer.

— Alguma coisa para fazer?

— Uma colocação qualquer; algum tipo de negócio.

— E ele não tem nada em vista? — disse Catherine, que nunca ouvira falar de um rapaz – da classe alta – nessa situação.

— Não; está à procura. Mas não consegue encontrar nada.

— Sinto muito — Catherine tomou a permissão de comentar.

— Ah, ele não se importa — disse o jovem Townsend. — Ele age com calma... Não está com pressa. É bastante excêntrico.

Catherine pensou que era natural que assim fosse e, por alguns instantes, entregou-se à contemplação dessa ideia, e em seus inúmeros aspectos.

— O pai dele não pretende empregá-lo em seu negócio... Em seu escritório? — ela finalmente perguntou.

— Ele não tem pai... Tem só uma irmã. E uma irmã não pode ajudar muito.

Pareceu a Catherine que, caso ela fosse sua irmã, contestaria esse axioma. — Ela é... Ela é agradável? — perguntou depois de um instante.

— Não sei... Acredito que ela é muito respeitável — disse o jovem Townsend. E depois olhou para o primo e desatou a rir. — Olhe só, estamos falando de você — acrescentou.

Morris Townsend fez uma pausa na conversa com a sra. Penniman e fitou os dois, com um sorrisinho. Então levantou-se, como se estivesse pronto para partir.

— No que lhe diz respeito, não posso retribuir o elogio — disse ele ao companheiro de Catherine. — Mas, no que diz respeito à srta. Sloper, aí o caso é outro.

Catherine achou essa pequena frase maravilhosamente bem elaborada; mas sentiu-se envergonhada e também se levantou. Morris Townsend continuou a olhar para ela e sorrir; estendeu-lhe a mão para despedir-se. Ele ia embora, sem ter-lhe dito nada; mas, mesmo nesses termos, ela estava feliz por tê-lo visto.

— Vou dizer-lhe o que me disse... Quando o senhor partir! — falou a sra. Penniman, soltando uma risadinha insinuante.

Catherine enrubesceu, sentindo-se quase como se caçoassem dela. Que diabos esse belo rapaz poderia ter dito? Ele olhou fixamente para ela, apesar de seu rubor; mas de uma forma muito delicada e respeitosa.

— Não cheguei a conversar com você — disse ele — e foi para isso que vim. Mas assim tenho um bom motivo para voltar outra hora; um pequeno pretexto – caso seja obrigado a dar um. Não tenho medo do que sua tia lhe dirá quando partir.

Assim, os dois rapazes partiram; depois disso, Catherine, ainda corada, lançou um olhar sério e questionador à sra. Penniman. Ela era incapaz de artifícios elaborados e não recorreu a nenhum expediente cômico – a nenhuma simulação de que acreditava ter sido caluniada – para saber o que desejava.

— O que a senhora disse que me contaria? — perguntou.

A sra. Penniman aproximou-se dela, sorrindo e balançando a cabeça levemente, olhou-a de alto a baixo e ajustou o laço de fita que ela tinha no pescoço. — É um grande segredo, minha querida criança; mas ele veio cortejá-la!

Catherine continuou séria. — Foi isso que ele lhe disse?

— Ele não chegou a dizer exatamente. Mas deu a entender. E eu sou exímia no assunto.

— A senhora quer dizer que ele quer fazer-me a corte?

— Certamente não seria a mim, senhorita; embora eu deva dizer que ele é cem vezes mais educado com uma pessoa que não tem mais tanta juventude a enaltecê-la do que a maioria dos rapazes. Ele está pensando em outra pessoa. — E a sra. Penniman deu um delicado beijo na sobrinha. — Você deve ser muito atenciosa com ele.

Catherine continuou a fitá-la – ela estava confusa. — Não estou entendendo a senhora — disse ela. — Ele não me conhece.

— Ah, conhece sim; mais do que você pensa. Contei-lhe tudo a seu respeito.

— Ah, tia Penniman! — murmurou Catherine, como se aquilo representasse uma quebra de confiança. — Ele é um completo estranho... Nós não o conhecemos. — Havia extremo pudor no "nós" que a pobre garota dissera.

A tia Penniman, no entanto, não lhe deu importância; e chegou a dizer com certo tom de amargura. — Minha querida Catherine, você sabe muito bem que o admira!

— Ah, tia Penniman! — foi tudo que Catherine conseguiu murmurar novamente. Podia até ser que ela o admirasse – embora isso não lhe parecesse algo a se dizer. Mas que esse brilhante estranho – essa aparição repentina, que mal ouvira o som de sua voz – tivesse se interessado de tal maneira por ela a ponto de usar as românticas palavras que a sra. Penniman acabara de usar: isso só poderia ser uma invenção do irrequieto cérebro da tia Lavinia, que todos sabiam ser uma mulher de grande imaginação.

VI

Às vezes, a sra. Penniman presumia que as outras pessoas tinham tanta imaginação quanto ela; tanto que, meia hora depois, seu irmão chegou e ela dirigiu-se a ele movida por esse princípio.

— Ele estava aqui agora mesmo, Austin; uma pena que você não o tenha encontrado.

— Quem no mundo não encontrei? — perguntou o doutor.

— O sr. Morris Townsend; ele nos fez uma visita tão agradável.

— E quem no mundo é o sr. Morris Townsend?

— A tia Penniman refere-se ao cavalheiro... O cavalheiro cujo nome eu não conseguia me lembrar — disse Catherine.

— O cavalheiro na festa de Elizabeth que estava tão interessado em Catherine — a sra. Penniman acrescentou.

— Ah, seu nome é Morris Townsend, então? E ele veio aqui pedir sua mão em casamento?

— Ah, pai — murmurou a garota como resposta e virando-se para a janela, onde o crepúsculo transformara-se em completa escuridão.

— Espero que ele não faça isso sem a sua permissão — disse a sra. Penniman, com muita educação.

— Afinal, minha querida, parece que a sua ele já tem — respondeu-lhe o irmão.

Lavinia soltou um sorriso afetado como se tudo que haviam dito não fosse o suficiente, e Catherine, com a testa encostada na vidraça, ouvia contida essa troca de gracejos, como se cada um deles não fosse como uma alfinetada em seu próprio destino.

— Na próxima vez que ele vier — o doutor acrescentou — é melhor você me chamar. Pode ser que ele goste de me ver.

Morris Townsend voltou, cerca de cinco dias depois; mas ninguém chamou o dr. Sloper, pois ele encontrava-se fora de casa no momento. Catherine estava com a tia quando o nome do jovem foi anunciado e a sra. Penniman, escondendo-se e protestando, fez questão de que sua sobrinha fosse sozinha para a sala de estar.

— Desta vez é para você... Apenas para você — disse ela.

— Da outra vez, quando ele falou comigo, era apenas uma preparação... Era para ganhar minha confiança. Minha querida, eu não teria a coragem de aparecer hoje, literalmente.

E isso era a mais pura verdade. A sra. Penniman não era uma mulher corajosa, e Morris Townsend parecera-lhe um rapaz com personalidade forte e uma ironia notável; uma natureza perspicaz, decidida e brilhante, com a qual deve-se ter muito tato. Dissera a si mesma que o rapaz era "imperioso" e ficara feliz tanto com a palavra quanto com a ideia. Ela não tinha absolutamente nenhum ciúme da sobrinha e fora perfeitamente feliz com o sr. Penniman, mas, no fundo do seu coração, permitira-se fazer a observação: "Esse é o tipo de marido que eu deveria ter tido!" Ele certamente era muito mais imperioso – ela acabou chamando-o de imperial – do que o sr. Penniman.

Assim, Catherine recebeu o sr. Townsend sozinha, e sua tia não apareceu nem mesmo ao fim da visita. E a visita foi longa; ali ficou ele sentado – na sala da frente, na maior poltrona do cômodo – por mais de uma hora. Parecia estar mais à vontade desta vez... Mais íntimo; recostando-se um pouco na poltrona, dando leves pancadinhas com a bengala em uma almofada perto dele e olhando bem para a sala e para os objetos nela contidos, assim como para Catherine; a ela, no entanto, ele admirou sem reservas. Havia um sorriso de respeitosa devoção em seus belos olhos, que a Catherine pareciam quase solenemente belos; levaram-na a pensar em um jovem cavaleiro em um poema. Sua conversa, porém, não era própria de um cavaleiro; era leve, natural e amigável; voltou-se a coisas práticas e ele fez-lhe várias perguntas a seu respeito – quais eram os gostos dela – se ela gostava disso e daquilo – quais eram seus hábitos. Ele disse-lhe, com seu sorriso encantador: — Fale-me sobre você; dê-me um pequeno esboço de quem é. — Catherine tinha muito pouco a dizer, e não tinha nenhum talento para fazer esboços; mas, antes que ele partisse, confidenciou-lhe que tinha uma paixão secreta pelo teatro, que apenas raramente era saciada, e um gosto por ópera – as de Bellini e Donizetti, em especial (devemos nos lembrar, como justificativa a essa jovem rudimentar, que ela tinha tais opiniões em uma época de obscurantismo geral) – que ela raramente tinha a oportunidade de ouvir, a não ser no realejo. Confessou que não gostava muito de literatura. Morris Townsend concordou com ela que livros eram coisas enfadonhas; só que, acrescentou, era preciso ler um bom número deles antes de chegar a essa conclusão. Ele tinha estado em lugares sobre os quais as pessoas escreviam nos livros, e eles não se pareciam em nada com suas descrições. Ver com os próprios olhos – era isso que valia a pena; ele sempre tentava ver com seus próprios olhos. Ele já vira todos os principais atores – tinha ido a todos os melhores teatros de Londres e Paris. Mas os atores eram sempre como os autores são – eles sempre exageravam. Ele preferia que tudo fosse natural. Subitamente parou, olhando para Catherine com seu sorriso.

— É por isso que gosto de você; você é tão natural! Perdoe-me — acrescentou —, como pode ver, também sou muito natural!

E antes dela ter tempo de pensar se o desculparia ou não – o que depois, com calma, percebeu que o faria – ele começou a falar sobre música e a dizer que era seu maior prazer na vida. Tinha ouvido todos os grandes cantores de Paris e Londres – Pasta, Rubini e Lablache[4] – e, depois de fazê-lo, sabia o que era cantar.

— Eu mesmo canto um pouco — disse ele. — Algum dia lhe mostrarei. Não hoje, mas em algum outro momento.

E então levantou-se para ir; havia esquecido, por acaso, de dizer que cantaria para ela se ela tocasse para ele. Pensou nisso depois que saiu para a rua; mas poderia ter-se poupado de tal arrependimento, pois Catherine nem sequer notara o lapso. Ela pensava apenas que "outro momento" tinha um som delicioso; parecia projetar-se no futuro.

Entretanto, essa era mais uma razão – mesmo que se sentisse envergonhada e desconfortável – para ter de dizer a seu pai que o sr. Morris Townsend a havia visitado novamente. Ela anunciou o fato abruptamente, quase de forma violenta, assim que o doutor entrou em casa; e, depois de fazê-lo – o que era seu dever –, tomou medidas para sair da sala. Mas não conseguiu sair com a rapidez suficiente; seu pai a impediu assim que ela alcançou a porta.

— Então, minha querida, ele lhe pediu em casamento hoje? — o doutor perguntou.

Era justamente o que ela temia que ele dissesse; e, ainda assim, ela não tinha uma resposta pronta. Claro que ela gostaria de tomar aquilo como uma piada – o que deveria ter sido a intenção do pai; no entanto, ela também gostaria de, ao negar, mostrar-se um pouco assertiva, um pouco incisiva; para que talvez ele não fizesse a mesma pergunta novamente. Não gostava daquele questionamento – ele a deixava infeliz. Mas Catherine nunca conseguiria ser incisiva; e, por um instante, apenas ficou parada, com a mão na maçaneta, olhando para seu irônico pai e dando um risinho.

"Decididamente," disse o doutor para si mesmo, "minha filha não é nada brilhante."

---

4 Giulia Pasta (1811-1861), Giovanni Rubini (1794-1854) e Luigi Lablache (1794-1858) foram grandes cantores de ópera italianos, famosos no século XIX. (N. do T.)

Mas tão logo ele fizera tal reflexão, Catherine encontrou algo para dizer; de um modo geral, decidira considerar a coisa toda uma piada.

— Talvez ele o faça da próxima vez! — exclamou ela, repetindo o riso. E saiu rapidamente da sala.

O doutor ficou parado, olhando o nada; imaginando se a filha falava sério. Catherine foi direto para seu quarto e, lá chegando, pensou que havia outra coisa – algo ainda melhor – que ela poderia ter dito. Agora, quase desejava que seu pai lhe fizesse a pergunta novamente, para que ela pudesse responder: "Ah, sim, o sr. Morris Townsend pediu-me em casamento, e eu recusei!".

O doutor, entretanto, começou a fazer seus questionamentos para outras pessoas; ocorreu-lhe, naturalmente, que deveria informar-se adequadamente sobre aquele belo jovem que tomara o hábito de entrar e sair sorrateiramente de sua casa. Dirigiu-se à mais jovem de suas irmãs, a sra. Almond – não que fosse procurá-la com esse propósito; não era o caso de ter tanta pressa –, mas tomou nota do assunto para mencioná-lo na primeira oportunidade. O doutor nunca se inquietava, nem agia de forma impaciente ou nervosa; mas tomava nota de tudo e consultava suas anotações regularmente. Entre elas, passou a figurar a informação que obteve da sra. Almond a respeito de Morris Townsend.

— Lavinia já esteve aqui com as mesmas perguntas — disse ela. — Lavinia está muitíssimo animada; não entendo o porquê. Afinal de contas, não é com Lavinia que o jovem parece fazer planos. Ela é muito peculiar.

— Ah, minha querida — respondeu o doutor —, ela não viveu comigo esses doze anos sem que eu tenha me dado conta disso!

— Ela tem uma mente tão afetada — disse a sra. Almond, que sempre apreciava uma oportunidade de discutir as peculiaridades de Lavinia com seu irmão. — Não queria que eu lhe contasse que ela andara fazendo perguntas a respeito do sr. Townsend; mas disse-lhe que eu contaria. Ela sempre quer esconder tudo.

— E, ainda assim, em certos momentos, ninguém deixa escapar

as coisas com tanta indelicadeza quanto ela. Ela parece um farol rotativo; completa escuridão alternando-se com uma luminosidade ofuscante! Mas o que você lhe disse? — o doutor perguntou.

— O que acabo de lhe dizer; que sei muito pouco a seu respeito.

— Lavinia deve ter ficado desapontada — disse o doutor.

— Ela preferiria que ele fosse culpado de algum crime passional. No entanto, devemos sempre pensar o melhor das pessoas. Ouvi dizer que nosso cavalheiro é primo do rapazinho a quem você vai confiar o futuro de sua garotinha.

— Arthur não é nenhum rapazinho; é um homem bastante velho; você e eu nunca seremos tão velhos quanto ele. É um parente distante do protegido de Lavinia. O nome é o mesmo, mas fui levada a entender que há Townsends e Townsends. Foi o que a mãe de Arthur me disse; ela contou-me algo a respeito de "ramos" – ramos mais novos, ramos mais velhos, ramos inferiores – como se fosse uma família real. Arthur, ao que parece, pertence à linhagem no poder, mas o rapaz da pobre Lavinia, não. Além disso, a mãe de Arthur sabe muito pouco sobre ele; sabe apenas de relatos obscuros de que tem sido um "desregrado". Mas conheço um pouco a irmã dele e ela é uma mulher muito agradável. Chama-se sra. Montgomery; é uma viúva, tem uma pequena propriedade e cinco filhos. Ela mora na Segunda Avenida.

— E o que a sra. Montgomery diz dele?

— Que ele tem talentos suficientes para destacar-se.

— Mas é preguiçoso, não é?

— Ela não disse isso.

— Por puro orgulho familiar — disse o doutor. — Qual é a profissão dele?

— Não tem nenhuma; está procurando alguma coisa. Acredito que esteve certo tempo na Marinha.

— Certo tempo? Qual é a idade dele?

— Suponho que tenha mais de trinta anos. Deve ter entrado na Marinha muito jovem. Acredito que Arthur tenha me dito que ele herdou uma pequena propriedade – e talvez tenha sido essa a causa de sua saída da Marinha – e que gastou tudo em poucos anos. Viajou por todo o mundo, viveu no exterior, divertiu-se. Acho que vivia de acordo com algum tipo de sistema, alguma espécie de teoria. Voltou há pouco tempo para a América com a intenção de começar a viver de forma séria, segundo o que disse a Arthur.

— Tem intenções sérias a respeito de Catherine, então?

— Não entendo por que você está tão incrédulo — disse a sra. Almond. — Parece-me que você nunca foi justo com Catherine. Deve lembrar-se de que ela tem a perspectiva de receber trinta mil anuais.

O doutor olhou para a irmã por um instante e depois, com um leve tom de amargura, disse-lhe: — Você, pelo menos, a aprecia.

A sra. Almond enrubesceu.

— Não quero dizer que esse seja seu único mérito; apenas digo que é algo importante. Muitos rapazes pensam assim; e parece-me que você nunca tenha tomado consciência disso. Sempre cuidou de referir-se a ela como uma garota impossibilitada de se casar.

— Minhas insinuações são tão gentis quanto as suas, Elizabeth — disse, com franqueza, o doutor. — Quantos pretendentes teve Catherine, com todas as suas expectativas – quanta atenção ela já recebeu? Catherine não está impossibilitada de se casar, mas não é nem um pouco atraente. Que outra razão há para Lavinia estar tão encantada com a ideia de haver um pretendente em casa? Nunca houve nenhum até agora, e Lavinia, com sua natureza sensível e solidária, não está acostumada com essa ideia. Isso afetou sua imaginação. Devo ser justo com os rapazes de Nova Iorque a ponto de dizer que eles me parecem bastante desinteressados. Preferem garotas bonitas – garotas animadas –, garotas como suas filhas. Catherine não é nem bonita nem animada.

— Catherine sai-se muito bem; ela tem um estilo próprio – o que é melhor do que minha pobre Marian, que não tem estilo nenhum — disse a sra. Almond. — A razão de Catherine ter recebido tão pouca atenção é o fato de parecer mais velha do que todos os rapazes. Ela é tão grande e veste-se... De forma tão exuberante. Eles têm muito medo dela, acho eu; ela parece já ter sido casada e você sabe que eles não gostam de mulheres casadas. E se nossos rapazes aparentam não se interessar — continuou a irmã mais sensata do doutor — é porque eles casam-se, geralmente, jovens demais; antes dos vinte e cinco anos, na idade da inocência e da sinceridade, antes da idade do cálculo. Se esperassem um pouco mais, Catherine sair-se-ia melhor.

— Como cálculo? Muitíssimo obrigado — disse o médico.

— Espere até que apareça algum homem inteligente de quarenta anos e ele ficará encantado com Catherine — continuou a sra. Almond.

— O sr. Townsend não é velho o bastante, então; seus motivos podem ser puros.

— É bastante provável que seus motivos sejam puros; ficaria muito triste de imaginar o contrário. Lavinia está certa disso e, como ele é um jovem muito atraente, você poderia conceder-lhe o benefício da dúvida.

O dr. Sloper refletiu por um instante.

— Quais são seus meios de subsistência atuais?

— Não faço ideia. Ele mora, como já disse, com a irmã.

— Uma viúva, com cinco filhos? Você está me dizendo que ele vive às custas dela?

A sra. Almond levantou-se, e perguntou com certa dose de impaciência: — Não seria melhor se você perguntasse à própria sra. Montgomery?

— Talvez eu faça exatamente isso — disse o doutor. — Você disse que ela mora na Segunda Avenida? — E tomou nota da Segunda Avenida.

VII

    Entretanto, ele não falava com tanta seriedade quanto essa conversa parecia indicar; na verdade, estava, mais do que qualquer outra coisa, divertindo-se com toda a situação. Não estava nem um pouco tenso ou vigilante em relação às perspectivas de Catherine; estava, sim, atento ao ridículo que poderia ser associado ao espetáculo de uma casa agitada pelas atenções – sem precedentes em sua história – recebidas por sua filha e herdeira. Mais do que isso, chegou ao ponto de prometer a si mesmo algum divertimento com o pequeno drama – se é que se tratava de um drama – em que a sra. Penniman desejava retratar o engenhoso sr. Townsend como herói. Ele não tinha a intenção, ainda, de articular um desfecho. Estava completamente disposto, como Elizabeth sugerira, a dar ao rapaz o benefício da dúvida. Não havia grande perigo em fazê-lo; já que Catherine, aos vinte e dois anos, era, afinal, uma flor bastante crescida, e só poderia ser arrancada pela raiz com um puxão bastante forte. O fato de Morris Townsend ser pobre não necessariamente contava contra ele; o doutor jamais decidira que sua filha deveria casar-se com um homem rico. A fortuna que ela eventualmente herdaria parecia-lhe provisão mais do que suficiente para duas pessoas razoáveis, e se um coitado sem nenhum tostão que fosse capaz de tomar conta de si entrasse para a lista de pretendentes, deveria ser julgado com base em seus méritos pessoais. Havia outras coisas além do dinheiro. O doutor considerava muito vulgar precipitar-se em acusar certas pessoas de motivos mercenários, haja visto que sua porta ainda não tivera sido minimamente assediada por caçadores de fortunas; e, finalmente, estava muito curioso para descobrir se Catherine poderia realmente ser amada por suas qualidades morais. Ele sorriu ao pensar que o pobre sr. Townsend estivera apenas duas vezes em sua casa e disse à sra. Penniman que, da próxima vez que ele aparecesse, ela deveria convidá-lo para o jantar.

Ele voltou pouco tempo depois, e a sra. Penniman, obviamente, teve grande prazer em executar tal missão. Morris Townsend aceitou seu convite com a mesma boa vontade, e o jantar aconteceu alguns dias mais tarde. O doutor dissera a si mesmo, com razão, que não deveriam convidar o rapaz apenas; isso seria encorajá-lo demais. Assim, duas ou três outras pessoas foram convidadas; mas, embora não ficara de nenhuma forma evidente, Morris Townsend era a verdadeira causa do banquete. Há todas as razões para supor que ele desejava causar uma boa impressão; e, se ele ficou aquém desse resultado, não foi por falta de esforçar-se de forma brilhante. O doutor falou muito pouco com ele durante o jantar; mas observou-o com atenção e, depois que as damas saíram, ofereceu-lhe vinho e direcionou-lhe várias perguntas. Morris não era um rapaz que precisasse de encorajamento para falar e encontrou bastante incentivo na qualidade superior do Clarete[5]. O vinho do doutor era admirável e é preciso que seja comunicado ao leitor que, enquanto Morris o saboreava, refletia que uma adega cheia de boas

---

5 Especialidade de vinho tinto, típico da região de Bordeaux, na França. (N. do T.)

bebidas – evidentemente havia uma adega abastecida ali – seria uma característica muito atraente em um sogro. O doutor ficou impressionado com seu agradecido convidado; percebeu que não se tratava de um rapaz ordinário. "Ele tem talento," disse o pai de Catherine, "talento incontestável; tem uma cabeça muito boa, se decidir usá-la. E tem uma boa aparência incomum; exatamente o tipo de figura que agrada às mulheres. Mas acho que não gosto dele." O doutor, entretanto, guardou suas reflexões para si mesmo, e conversou com seus convidados sobre terras estrangeiras, sobre as quais Morris ofereceu-lhe mais informações do que estava disposto a engolir, como ele mesmo afirmou mentalmente. O dr. Sloper havia viajado muito pouco e tomou a liberdade de não acreditar em tudo o que esse ocioso contador de casos narrava. Orgulhava-se de ser um bom fisionomista e, enquanto o rapaz falava com desenvoltura, baforando seu charuto e voltando a encher seu copo, o doutor permanecia sentado com os olhos fixos em seu rosto brilhante e expressivo. "Ele tem a segurança do próprio diabo," pensava o anfitrião de Morris; "acho que nunca vi tamanha autoconfiança. E seus poderes de imaginação são notáveis. É bastante astuto; não éramos tão astutos em minha época. E uma boa cabeça, já não disse? Devo ter dito... Depois de uma garrafa de Madeira[6] e uma garrafa e meia de Clarete!".

Depois do jantar, Morris Townsend aproximou-se de Catherine, que estava em pé junto à lareira, em seu vestido de cetim vermelho.

— Ele não gosta de mim... Não gosta nem um pouco de mim! — disse o rapaz.

— Quem não gosta de você? — perguntou Catherine.

— Seu pai; que homem extraordinário!

---

6 Vinho fortificado, com alto teor de álcool e sabor adocicado, proveniente da ilha portuguesa de mesmo nome. (N. do T.)

— Não entendo como pode saber — disse Catherine, enrubescendo.

— Eu sinto; sou muito rápido com sensações.

— Talvez tenha se enganado.

— Ah, muito bem; pergunte para ele e verá.

— Preferiria não lhe perguntar nada se há qualquer perigo de responder-me o que você sentiu.

Morris olhou para ela com um ar de melancolia fingida.

— Não lhe daria prazer nenhum contradizê-lo?

— Eu nunca o contradigo — disse Catherine.

— Ouviria-o maltratar-me sem abrir a boca em minha defesa?

— Meu pai não o maltratará. Ele não o conhece o suficiente.

Morris Townsend soltou uma gargalhada, e Catherine começou a ficar vermelha novamente.

— Nunca falaria de você — disse ela, tentando esquivar-se de sua confusão.

— Isso é excelente; mas não é exatamente o que eu gostaria de tê-la ouvido dizer. Preferiria que tivesse dito: "Se meu pai não tem uma boa impressão de você, o que isso importa?"

— Ah, mas importaria; não poderia dizer isso! — a garota exclamou.

Ele olhou para ela por um momento, sorrindo um pouco; e o doutor, se estivesse observando-o naquele momento, teria visto um brilho de leve impaciência na amável doçura de seus olhos. Mas não houve impaciência em sua resposta – pelo menos nenhuma além daquela expressa por um débil e atraente suspiro.

— Ah, bom, então não devo perder a esperança de conquistá-lo!

Mais tarde naquela mesma noite, exprimiu o mesmo pensamento com mais franqueza à sra. Penniman. Mas antes, cantou duas ou três canções, obedecendo a um tímido pedido de Catherine;

não que ele se gabasse de que isso ajudaria a conquistar seu pai. Tinha uma voz doce e suave de tenor e, ao terminar, todos fizeram algum tipo de exclamação – isto é, todos à exceção de Catherine, que permaneceu em silêncio. A sra. Penniman declarou que sua maneira de cantar era "extremamente artística" e o dr. Sloper disse que era "muito envolvente – realmente muito envolvente"; falando alto e nitidamente, mas com certa aridez.

— Ele não gosta de mim... Não gosta nem um pouco de mim! — disse Morris Townsend, dirigindo-se à tia da mesma forma que fizera com a sobrinha. — Acha que há algo de errado comigo.

Ao contrário de sua sobrinha, a sra. Penniman não lhe pediu nenhuma explicação. Apenas sorriu docemente, como se tivesse compreendido tudo; e, mais uma vez, diferentemente de Catherine, não fez nenhuma tentativa de contradizê-lo. — Ora, e o que isso importa? — murmurou baixinho.

— Ah, a senhora disse a coisa certa! — disse Morris, para grande satisfação da sra. Penniman, que se orgulhava de sempre dizer a coisa certa.

O doutor, na próxima vez que viu sua irmã Elizabeth, disse-lhe que conhecera o protegido de Lavinia.

— Fisicamente — disse ele — é excepcionalmente bem desenvolvido. Como anatomista, é realmente um prazer ver uma estrutura tão bela; no entanto, se todas as pessoas fossem como ele, suponho que haveria pouquíssima necessidade de médicos.

— Você não vê nada nas pessoas além de seus ossos? — a sra. Almond respondeu-lhe. — O que você acha dele como pai?

— Como pai? Graças a Deus não sou pai dele!

— Não; mas é o pai de Catherine. Lavinia disse-me que ela está apaixonada.

— Ela terá de superar tal coisa. Ele não é um cavalheiro.

— Ah, tome cuidado! Lembre-se de que ele pertence a um ramo dos Townsends.

— Ele não é o que chamo de cavalheiro. Não tem a alma de um cavalheiro. É extremamente cativante; mas sua natureza é vulgar. Percebi em um minuto. É completamente informal – odeio informalidades. É apenas um almofadinha convincente.

— Ah, bom — disse a sra. Almond —, se você se convenceu tão facilmente, considero que seja uma grande vantagem.

— Não me convenci facilmente. O que estou lhe dizendo é resultado de trinta anos de observação; e, para ser capaz de formar uma opinião em uma única noite, tive de passar toda a vida analisando.

— É bem possível que esteja certo. Mas o que importa é que Catherine veja o mesmo.

— Vou oferecer-lhe um par de óculos! — disse o doutor.

VIII

Se era verdade que estava apaixonada, certamente mantivera-se em silêncio a respeito; mas o doutor, claro, estava preparado para admitir que seu silêncio poderia significar muito. Ela dissera a Morris Townsend que não o mencionaria ao pai, e não via razões para voltar atrás no seu voto de discrição. Certamente não passava de uma boa dose de civilidade que, depois de ter jantado em Washington Square, voltasse a pisar ali; e nada seria mais natural que, tendo sido gentilmente recebido naquela ocasião, continuasse a aparecer. Ele tinha muito tempo livre em suas mãos; e, há trinta anos, em Nova Iorque, um jovem ocioso tinha muitos motivos de gratidão a quem lhe ajudasse a esquecer a sua situação. Catherine não disse nada ao pai sobre essas visitas, embora tivessem se tornado rapidamente a coisa mais importante e cativante de sua vida. A garota estava muito feliz. Ela ainda não sabia o que aconteceria; mas o presente tornara-se subitamente precioso e magnífico. Se lhe dissessem que ela estava apaixonada, teria ficado muito surpresa; pois ela imaginava que o amor era uma emoção aflita e exigente e, naqueles dias, seu coração enchia-se com impulsos de abnegação e sacrifício. Sempre que Morris Townsend saía de sua casa, sua imaginação lançava-se, com toda a força, à ideia de que ele logo voltaria; mas se, naquele momento, lhe dissessem que ele não retornaria por um ano, ou mesmo que nunca mais voltaria, ela não reclamaria nem se rebelaria, mas aceitaria tal afirmação humildemente, e buscaria consolo na lembrança das vezes em que o tinha visto, das palavras que havia dito, do som de sua voz, de seus passos, da expressão de seu rosto. O amor exige certas coisas como direito; mas Catherine não tinha noção de seus direitos; tinha apenas a consciência de enormes e inesperadas gentilezas. Sua própria gratidão por elas silenciara-se; pois parecia-lhe que seria de certa forma uma insolência fazer do seu segredo um espetáculo. Seu pai suspeitava das visitas de Morris Townsend e notou o silêncio da filha. Ela parecia implorar-lhe perdão por elas; olhava-o constantemente em silêncio, como se quisesse dizer que se calara por ter medo de irritá-lo. Mas a muda eloquência da pobre garota irritava-o mais do que qualquer outra coisa, e, mais de uma vez, ele flagrara-se murmurando que era uma pena sua filha única ser tão simplória. Seus murmúrios, entretanto, eram inaudíveis; e, por um tempo, ele não disse nada a ninguém. Gostaria de saber exatamente com que frequência o jovem Townsend vinha; mas estava determinado a não fazer perguntas à própria garota – a não lhe dizer mais nada que desse mostras de que a observava. O doutor imaginava estar sendo muito justo: desejava manter a liberdade da filha e interferir apenas quando havia provas de que corria algum perigo. Não era de seu feitio obter informações por meios indiretos, e nunca lhe ocorreu questionar os criados. Quanto a Lavinia, odiava falar com ela sobre o assunto; ela irritava-o com seu pretenso romantismo. Mas teve de recorrer a esse meio. As convicções da sra. Penniman sobre a relação de sua sobrinha com o inteligente e jovem visitante, que mantinha as aparências visitando ostensivamente ambas as damas, tinham evoluído para uma fase mais madura e significativa. Já não havia mais nada de exagerado no tratamento dado pela sra. Penniman à situação; ela se tornara tão pouco comunicativa quanto a própria Catherine. Provava a doçura da dissimulação; assumira uma atitude enigmática. "Ficaria maravilhada se pudesse provar a si mesma que é perseguida," pensou o doutor; e, quando finalmente questionou-a, teve certeza de que ela conseguiria extrair de suas palavras um pretexto para acreditar nisso.

— Faça a gentileza de dizer-me o que está acontecendo nesta casa — disse em um tom que, dadas as circunstâncias, ele próprio considerou cordial.

— O que está acontecendo, Austin? — a sra. Penniman exclamou. — Ora, certamente não sei! Acredito que ontem à noite a velha gata cinzenta teve gatinhos!

— Na idade dela? — disse o doutor. — A ideia é surpreendente... Quase chocante. Tenha a bondade de providenciar para que todos sejam afogados. Mas o que mais aconteceu?

— Ah, os pobres gatinhos! — exclamou a sra. Penniman. — Não vou fazer com que sejam afogados por nada neste mundo!

Por alguns instantes, seu irmão soltou baforadas em seu charuto em silêncio. — A sua compaixão pelos gatinhos, Lavinia — retomou logo depois —, vem de um elemento felino em seu próprio temperamento.

— Os gatos são muito graciosos, e muito limpos — disse a sra. Penniman, sorrindo.

— E bastante dissimulados. Você é a personificação da graça e do asseio; mas falta-lhe a franqueza.

— Algo que certamente não lhe falta, querido irmão.

— Não finjo ser gracioso, embora tente ser asseado. Por que você não me avisou que o sr. Morris Townsend vem a esta casa quatro vezes por semana?

A sra. Penniman ergueu as sobrancelhas. — Quatro vezes por semana?

— Cinco vezes, se preferir. Fico fora o dia todo e não vejo nada. Mas quando essas coisas acontecem, você deve avisar-me.

A sra. Penniman, com as sobrancelhas ainda erguidas, refletiu muito compenetrada. — Caro Austin — disse, por fim —, sou incapaz de trair a confiança de alguém. Preferiria sofrer qualquer coisa a fazê-lo.

— Não tenha receio; não terá de sofrer nada. À confiança de quem você se refere? Catherine obrigou-lhe a fazer algum voto de segredo eterno?

— De maneira nenhuma. Catherine não me contou tanto quanto poderia. Ela não tem me confidenciado muito.

— Então foi o rapaz que fez de você seu confidente? Permita-me dizer que é extremamente indiscreto de sua parte formar alianças com jovens rapazes. Você não sabe onde elas podem levar-lhe.

— Não sei o que você quer dizer com alianças — disse a sra. Penniman. — Interesso-me muito peló sr. Townsend; não vou esconder esse fato. Mas isso é tudo.

— Dadas as circunstâncias, isso já é o bastante. Qual é a razão de seu interesse pelo sr. Townsend?

— Ora — disse a sra. Penniman, meditativa, e logo depois abrindo um sorriso —, justamente por ele ser tão interessante!

O doutor sentiu que seria preciso usar de sua paciência. — E o que o faz tão interessante... Sua boa aparência?

— Suas desventuras, Austin.

— Ah, e ele passou por desventuras? Isso, certamente, é sempre interessante. E você tem a liberdade de contar-me alguma das desventuras do sr. Townsend?

— Não sei se ele gostaria — disse a sra. Penniman. — Disse-me muitas coisas a seu respeito... Contou-me, na verdade, toda a sua história. Mas acho que não deva repetir essas coisas. Ele lhe contaria tudo, tenho certeza, se achasse que você o ouviria com delicadeza. Com delicadeza, consegue-se qualquer coisa dele.

O doutor soltou uma risada. — Vou pedir-lhe com muita delicadeza, então, que deixe Catherine em paz.

— Ah! — disse a sra. Penniman, sacudindo o dedo indicador para o irmão, com o dedo mínimo virado para fora. — Catherine provavelmente já lhe disse algo com muito mais delicadeza.

— Disse que o amava? É isso que quer dizer?

A sra. Penniman fixou os olhos no chão. — Como já lhe disse, Austin, ela não me confidencia nada.

— Mesmo assim, suponho que você tenha alguma opinião. É isso que lhe peço; embora não lhe esconda que não devo considerá-la como algo conclusivo.

O olhar da sra. Penniman continuou pousado no tapete; mas, por fim, ela ergueu-o e, nesse momento, seu irmão achou-o muito expressivo. — Acho que Catherine está muito feliz; isso é tudo que posso lhe dizer.

— Townsend está tentando casar-se com ela... É isso que quer dizer?

— Ele está bastante interessado nela.

— Ele a considera uma garota tão atraente assim?

— Catherine tem uma natureza encantadora, Austin — disse a sra. Penniman —, e o sr. Townsend foi inteligente o bastante para descobri-la.

— Com uma ajudinha sua, imagino. Minha cara Lavinia — exclamou o doutor —, você é uma tia admirável!

— É o que diz o sr. Townsend — observou Lavinia, sorrindo.

— E você acha que ele é sincero? — perguntou seu irmão.

— Ao dizer isso?

— Não; isso é certo. Em sua admiração por Catherine.

— Profundamente sincero. Ele disse-me as coisas mais elogiosas, as coisas mais encantadoras sobre ela. Ele as diria para você, se tivesse certeza que você o ouviria... Com delicadeza.

— Duvido que consiga fazê-lo. Ele parece requerer uma quantidade excessiva de delicadeza.

— Ele tem um espírito sensível e compreensivo — disse a sra. Penniman.

Seu irmão soltou outra baforada silenciosa de seu charuto. — Essas delicadas qualidades sobreviveram às suas casualidades, não é? E, enquanto isso, você ainda não me falou a respeito de suas desventuras.

— É uma longa história — disse a sra. Penniman — e considero-a uma revelação sagrada. Mas imagino que não há nenhum problema em dizer que ele foi um desregrado – ele mesmo admite-o francamente. Mas já pagou por isso.

— E foi assim que ele perdeu sua fortuna, não é?

— Não estou falando apenas de dinheiro. Ele está consideravelmente sozinho no mundo.

— Você está me dizendo que se comportou tão mal a ponto de seus amigos o abandonarem?

— Ele teve alguns falsos amigos, que o decepcionaram e o traíram.

— Ele parece ter tido alguns bons amigos também. Tem uma irmã devotada e meia dúzia de sobrinhos e sobrinhas.

A sra. Penniman ficou quieta por um minuto. — Os sobrinhos e sobrinhas são crianças, e a irmã não é uma pessoa muito carismática.

— Espero que ele não fale mal dela para você — disse o doutor —, pois disseram-me que ele vive às suas custas.

— Vive às custas dela?

— Mora com ela, e não tem um trabalho; é praticamente a mesma coisa.

— Ele está procurando uma posição, com muita seriedade — disse a sra. Penniman. — Todos os dias, tem esperança de encontrar algo.

— Exatamente. Está procurando por uma posição aqui... Logo ali, na sala da frente. A posição de marido de uma mulher de mente fraca com uma imensa fortuna cairia-lhe perfeitamente!

A sra. Penniman era realmente amável, mas agora dava sinais de que perderia a cabeça. Levantou-se extremamente agitada e ficou por um momento parada, olhando para o irmão. — Meu caro Austin — observou —, se você considera Catherine uma mulher de mente fraca, está completamente enganado! — E, assim, afastou-se de forma majestosa.

IX

Era um hábito da família de Washington Square ir passar as tardes de domingo na casa da sra. Almond. No domingo seguinte à conversa que acabo de narrar, este hábito não foi interrompido e, nessa ocasião, lá pelo meio da tarde, o dr. Sloper encontrou um motivo para ir retirar-se para a biblioteca com o cunhado para falar sobre negócios. Ausentou-se por cerca de vinte minutos e, ao voltar para o círculo de pessoas, animado pela presença de vários amigos da família, viu que Morris Townsend aparecera, perdendo o mínimo de tempo possível e sentando-se em um pequeno sofá, ao lado de Catherine. No grande salão, onde vários grupos diferentes se formaram e o murmúrio de vozes e risos era alto, os dois jovens podiam trocar confidências – como o doutor definira para si mesmo – sem atrair a atenção dos outros. Em um instante, no entanto, percebeu que sua filha, angustiada, tomara consciência de que ele os observava. Permaneceu sentada, imóvel, com os olhos baixos, olhando o leque aberto e profundamente corada, encolhendo-se como se quisesse minimizar a indiscrição de que se considerava culpada.

O doutor quase teve pena dela. A pobre Catherine não era rebelde; não tinha disposição para provocações; e, como sentia que seu pai observava as atenções de seu companheiro com antipatia, simplesmente sentia-se incomodada com a eventualidade de ter parecido querer desafiá-lo. Na verdade, o doutor sentiu tanta pena dela que se afastou, para poupá-la da sensação de estar sendo vigiada; e era um homem tão inteligente que, em seus pensamentos, prestava-lhe uma espécie de justiça poética em resposta à sua situação.

"Deve ser extremamente prazeroso para uma garota simples e apagada como aquela que um belo rapaz venha sentar-se ao seu lado, sussurrando-lhe que é seu escravo – se é que é isso que ele lhe sussurra. Não me admira que ela goste, e que me ache um tirano cruel; o que certamente acha, mesmo que tenha medo – ela não tem coragem suficiente – de admiti-lo para si mesma. Pobre Catherine!", meditou o doutor. "Realmente acredito que ela seja capaz de me defender quando Townsend fala mal de mim!"

E, naquele momento, a força dessa reflexão foi tão grande que fez-lhe sentir a oposição natural entre seu ponto de vista e o de uma garota apaixonada, levando-o a dizer a si mesmo que talvez estivesse, afinal, levando as coisas muito a sério e a colocar o carro na frente dos bois. Ele não deveria condenar Morris Townsend sem tê-lo ouvido. Tinha grande aversão por levar as coisas muito a sério; pensava que metade dos sofrimentos e muito das decepções da vida vinham desse tipo de atitude; e, por um instante, imaginou se, talvez, não parecesse ridículo aos olhos daquele inteligente rapaz que – ele suspeitava – tinha uma percepção muito apurada desse tipo de incongruência. Ao final de um quarto de hora, Catherine livrara-se dele e Townsend agora encontrava-se de pé diante da lareira, conversando com a sra. Almond.

"Vamos testá-lo novamente," disse o médico para si mesmo. E atravessou a sala, juntando-se à irmã e seu companheiro, fazendo-lhe um sinal para que ela o deixasse a sós com o rapaz. Ela obedeceu-o prontamente, enquanto Morris olhava para ele, sorrindo, sem nenhum sinal de embaraço em seu olhar gentil.

"É incrivelmente vaidoso!", pensou o doutor; e então disse em voz alta: — Disseram-me que você está procurando uma posição.

— Ah, uma posição é muito mais do que me atrevo a chamar — Morris Townsend respondeu. — Esse nome soa tão bem. Gostaria de algum trabalho tranquilo... Algo que me rendesse alguns tostões de forma honesta.

— Que tipo de coisa preferiria?

— O senhor quer dizer a que sou apto? Muito pouco, receio. Não tenho nada além da força dos meus braços, como se diz nos melodramas.

— Você é muito modesto — disse o doutor. — Além dos seus braços, você tem um cérebro sofisticado. Não sei nada a seu respeito, além do que posso ver; mas vejo pela sua fisionomia que é extremamente inteligente.

— Ah — Townsend murmurou —, não sei o que responder quando o senhor me diz isso! Aconselha-me, então, a não me desesperar?

E olhou para seu interlocutor como se a questão pudesse ter um duplo sentido. O doutor compreendeu seu olhar, avaliando-o por um instante antes de responder. — Lamentaria muito ter de admitir para um jovem rapaz robusto e bem-disposto que ele deveria desesperar-se. Se ele não for bem-sucedido em uma coisa, pode tentar outra. Apenas, devo acrescentar, ele deveria escolher seu caminho com cuidado.

— Ah, sim, com cuidado! — Morris Townsend repetiu, concordando com ele. — Bom, tenho sido muito imprudente, ultimamente; mas acho que isso já foi superado. Estou muito mais sensato agora. — E ficou em silêncio por um instante, olhando para os sapatos incrivelmente limpos. Então, por fim: — O senhor tinha a gentil intenção de propor-me alguma coisa vantajosa? — perguntou, olhando novamente para cima e sorrindo.

"Maldita insolência!", o doutor exclamou para si mesmo.

Mas, em um instante, refletiu que, afinal, ele mesmo é quem havia inicialmente tocado naquele ponto delicado, e que suas palavras poderiam ser interpretadas como uma oferta de ajuda.

— Não tenho nenhuma proposta em especial a fazer-lhe — disse —, mas ocorreu-me prevenir-lhe que vou lembrar-me de você. Às vezes, ouve-se falar de alguma oportunidade. Por exemplo... Você teria alguma objeção a sair de Nova Iorque... A ir para algum lugar distante?

— Receio que não seria capaz de fazê-lo. Devo tentar a sorte aqui ou em nenhum outro lugar. Veja bem — acrescentou Morris Townsend —, tenho laços... Tenho responsabilidades aqui. Tenho uma irmã, viúva, de quem estive separado por muito tempo e para quem sou praticamente tudo. Não gostaria de dizer-lhe que sou obrigado a partir. Ela depende bastante de mim, entende?

— Ah, isso é muito apropriado; o senso de família é muito apropriado — disse o dr. Sloper. — Muito frequentemente penso não haver senso familiar suficiente em nossa cidade. Acredito já ter ouvido falar de sua irmã.

— É possível, mas duvido; ela leva uma vida muito pacata.

— Tão pacata, você quer dizer — continuou o doutor, dando uma risadinha —, quanto é possível a uma senhora com vários filhos pequenos.

— Ah, meus jovens sobrinhos e sobrinhas – é exatamente esse o ponto! Estou ajudando-a a criá-los — disse Morris Townsend. — Sou uma espécie de tutor amador; dou-lhes aulas.

— Como disse, isso é muito apropriado; mas dificilmente é uma carreira.

— Não me trará fortuna! — o rapaz confessou.

— Você não deve empenhar-se tanto em fazer fortuna — disse o doutor. — Mas garanto-lhe que vou mantê-lo em minha mente; não o perderei de vista!

— Se minha situação se tornar desesperadora, talvez tome a

liberdade de relembrá-lo! — Morris respondeu-lhe, levantando um pouco a voz, com um sorriso ainda mais brilhante, enquanto seu interlocutor afastava-se.

Antes de deixar a casa, o doutor trocou algumas palavras com a sra. Almond.

— Gostaria de conhecer a irmã dele — disse. — Como você a chama? Sra. Montgomery. Gostaria de ter uma conversinha com ela.

— Vou tentar arranjar isso — respondeu a sra. Almond. — Aproveitarei a primeira oportunidade para convidá-la e você pode vir conhecê-la. A menos que, antes — a sra. Almond acrescentou —, ela meta na cabeça que está doente e mande chamá-lo.

— Ah, não, isso não; ela já deve ter problemas suficientes para fazê-lo. Mas isso teria suas vantagens, já que então veria as crianças. Gostaria muito de conhecer seus filhos.

— Você é meticuloso demais. Você quer interrogá-los a respeito do tio!

— Exatamente. O tio disse-me que está encarregado da educação deles, e que faz com que a mãe não tenha que gastar com uma escola. Gostaria de fazer-lhes algumas perguntas sobre os assuntos mais comuns.

"Certamente ele não tem a aparência de um professor!", a sra. Almond disse para si mesma pouco tempo depois, ao ver Morris Townsend a um canto, curvado sobre a sobrinha, que estava sentada.

E, de fato, nada havia nas palavras do jovem rapaz naquele momento que soasse como o discurso de um pedagogo.

— Você vai me encontrar em algum lugar amanhã ou no dia seguinte? — dizia ele, em voz baixa, a Catherine.

— Encontrar você? — perguntou ela, erguendo os olhos assustados.

— Tenho algo especial a dizer-lhe... Algo muito especial.

— Você não pode ir até minha casa? Não pode dizer o que quer lá?

Townsend balançou a cabeça com pesar. — Não posso entrar em sua casa novamente!

— Ah, sr. Townsend! — murmurou Catherine. Ela estremeceu ao imaginar o que teria acontecido, se seu pai havia proibido sua presença.

— Não posso por respeito próprio — disse o jovem. — Seu pai insultou-me.

— Insultou-o?

— Ele zombou de minha pobreza.

— Ah, está enganado – entendeu-o mal! — Catherine disse, enérgica, levantando-se da cadeira.

— Talvez eu seja orgulhoso demais... Sensível demais. Mas você me aceitaria de outra forma? — perguntou ele, com ternura.

— No que diz respeito ao meu pai, não tenha tanta certeza. Ele é extremamente bondoso — disse Catherine.

— Ele riu de mim por não ter uma posição! Aceitei tudo em silêncio; mas apenas porque ele é sua família.

— Não sei — disse Catherine. — Não sei o que ele pensa. Tenho certeza de que tem a pretensão de ser gentil. Você não deveria ter tanto orgulho.

— Terei orgulho apenas de você — Morris respondeu. — Pode me encontrar na praça à tarde?

Um grande rubor da parte de Catherine foi a resposta ao questionamento que acabo de citar. Ela virou-se, sem se importar com a pergunta.

— Vai me encontrar? — ele repetiu. — É muito tranquilo lá; ninguém precisa nos ver... Ao anoitecer?

— É você que é cruel, é você quem ri, quando diz coisas como essas.

— Minha querida garota! — o rapaz murmurou.

— Você sabe que tenho muito pouco do que orgulhar-me. Sou feia e burra.

Morris recebeu esse comentário com um murmúrio ardente, no qual ela não reconheceu nada de muito claro, além da segurança de ser muito querida por ele.

Mesmo assim, ela continuou. — Não sou sequer... Não sou sequer... — E calou-se por um momento.

— Não é o quê?

— Nem sequer sou corajosa.

— Ah, então, se você tem medo, o que vamos fazer?

Ela hesitou um instante; então, por fim: — Você deve vir até minha casa — disse ela —, não tenho medo de que o faça.

— Preferiria que nos encontrássemos na praça — o rapaz insistiu. — Você sabe que frequentemente ela está vazia. Ninguém nos verá.

— Não me importa que nos vejam! Mas vá embora agora.

Ele partiu, resignado; conseguira o que queria. Felizmente, não soube que meia hora depois, voltando para casa com o pai e sentindo-o muito próximo de si, a pobre garota, apesar de sua súbita declaração de coragem, começou a estremecer novamente. Seu pai não lhe disse nada; mas ela imaginava seus olhos fixos nela em meio à escuridão. A sra. Penniman também permaneceu em silêncio; Morris Townsend havia lhe dito que a sobrinha preferia, sem o menor romantismo, uma visita na sala decorada com chita a um encontro amoroso junto a uma fonte coberta de folhas caídas, e ela perdera-se em conjecturas acerca da excentricidade – quase uma atrocidade – da escolha.

X

Catherine recebeu o jovem rapaz no dia seguinte, no local que ela escolhera – em meio aos castos estofados de uma sala de estar de Nova Iorque mobiliada à moda de cinquenta anos atrás. Morris engoliu seu orgulho e esforçou-se ao máximo para cruzar a porta da casa do seu debochado pai – um ato de magnanimidade que não poderia deixar de fazê-lo parecer duplamente interessante.

— Precisamos decidir algo... Temos de estabelecer uma conduta — declarou ele, passando a mão nos cabelos e lançando um olhar no espelho comprido e estreito que adornava o espaço entre as duas janelas, e em cuja base havia um pequeno console dourado coberto por uma fina placa de mármore branco, que apoiava, por sua vez, um tabuleiro de gamão resguardado por dois volumes, dois vistosos livros com o título, *História da Inglaterra*, inscrito em letras douradas esverdeadas. Se Morris permitira-se descrever o proprietário da casa como um zombeteiro sem coração, é porque considerava-o cauteloso em demasia, e essa era a maneira mais fácil de expressar sua própria insatisfação – insatisfação esta que fez questão de esconder do doutor. Provavelmente parecerá ao leitor, porém, que a vigilância do doutor não era de forma nenhuma excessiva e que esses dois jovens tinham bastante liberdade. Eles, agora, gozavam de considerável intimidade, e pode parecer que, para uma pessoa tímida e retraída, nossa heroína fora liberal em suas concessões. O rapaz, em poucos dias, fez com que ela ouvisse coisas para as quais ela não imaginava estar preparada; pressentindo fortemente as dificuldades que teria, ele começou a ganhar tanto terreno quanto possível no presente. Lembrou-se de que a sorte favorece os audaciosos e, mesmo que tivesse esquecido, a sra. Penniman teria o feito recordar-se. A sra. Penniman ficava encantada com todas as coisas relacionadas aos dramas, e orgulhava-se diante da possibilidade de que um drama fosse ali representado. Reunindo nela mesma o fervor do ponto[7] com a impaciência do espectador, há muito ela fizera o possível para levantar a cortina. Também tinha a esperança de figurar no espetáculo – ser a confidente, o coro, narrar o epílogo. Pode-se até mesmo dizer que houve momentos em que ela perdeu completamente de vista a modesta heroína da peça, na contemplação de certas passagens que naturalmente ocorreriam entre o herói e ela própria.

O que Morris finalmente dissera a Catherine foi simplesmente que a amava, ou melhor, que a adorava. Ele praticamente já havia tornado tal fato conhecido – suas visitas foram uma série de eloquentes insinuações a respeito. Mas agora ele confirmara suas juras de amor e, como um sinal memorável, passou o braço ao redor da cintura da garota e deu-lhe um beijo. Essa feliz certeza acontecera antes do que Catherine esperava, e ela, muito naturalmente, tomou-a como um tesouro inestimável. Pode-se até mesmo duvidar que ela em qualquer momento tivesse esperado definitivamente possuí-lo; ela não esperava por tal declaração, e nunca dissera a si mesma que em determinado momento isso viria a acontecer.

---

7 O autor refere-se aqui ao ponto teatral, pessoa responsável por "soprar" as falas aos atores que porventura esquecessem seus diálogos. (N. do T.)

Como já tentei explicar, ela não era ansiosa nem exigente; recebia o que lhe era dado a cada dia; e se o delicioso hábito das visitas de seu admirador, que lhe trazia uma felicidade na qual confiança e timidez misturavam-se estranhamente, tivesse de repente chegado ao fim, ela não só não se consideraria uma mulher abandonada como tampouco ficaria decepcionada. Depois que Morris beijou-a, na última vez que esteve com ela, como uma perfeita garantia de sua devoção, ela implorou-lhe que fosse embora, que a deixasse em paz, que a deixasse pensar. Morris partiu, não sem antes dar-lhe outro beijo. Mas os pensamentos de Catherine careciam de certa coerência. Ela sentiu os beijos dele em seus lábios e faces por muito tempo depois; tal sensação era mais um obstáculo do que um auxílio à reflexão. Ela gostaria de ver sua situação com total clareza diante de si, de decidir-se quanto ao que deveria fazer se, como temia, seu pai lhe dissesse que desaprovava Morris Townsend. Mas a única coisa que podia ver com clareza era quão terrivelmente estranha era a possibilidade de alguém desaprová-lo; que, nesse caso, deveria haver algum engano, algum mistério, que em pouco tempo seria esclarecido. Ela adiou sua decisão, sua escolha; diante da visão de um conflito com seu pai, ela baixou os olhos e ficou imóvel, prendendo a respiração e esperando. Isso fazia seu coração bater mais rápido, era intensamente doloroso. Quando Morris beijou-a e disse-lhe aquelas coisas... Seu coração também bateu mais rápido; mas isto era pior, isto assustava-a. No entanto, hoje, quando o rapaz falou em tomar alguma resolução, estabelecer uma conduta, ela sentiu que ele tinha razão e respondeu-lhe com muita simplicidade e sem hesitar.

— Devemos cumprir com nossa obrigação — disse ela. — Devemos falar com meu pai. Farei isso esta noite; você deverá fazê-lo amanhã.

— É muito gentil de sua parte fazê-lo primeiro — respondeu Morris. — O jovem rapaz... O feliz enamorado... É quem geralmente faz isso. Mas que seja como você quiser!

Pensar que ela seria corajosa pelo bem dele agradou a Catherine e, em seu contentamento, ela chegou a sorrir. — As mulheres têm mais tato — disse ela —, deviam sempre fazê-lo primeiro. Elas são mais conciliadoras; têm mais capacidade de persuasão.

— Você vai precisar de todos os seus poderes de persuasão. Mas, afinal — acrescentou Morris —, você é irresistível.

— Por favor, não fale assim... E prometa-me uma coisa. Amanhã, quando falar com meu pai, você será muito gentil e respeitoso.

— Tanto quanto possível — Morris prometeu. — Não será de grande utilidade, mas vou tentar. Certamente preferiria tê-la de uma maneira mais fácil a ter de lutar por você.

— Não fale em lutar; não vamos precisar lutar.

— Ah, precisamos estar preparados — Morris respondeu.

— Especialmente você, porque tudo deverá ser mais difícil para você. Você sabe qual será a primeira coisa que seu pai lhe dirá?

— Não, Morris; diga-me, por favor.

— Ele vai dizer-lhe que sou um mercenário.

— Mercenário?

— É uma palavra pomposa; mas seu significado é bastante baixo. Quer dizer que apenas quero seu dinheiro.

— Ah! — Catherine murmurou baixinho.

A exclamação foi tão envergonhada e comovente que Morris permitiu-se outra pequena demonstração de afeto. — Mas certamente é o que ele dirá — acrescentou.

— Será fácil preparar-me para isso — disse Catherine. — Simplesmente vou dizer que ele está errado... Que outros homens podem ser assim, mas você, não.

— Deve enfatizar isso, pois esse será o maior argumento dele.

Catherine olhou para o amado por um minuto e, então, disse: — Vou persuadi-lo. Mas estou feliz que seremos ricos — acrescentou ela.

Morris virou-se, olhando para o topo de seu chapéu. — Não, isso é uma desgraça — disse ele, afinal. — É daí que virão nossas dificuldades.

— Bom, se esse é nosso pior infortúnio, não somos tão infelizes. Muitas pessoas não pensariam que isso é tão ruim assim. Vou persuadi-lo, e depois ficaremos muito contentes por termos dinheiro.

Morris Townsend ouviu esse vigoroso raciocínio em silêncio. — Vou deixar minha defesa a seu cargo; é uma acusação que obriga qualquer homem a rebaixar-se para se defender.

Catherine, por sua vez, ficou em silêncio por algum tempo; continuou fitando-o enquanto ele olhava fixamente para fora da janela. — Morris — disse ela abruptamente —, você tem certeza de que me ama?

Ele virou-se e, imediatamente, curvou-se sobre ela. — Minha querida, como pode duvidar?

— Só sei disso há cinco dias — disse ela. — Mas agora parece-me que nunca poderia viver sem seu amor.

— Você nunca terá de tentar! — E ele soltou uma risadinha doce e reconfortante. Então, logo depois, acrescentou. — Há algo que você deve me dizer também! — Ela fechara os olhos depois da última palavra que pronunciara, mantendo-os fechados; ao ouvi-lo, assentiu com a cabeça, sem abri-los. — Você deve me dizer — continuou ele — que, se seu pai for completamente contra mim, se proibir veementemente nosso casamento, você ainda me será fiel.

Catherine abriu os olhos e olhou para ele, e não pôde dar-lhe melhor promessa do que a que ele leu em seu olhar.

— Ficará comigo? — disse Morris. — Você sabe que é dona de si mesma... Você é maior de idade.

— Ah, Morris! — ela murmurou, como única resposta. Ou melhor, essa não foi a única, já que colocou sua mão na dele.

Ele manteve a mão ali por um instante e, logo depois, beijou a garota novamente. Isso é tudo que precisa ficar registrado da conversa de ambos; mas, se a sra. Penniman tivesse estado presente, provavelmente admitiria que foi bom que ela não acontecera ao lado da fonte da Washington Square.

XI

Catherine ficou à espreita para saber quando seu pai chegaria naquela noite, e ouviu-o dirigir-se ao escritório. Sentou-se em silêncio, embora seu coração batesse muito rápido, por quase meia hora; então, foi bater à sua porta – ritual indispensável para que ela ingressasse naquele aposento. Ao entrar, encontrou-o em sua cadeira ao lado da lareira, entretido com um charuto e o jornal vespertino.

— Tenho algo a falar com o senhor — começou ela muito calmamente; e sentou-se no primeiro lugar disponível.

— Ficarei muito feliz em ouvi-la, minha querida — disse seu pai. Ele esperou... E esperou, olhando para ela, enquanto ela fitava, em um longo silêncio, para o fogo. Ele estava curioso e impaciente, pois tinha certeza de que ela ia falar-lhe de Morris Townsend; mas deixou-a tomar o tempo que precisasse, pois estava determinado a mostrar-se muito sereno.

— Estou noiva! — Catherine anunciou por fim, ainda fitando o fogo.

O doutor assustou-se, o fato consumado era mais do que esperava. Mas não demonstrou surpresa. — Faz bem em me contar — disse ele, simplesmente. — E quem é o feliz mortal a quem honrou com sua escolha?

— O sr. Morris Townsend — e, quando pronunciou o nome de seu amado, Catherine olhou para o pai. E viu seus olhos acinzentados e calmos, e seu sorriso claro e certeiro. Contemplou-os por um momento e voltou a olhar para o fogo; sentiu que estava ainda mais quente.

— Quando esse acordo foi feito? — o doutor perguntou.

— Esta tarde... Há duas horas.

— O sr. Townsend esteve aqui?

— Sim, pai; na sala da frente — Ela ficou muito contente por não ter sido obrigada a contar-lhe que a cerimônia de seu noivado tinha acontecido sob os ailantos desfolhados.

— É sério? — disse o doutor.

— Muito sério, pai.

Seu pai ficou em silêncio por um instante. — O sr. Townsend é quem deveria ter me comunicado.

— Ele pretende falar-lhe amanhã.

— Depois de eu já saber de tudo por você? Ele deveria ter falado comigo antes. Ele acha que eu não me importo... Por ter-lhes dado tanta liberdade?

— Ah, não — disse Catherine —, ele sabia que o senhor se importaria. E temos sido muito gratos ao senhor pela... Pela liberdade.

O doutor deu uma risadinha. — Você deveria ter feito melhor uso dela, Catherine.

— Por favor, não diga isso, pai — a garota pediu calmamente, fixando os olhos tristes e gentis nele.

Ele soltou uma baforada do charuto por um tempo, pensativo. — Vocês agiram com bastante rapidez — disse, finalmente.

— Sim — Catherine respondeu, modestamente —, acredito que sim.

Seu pai olhou para ela por um instante, desviando os olhos do fogo. — Não duvido que o sr. Townsend goste de você. Você é tão simples e tão boa.

— Não sei por que ele gosta... Mas sei que gosta de mim. Tenho certeza disso.

— E você gosta muito do sr. Townsend?

— Gosto muito dele, certamente... Ou não concordaria em casar-me com ele.

— Mas você o conhece há pouquíssimo tempo, minha querida.

— Ah — disse Catherine, com uma certa ansiedade —, não é preciso muito tempo para gostar de alguém... Uma vez que comecemos.

— Você deve ter começado muito rapidamente. Quando foi a primeira vez que o viu... Naquela noite na festa de sua tia?

— Não sei, pai — a garota respondeu. — Não posso afirmar-lhe nada a respeito.

— Claro; isso é assunto seu. Você deve ter observado que agi de acordo com esse princípio. Não interferi, deixe-lhe ter sua liberdade, lembrei-me de que você não é mais uma garotinha... Que já chegou à idade de tomar suas próprias decisões.

— Assim, sinto-me muito velha... E muito sábia — disse Catherine, sorrindo levemente.

— Receio que dentro de pouco tempo se sentirá ainda mais velha e sábia. Não gosto do seu noivado.

— Ah! — Catherine exclamou baixinho, levantando-se da cadeira.

— Não, minha querida. Lamento causar-lhe qualquer dor; mas não gosto. Você deveria ter-me consultado antes de aceitar. Tenho sido muito compreensivo com você e sinto-me como se tivessem se aproveitado de minha compreensão. Decididamente, você deveria ter falado comigo antes.

Catherine hesitou por um momento, e então... — Fiz isso porque estava com medo de que o senhor não gostasse! — confessou.

— Ah, aí está! Estava com a consciência pesada.

— Não, não tenho minha consciência pesada, pai! — a garota gritou, com considerável energia. — Por favor, não me acuse de nada tão terrível. — Essas palavras, de fato, representavam para sua imaginação algo realmente terrível, algo vil e cruel, que ela associava a malfeitores e prisioneiros. — Foi apenas porque estava com medo... Medo... — continuou ela.

— Se estava com medo, era porque agia como uma tola!

— Estava com medo de que o senhor não gostasse do sr. Townsend.

— E estava completamente certa. Não gosto dele.

— Meu querido pai, o senhor não o conhece — disse Catherine, com uma voz contestadora tão tímida que poderia até mesmo tê-lo comovido.

— É verdade; não o conheço intimamente. Mas o conheço suficientemente. Tenho minha opinião a seu respeito. E você tampouco o conhece.

Ela parou diante do fogo, com as mãos levemente cruzadas à sua frente; e seu pai, recostando-se na cadeira e olhando para ela, fez tal comentário com uma calma que chegava a ser irritante.

No entanto, duvido que Catherine tenha se irritado, embora tenha protestado com veemência. — Não o conheço? — exclamou ela. — Ora, conheço-o sim... Melhor do que jamais conheci qualquer outra pessoa.

— Você conhece uma parte dele... A parte que ele escolheu mostrar-lhe. Mas não conhece o restante.

— Restante? Que restante?

— Seja ele qual for. Certamente, ainda há muito a conhecer.

— Sei o que o senhor quer dizer — disse Catherine, lembrando-se do que Morris lhe prevenira. — O senhor quer dizer que ele é um mercenário.

Seu pai continuava a olhá-la, com seu olhar frio, calmo e racional. — Se quisesse dizer isso, minha querida, eu teria dito com todas as letras! Mas há um erro em especial que desejo evitar – tornar o sr. Townsend ainda mais interessante para você, dizendo-lhe coisas duras a seu respeito.

— Não acreditarei que são duras se forem verdade — disse Catherine.

— Se não o fizer, você se mostrará uma jovem extremamente sensata.

— De qualquer forma, são suas razões para não gostar dele, e o senhor há de querer que eu ouça suas razões.

O doutor sorriu levemente. — É completamente verdade. E você tem todo o direito de saber de minhas razões. — E soltou algumas baforadas do charuto por alguns instantes. — Muito bem, então, sem acusar o sr. Townsend de estar apaixonado apenas por sua fortuna – pela fortuna que você espera receber, e à qual tem todo o direito –, direi que há inúmeras razões para supor que tais vantagens entraram em seus cálculos muito mais amplamente do que uma terna preocupação estritamente necessária para a sua felicidade. Certamente, não é impossível que um jovem inteligente nutra por você uma afeição desinteressada. Você é uma garota honesta e amável, e qualquer rapaz inteligente poderia facilmente descobrir essas suas qualidades. Mas o mais importante que sabemos deste rapaz – que é, de fato, muito inteligente – leva-nos a supor que, por mais que ele valorize seus méritos pessoais, valoriza ainda mais seu dinheiro. O mais importante que sabemos sobre ele é que levou uma vida de desperdício e, por isso, acabou com a própria fortuna. Isso é suficiente para mim, minha querida. Desejo que você se case com um rapaz com outros antecedentes – um rapaz que possa oferecer-lhe garantias favoráveis. Se Morris Townsend gastou a própria fortuna divertindo-se, há todas as razões para acreditar que também gastaria a sua.

O doutor fez tais comentários lenta e deliberadamente, com pausas e ênfases ocasionais que, à pobre Catherine, não geravam grande suspense quanto à sua conclusão. Por fim, ela sentou-se com a cabeça baixa e os olhos ainda fixos no pai; e, por incrível que pareça – mal sei como dizer-lhes isso –, mesmo sentindo que o que ele dizia ia tão terrivelmente contra si, ela admirou sua clareza e nobreza ao expressar-se. Havia algo desesperador e opressor em ter de discutir com o próprio pai; mas, por sua vez, ela também tinha de tentar ser clara. Ele mostrava-se muito calmo; não estava nem um pouco zangado; e ela também deveria parecer calma. Mas até mesmo o esforço que fazia para ficar em silêncio fazia-a tremer.

— Isso não é o mais importante que sabemos a seu respeito — disse ela; e havia um toque de tremor em sua voz. — Há outras coisas... Muitas outras coisas. Ele tem ótimas habilidades... Ele quer tanto fazer alguma coisa. Ele é gentil, generoso e verdadeiro — disse a pobre Catherine, que, até então, não suspeitara da capacidade de sua eloquência. — E a fortuna dele – a fortuna que ele gastou – era muito pequena!

— Mais uma razão para não tê-la gasto — gritou o doutor, levantando-se, com uma gargalhada. E então, como Catherine também se levantara, ficou ali parado, ostentando uma seriedade bastante austera, desejando fazer tanto e exprimindo tão pouco, e terminou por puxar a filha para si, beijando-a. — Você não vai me achar cruel demais? — disse, segurando-a por um momento.

Tal pergunta não era reconfortante; ao contrário, a Catherine parecia sugerir possibilidades que a faziam sentir-se mal. Mas ela respondeu de forma bastante coerente: — Não, meu querido pai;

porque, se o senhor soubesse como me sinto — e deve saber, o senhor sabe tudo —, o senhor seria muito mais gentil, mais bondoso.

— Sim, acho que sei como se sente — disse o doutor. — Serei muito gentil — pode ter certeza disso. E verei o sr. Townsend amanhã. Por enquanto, peço-lhe que me faça a gentileza de não mencionar a ninguém que está noiva.

XII

No dia seguinte, à tarde, ele ficou em casa, esperando a visita do sr. Townsend – algo que lhe pareceu (e, talvez, com razão, já que era um homem muito ocupado) a concessão de uma grande honraria ao pretendente de Catherine, dando a ambos os jovens muito menos motivos para reclamar. Morris apresentou-se com um semblante bastante sereno – parecia ter esquecido o "insulto" pelo qual havia solicitado a compreensão de Catherine havia apenas duas noites – e o dr. Sloper não perdeu tempo em informá-lo de que estava preparado para sua chegada.

— Catherine contou-me ontem o que está acontecendo entre vocês — disse ele. — Deixe-me dizer-lhe que teria sido apropriado de sua parte avisar-me de suas intenções antes que tivessem ido tão longe.

— Eu o teria feito — Morris respondeu — caso o senhor não tivesse aparentado dar tanta liberdade à sua filha. Ela pareceu-me ser tão dona de si própria.

— E o é, literalmente. Mas não se emancipou moralmente tanto assim, acredito eu, a ponto de escolher um marido sem me consultar. Deixei-a em liberdade, mas não me tornei nem um pouco indiferente. A verdade é que seu pequeno caso chegou ao auge com uma rapidez que me surpreende. Catherine o conheceu há apenas alguns dias.

— Não foi há muito tempo, certamente — disse Morris, muito seriamente. — Admito que não demoramos para... Para chegar a um entendimento. Mas tudo foi muito natural, a partir do momento em que cada um de nós teve certeza do que sentia... E de que era correspondido. Meu interesse pela srta. Sloper começou na primeira vez em que a vi.

— E, por acaso, não se interessou por ela antes do primeiro encontro? — o doutor perguntou.

Morris olhou para ele por um instante. — Certamente já tinha ouvido falar que ela era uma garota encantadora.

— Uma garota encantadora... É isso que acha dela?

— Certamente. Caso contrário, não estaria sentado aqui.

O doutor ponderou por um instante. — Meu caro jovem — disse ele, por fim —, você deve ser muito impressionável. Como pai de Catherine, acredito ter uma apreciação justa e terna de suas muitas boas qualidades; mas não me importo de dizer-lhe que nunca a tive como uma garota encantadora, e sequer esperei que alguém mais o fizesse.

Morris Townsend recebeu essa declaração com um sorriso não totalmente desprovido de respeito. — Não sei o que pensaria dela caso fosse seu pai. Não posso colocar-me em seu lugar. Falo do meu próprio ponto de vista.

— Você fala muito bem — disse o doutor. — Mas isso não basta. Disse a Catherine ontem que desaprovava seu noivado.

— Ela já havia me dito, e fiquei muito triste em sabê-lo. Estou extremamente desapontado — e Morris ficou sentado em silêncio por algum tempo, olhando para o chão.

— Você realmente esperava que eu lhe dissesse que ficara encantado e que jogasse minha filha em seus braços?

— Ah, não; já fazia ideia de que o senhor não gostava de mim.

— E o que lhe deu essa ideia?

— O fato de eu ser pobre.

— Isso soa indelicado — disse o doutor —, mas não está longe da verdade... Falando de você estritamente como um genro. Sua falta de meios, de uma profissão, de recursos ou perspectivas claras coloca-o em uma categoria na qual seria imprudente de minha parte selecionar um marido para minha filha, que é uma jovem frágil com uma grande fortuna. Em qualquer outra função, considero-me completamente disposto a gostar de você. Como genro, abomino-o!

Morris Townsend ouviu-o respeitosamente. — Não acho que a srta. Sloper seja uma mulher frágil — disse em seguida.

— É claro que deve defendê-la – é o mínimo que pode fazer. Mas conheço minha filha há vinte anos, e você a conhece há seis semanas. Mesmo que ela não fosse frágil, no entanto, você continuaria sendo um homem sem nenhum tostão.

— Ah, sim; esta é a minha fragilidade! E, portanto, o senhor quer dizer que sou um mercenário... Que apenas quero o dinheiro de sua filha.

— Não estou dizendo isso. Nem sou obrigado a dizê-lo; e, caso o dissesse, salvo sob coação, seria de muito mau gosto. Estou simplesmente dizendo que você pertence à categoria errada.

— Mas sua filha não vai se casar com uma categoria — Townsend argumentou, mostrando seu belo sorriso. — Ela vai casar-se com um indivíduo... Um indivíduo com quem ela é tão gentil a ponto de dizer que o ama.

— Um indivíduo que oferece tão pouco em troca!

— É possível oferecer mais do que a mais terna afeição e devoção por toda a vida? – o rapaz perguntou.

— Depende de como isso é interpretado. É possível oferecer algumas outras coisas além disso; e não só é possível, como também habitual. Devoção por toda a vida é algo que só pode ser medido depois de concretizado; e, no entanto, é usual nesses casos oferecer algumas garantias materiais. Quais são as suas? Um rosto e uma figura muito bonitos, além de boas maneiras. Em si mesmos, são excelentes, mas não vão longe o suficiente.

— Há algo que o senhor deve acrescentar-lhes — disse Morris. — A palavra de um cavalheiro!

— A palavra de um cavalheiro que sempre amará Catherine? Deve ser um excelente cavalheiro para ter tanta certeza disso.

— A palavra de um cavalheiro de que não sou um mercenário; de que minha afeição pela srta. Sloper é um sentimento tão puro e desinteressado que jamais algo assim se alojara em um coração humano! Importo-me tanto com a sua fortuna quanto com as cinzas naquela lareira.

— Ouço-o com atenção... Ouço-o com atenção — disse o doutor. — Mas, ao fazê-lo, volto mais uma vez para nossa categoria. Mesmo com tal voto solene em seus lábios, você continua na mesma categoria. Não há nada a pesar contra você, a não ser por um acidente, se preferir chamá-lo assim; mas, com meus trinta anos de prática médica, já verifiquei que acidentes podem ter consequências de longo alcance.

Morris alisou o chapéu – que já estava incrivelmente lustroso – e continuou a demonstrar um autocontrole que, como o doutor era obrigado a admitir, era bastante digno de crédito. Mas sua decepção era visivelmente grande.

— Não há nada que eu possa fazer para que o senhor acredite em mim?

— Se houvesse, lamentaria ter de sugeri-lo, já que – ainda não percebeu? – não quero acreditar em você! — disse o doutor, sorrindo.

— Vou trabalhar no campo.

— Isso seria uma tolice.

— Amanhã mesmo aceito o primeiro trabalho que me oferecerem.

— Por favor, faça isso... Mas para seu próprio bem, não por mim.

— Compreendo; o senhor acha que sou um desocupado! — Morris exclamou, como alguém que acabara de fazer uma descoberta. Mas percebeu imediatamente seu erro, e enrubesceu.

— Não importa o que penso, já que lhe disse que não o vejo como meu genro.

Mas Morris insistiu. — O senhor acha que eu desperdiçaria todo o dinheiro dela.

O doutor sorriu. — Não importa, como já lhe disse; mas declaro-me culpado do que me acusa.

— Isso, suponho, porque gastei todo o meu dinheiro — disse Morris. — Confesso-lhe com toda a franqueza isso. Tenho sido um desregrado. Fui um tolo. Vou contar-lhe todas as loucuras que já cometi, se quiser. Cometi grandes desvarios entre elas... Nunca escondi tal fato. Mas já esgotei minha parcela de insanidade. Não há algum provérbio que fala sobre um libertino regenerado[8]? Eu não era um libertino, mas garanto que me regenerei. É melhor divertir-se um pouco por um tempo e depois acabar com essa vida. Sua filha nunca se interessaria por um frouxo; e vou tomar a liberdade de dizer-lhe que o senhor tampouco. Além disso, entre o meu dinheiro e o dela há uma grande diferença. Eu gastei o meu próprio; e foi por isso que o fiz. Não fiz dívidas; quando o dinheiro acabou, parei. Não devo nenhum centavo a ninguém.

— Permita-me perguntar-lhe do que está vivendo agora... Embora tenha de admitir — acrescentou o doutor — que a pergunta é incoerente de minha parte.

---

8 O autor se refere a um antigo dito popular dos Estados Unidos, "To what a bad choice is many a worthy woman betrayed/by that false and inconsiderate notion/that a reformed rake makes the best husband!" (Pela má escolha muitas mulheres são traídas/baseadas naquela falsa e descuidada noção/de que um libertino regenerado é o melhor tipo de marido!). Ao contrário do que o personagem acredita, tal provérbio seria um argumento contra o que ele tenta provar. (N. do T.)

— Estou vivendo do restante de meus bens — disse Morris Townsend.

— Obrigado! — o doutor respondeu, com seriedade.

Certamente o autocontrole de Morris era louvável. — Mesmo que admitisse atribuir uma importância indevida à fortuna da srta. Sloper — continuou ele —, isso não seria uma garantia de que tomaria muito cuidado com ela?

— O fato de tomar muito cuidado com a fortuna seria tão ruim quanto tomar pouco. Catherine sofreria tanto com sua economia quanto com sua extravagância.

— Acredito que o senhor esteja sendo muito injusto! — O rapaz fez tal declaração com decência, civilidade e sem violência.

— É um privilégio seu pensar assim, e entrego em suas mãos minha reputação. Certamente não fico feliz de satisfazê-lo.

— E não se importa nem um pouco em satisfazer sua filha? Gosta da ideia de fazê-la infeliz?

— Estou completamente resignado com o fato de que ela me considerará um tirano por doze meses.

— Por doze meses! — exclamou Morris, soltando uma risada.

— Por toda a vida, então! Ela poderá ser infeliz tanto assim como de qualquer outra forma.

Nesse momento, finalmente, Morris perdeu a paciência. — Ah, o senhor não tem boas maneiras! — exclamou.

— Você me obriga a isso... Argumenta demais.

— Tenho muita coisa em jogo.

— Bom, qualquer que seja seu jogo — disse o doutor — você o perdeu!

— O senhor tem certeza disso? — perguntou Morris. — Tem certeza de que sua filha vai desistir de mim?

— Quero dizer, é claro, que perdeu o jogo no que diz respeito a mim. Quanto a Catherine desistir de você... Não, não tenho certeza disso. Mas, como vou recomendar energicamente que ela o faça – já que posso recorrer a uma enorme dose de respeito e afeto na mente de minha filha – e como ela tem uma noção de dever altamente desenvolvida, acho que é extremamente possível.

Morris Townsend começou a alisar o chapéu novamente.
— Também tenho uma enorme dose de afeto à qual recorrer! — observou, por fim.

A essa altura, o doutor mostrou seus primeiros sintomas de irritação. — Está querendo desafiar-me?

— Chame do quiser, meu senhor! Não tenho intenção de desistir de sua filha.

O doutor balançou a cabeça. — Não tenho nenhum receio de que perca sua vida em sofrimentos. Você foi feito para divertir-se.

Morris soltou uma risada. — Sua oposição ao meu casamento é ainda mais cruel, então! O senhor pretende proibir sua filha de ver-me novamente?

— Ela já passou da idade em que se pode proibir-lhe algo, e eu não sou o pai de um romance à moda antiga. Mas vou insistir fortemente que ela rompa com você.

— Não acredito que ela o faça! — disse Morris Townsend.

— Talvez não. Mas farei o possível.

— Ela já foi longe demais — Morris continuou.

— Para recuar? Então que pare onde está.

— Longe demais para parar foi o que quis dizer.

O doutor olhou para ele por um instante; Morris tinha a mão na maçaneta da porta. — Há muita impertinência em sua afirmação.

— Não direi mais nada, meu senhor! — Morris respondeu; e, fazendo-lhe uma reverência, saiu da sala.

XIII

Pode-se pensar que o doutor tenha sido incisivo demais, e foi isso que a sra. Almond insinuou. Mas, como ele mesmo disse, essa foi a impressão que tivera; ela parecia-lhe suficiente e não desejava modificá-la. Passara a vida avaliando pessoas (o que fazia parte da profissão de médico) e, em dezenove a cada vinte casos, estava certo.

— Talvez o sr. Townsend seja o vigésimo caso — a sra. Almond sugeriu.

— Talvez seja, embora não me pareça nem um pouco com um vigésimo caso. Mas vou dar-lhe o benefício da dúvida e, para certificar-me, falarei com a sra. Montgomery. É quase certo que ela me dirá que agi da forma correta; mas é igualmente possível que prove que cometi o maior erro de minha vida. Se assim o fizer, vou pedir desculpas ao sr. Townsend. Você não precisa convidá-la para vir me ver, como gentilmente propôs; vou escrever-lhe uma carta sincera, contando o que aconteceu e pedindo-lhe licença para ir vê-la.

— Temo que a sinceridade seja apenas de sua parte. A pobre mulher vai defender o irmão, seja ele como for.

— Seja ele como for? Duvido. As pessoas nem sempre gostam tanto assim de seus irmãos.

— Ah — disse a sra. Almond —, quando o que está em jogo é a entrada de trinta mil anuais na família...

— Se ela defendê-lo por causa do dinheiro, dará mostras de que é uma farsante. Se for uma farsante, perceberei. E, caso perceba, não perderei meu tempo com ela.

— Ela não é uma farsante... É uma mulher exemplar. E não vai querer prejudicar o irmão, simplesmente por ele ser egoísta.

— Se for uma mulher com quem vale a pena conversar, ela preferirá prejudicar o irmão a fazer o mesmo com Catherine. A propósito, ela já viu Catherine... Já a conheceu?

— Não que eu saiba. O sr. Townsend pode não ter tido grande interesse em reuni-las.

— Se ela é uma mulher exemplar, não. Mas veremos até que ponto ela corresponde à sua descrição.

— Estou curiosa para ouvir como ela descreverá você! — disse a sra. Almond, rindo. — E, aliás, como Catherine está reagindo a tudo isso?

— Da mesma forma como reage a tudo... Como algo natural.

— Ela não reclamou? Não fez uma cena?

— Ela não é de fazer cenas.

— Pensei que uma moça apaixonada fosse sempre dada a fazer cenas.

— Uma viúva fantasiosa o é ainda mais. Lavinia repreendeu-me; ela me considera tendencioso demais.

— Ela tem certo talento para cometer erros — disse a sra. Almond. — Mas, ainda assim, sinto por Catherine.

— Eu também. Mas ela superará tudo isso.

— Você acredita que ela vai desistir dele?

— Conto com isso. Ela tem uma enorme admiração pelo pai.

— Ah, todos sabemos disso! O que me faz ter ainda mais pena dela, pois torna seu dilema ainda mais doloroso e o esforço de ter de escolher entre você e o pretendente, quase impossível.

— Se ela for capaz de escolher, tanto melhor.

— Sim, ele ficará implorando-lhe para que faça a escolha, e Lavinia penderá para o lado dele.

— Fico feliz que não esteja do meu lado; ela é capaz de arruinar uma excelente causa. No dia em que Lavinia entra em seu barco, ela o faz virar. Mas é melhor que ela tome cuidado — disse o doutor. — Não admitirei que me traiam em minha casa!

— Imagino que ela tomará cuidado, já que no fundo tem bastante medo de você.

— Ambas têm medo de mim... Mesmo sendo eu tão inofensivo! — o doutor respondeu. — E é nisso que me apoio... No terror benéfico que inspiro!

XIV

Ele escreveu sua carta sincera à sra. Montgomery, que a respondeu prontamente, mencionando um horário em que ele poderia apresentar-se na Segunda Avenida. Ela morava em uma casinha de tijolos vermelhos muito bem arrumada, que havia sido pintada recentemente, com as arestas dos tijolos na cor branca, em destaque. Hoje em dia, tal como as casas adjacentes, ela já não mais existe, tendo dado lugar a uma fileira de construções mais majestosas. Em suas janelas havia persianas verdes, sem ripas, mas apenas pequenos orifícios agrupados; e, diante da casa, havia um minúsculo quintal, enfeitado por um arbusto de origem misteriosa e rodeado por uma cerca baixa de madeira, pintada com a mesma cor verde das persianas. O lugar parecia uma casa de bonecas aumentada, e poderia muito bem ter saído da prateleira de uma loja de brinquedos. Quando foi visitá-la, o dr. Sloper disse para si mesmo, ao ver as coisas que enumerei, que a sra. Montgomery era evidentemente uma pessoa frugal, respeitável e baixinha – as proporções modestas de sua casa pareciam indicar que tivesse uma estatura pequena – e tinha uma virtuosa satisfação em apresentar-se sempre impecável, pois, já que não era alguém excepcional, manteria-se ao menos imaculada. Ela recebeu-o em uma pequena sala de estar, exatamente o tipo de recinto que ele esperava: um aposento diminuto e limpíssimo, envolto em um papel de parede decorado com plantas aleatórias e punhados de gotas cristalinas de chuva, em meio às quais – para completar a analogia – a temperatura da estação outonal era mantida por meio de uma lareira de ferro fundido, que emitia uma chama com um tom azul ressequido e um forte odor de verniz. As paredes eram enfeitadas com gravuras emolduradas com gaze rosa e as mesas ostentavam livros com antologias de poetas, em sua maioria encadernados com um tecido preto estampado com desenhos florais em um tom dourado amarelado. O doutor teve tempo suficiente para notar todos esses detalhes, pois a sra. Montgomery, cuja conduta ele considerou imperdoável diante das circunstâncias, deixou-o esperando por cerca de dez minutos antes de aparecer. Por fim, entrou ruidosamente, desamassando seu austero vestido de popeline, com um leve e sobressaltado rubor nas faces elegantemente roliças.

Era uma mulher pequena, rechonchuda e pálida, com olhos brilhantes e claros e um ar extraordinário de asseio e vivacidade. Mas tais qualidades eram evidentemente acompanhadas por uma humildade natural, e o doutor simpatizou com ela logo que a avistou. Uma pessoa corajosa, com intuição rápida e, ao mesmo tempo, descrente de seu próprio talento para o trato social, tão distinto das questões práticas – foi esse o rápido resumo mental que ele fez da sra. Montgomery, que, como pôde notar, ficou lisonjeada com sua visita, considerada por ela uma honra. A sra. Montgomery, em sua casinha vermelha na Segunda Avenida, era alguém para quem o dr. Sloper era um dos grandes homens, um dos mais refinados cavalheiros de Nova Iorque; e, enquanto fixava nele seu olhar agitado, enquanto apertava as mãos enluvadas junto ao colo do vestido de popeline cintilante, parecia dizer a si mesma que ele correspondia exatamente à ideia que tinha de um visitante ilustre. Desculpou-se pelo atraso; mas ele interrompeu-a.

— Isso não importa — disse ele —, pois, enquanto estava aqui sentado, tive tempo de pensar no que desejo dizer-lhe e de decidir como começar.

— Ah, então comece, por favor! — murmurou a sra. Montgomery.

— Não é assim tão fácil — disse o doutor, sorrindo. — A senhora deve ter deduzido pela minha carta que desejo fazer-lhe algumas perguntas, e pode não achar tão confortável respondê-las.

— Sim; pensei no que deveria dizer-lhe. Realmente, não é tão fácil.

— Mas a senhora deve entender a minha situação... Meu estado de espírito. Seu irmão deseja casar-se com minha filha e eu gostaria de descobrir que tipo de jovem é ele. E pareceu-me que uma boa maneira de fazê-lo seria vir perguntar-lhe, o que acabei fazendo.

Evidentemente, a sra. Montgomery encarou a situação com muita seriedade; assumiu uma atitude de extrema concentração moral. Manteve seus lindos olhos – que eram iluminados por uma espécie de ofuscante modéstia – fixos no semblante dele e era claro que prestava a mais sincera atenção a cada uma de suas palavras. Sua expressão indicava que considerava a ideia de vir vê-la fruto de um entendimento muito superior, e que, na verdade, ela tinha medo de emitir opiniões sobre assuntos que lhe eram estranhos.

— Fico extremamente feliz em vê-lo — disse ela, em um tom que, ao mesmo tempo, parecia admitir que tal colocação nada tinha a ver com a pergunta.

O doutor aproveitou a oportunidade. — Não vim visitá-la para que ficasse feliz; vim para forçá-la a me dizer coisas desagradáveis... E a senhora pode não gostar disso. Que tipo de cavalheiro é seu irmão?

O olhar iluminado da sra. Montgomery tornou-se vago e furtivo. Ela sorriu levemente e, por algum tempo, nada respondeu; tanto que o doutor, por fim, começou a impacientar-se. E sua resposta, quando finalmente veio, não foi satisfatória. — É difícil falar de um irmão.

— Não quando se gosta dele, e quando há muitas coisas boas a se dizer.

— Sim, mesmo assim, é difícil quando tantas coisas dependem do que se fala — disse a sra. Montgomery.

— Para a senhora, nada dependerá do que me falar.

— Quero dizer para... Para... — e ela hesitou.

— Para seu próprio irmão. Compreendo!

— Quis dizer para a srta. Sloper — disse a sra. Montgomery.

O soutor gostou do que ouvira; havia nela certo tom de sinceridade. — Exatamente, é esse o ponto. Se minha pobre filha se casasse com seu irmão, tudo – em relação à felicidade dela – dependeria de ele ser um bom sujeito. Ela é a melhor criatura do mundo e nunca poderia causar-lhe o mínimo desgosto. Se ele, por outro lado, não fosse tudo que desejamos, poderia fazê-la muito infeliz. É por isso que gostaria que a senhora esclarecesse alguns pontos de seu caráter, entende? Certamente a senhora não é obrigada a fazê-lo. Minha filha, a quem a senhora nunca viu, não lhe representa nada; e eu, possivelmente, sou apenas um velho indiscreto e impertinente. A senhora tem toda a liberdade de dizer-me que minha visita é de muito mau gosto e que seria melhor se eu fosse embora. Mas não acredito que vá fazê-lo; porque acho que se preocupa conosco, com minha pobre filha e comigo. Tenho certeza de que, se visse Catherine, se preocuparia muito por ela. Não digo isso porque ela é alguém preocupante, no sentido comum da palavra, mas porque sinto que sentiria pena dela. Ela é tão meiga, tão simples, seria uma vítima tão fácil! Um mau marido não teria grandes dificuldades para fazê-la infeliz;

pois ela não teria nem a destreza nem a determinação para torná-lo uma pessoa melhor e, no entanto, teria uma capacidade excessiva para sofrer. Percebo — acrescentou o doutor, com seu sorriso mais insinuante, mais profissional — que já se mostra preocupada!

— Fiquei preocupada desde o momento em que ele me disse que estava noivo — disse a sra. Montgomery.

— Ah! Ele disse que... Disse que se tratava de um noivado?

— Ah, disse-me também que o senhor não gostou.

— Disse que não gosto dele?

— Sim, disse isso também. Respondi-lhe que não poderia fazer nada! — acrescentou a sra. Montgomery.

— Certamente que não pode. Mas o que a senhora pode fazer é dizer-me que estou certo... Dar-me seu testemunho, por assim dizer. — E o doutor acompanhou tal observação com outro sorriso profissional.

A sra. Montgomery, no entanto, não sorriu; era óbvio que ela não podia ver nenhum humor em seu apelo. — Isso é pedir muito — disse ela, por fim.

— Não há dúvida disso; e devo, honestamente, lembrar-lhe das vantagens que um rapaz teria ao casar-se com minha filha. Ela tem direito a uma renda de dez mil dólares, deixada por sua mãe; caso ela se case com um marido que eu aprovar, terá quase o dobro a mais depois de minha morte.

A sra. Montgomery ouviu com enorme seriedade esta esplêndida demonstração financeira; nunca ouvira falar de milhares de dólares com tanta familiaridade. Chegou a enrubescer um pouco de emoção. — Sua filha será extremamente rica — disse baixinho.

— Precisamente... E esse é o problema.

— E se Morris casar-se com ela, ele... Ele... — e, timidamente, hesitou.

— Ele seria o dono de todo esse dinheiro? De forma nenhuma. Seria dono dos dez mil anuais que ela recebeu da mãe; mas eu deixaria cada centavo de minha própria fortuna, ganha no laborioso exercício de minha profissão, para instituições públicas.

Diante do que ouvira, a sra. Montgomery baixou o olhar e ficou algum tempo sentada, olhando para o tapete de palha que cobria o piso.

— Suponho que lhe pareça — disse o doutor, rindo — que, ao fazê-lo, eu enganaria seu irmão de forma bastante desprezível.

— Em absoluto. É muito dinheiro para receber tão facilmente, simplesmente casando-se. Não acredito que seria justo.

— É justo que ele tente conseguir o máximo que puder. Mas, nesse caso, seu irmão não conseguiria. Se Catherine casar-se sem meu consentimento, não receberá nem um tostão do meu bolso.

— Isso já está certo? — perguntou a sra. Montgomery, levantando o olhar.

— Tão certo quanto o fato de encontrar-me aqui sentado!

— Mesmo que ela comece a definhar de tristeza?

— Mesmo que ela definhe a ponto de tornar-se uma mera sombra do que é atualmente, o que é pouco provável.

— Morris sabe de tudo isso?

— Ficarei muito feliz em informar-lhe! — o doutor exclamou.

A sra. Montgomery retomou suas reflexões, e seu visitante, disposto a dar-lhe tempo para pensar, perguntava a si mesmo se, apesar de sua aparência tão pouco melindrosa, ela não seria cúmplice de seu irmão. Ao mesmo tempo, sentia-se um pouco envergonhado da provação a que lhe sujeitara, e ficou comovido pela delicadeza com que ela a suportou. "Se ela fosse uma farsante," pensou ele, "teria ficado zangada; a menos que seja realmente perspicaz. Mas não é provável que seja tão perspicaz."

— O que faz com que o senhor deteste Morris tanto assim? — perguntou logo depois, emergindo de suas reflexões.

— Não o detesto nem um pouco, como amigo, como companheiro. Parece-me um sujeito encantador, e acho que seria uma excelente companhia. Simplesmente não gosto dele como genro. Se a única função de um genro fosse jantar à mesa do sogro, atribuiria enorme valor ao seu irmão. Ele é um convidado perfeito para o jantar. Mas essa é apenas uma pequena parte de sua função, que, de um modo geral, é proteger e cuidar de minha filha, alguém que é incapaz de cuidar de si mesma. E é nisso que ele não me satisfaz. Confesso não ter nada além de minha intuição para guiar-me; mas tenho o hábito de confiar na minha intuição. Certamente a senhora tem toda a liberdade de contradizer-me. Mas ele me parece egoísta e superficial.

Os olhos da sra. Montgomery arregalaram-se levemente, e o doutor imaginou ter visto certo brilho de admiração neles. — Fico surpresa que o senhor tenha descoberto que ele é egoísta! — ela exclamou.

— A senhora considera que ele esconde tal característica tão bem assim?

— Extremamente bem, na verdade — disse a sra. Montgomery. — E acredito que todos nós somos bastante egoístas — acrescentou rapidamente.

— Também acho; mas tenho visto pessoas esconderem-no melhor do que ele. Entenda bem, habituei-me a dividir as pessoas em classes, em tipos. Posso facilmente enganar-me quanto a seu irmão como indivíduo, mas o tipo dele transparece em como ele é como pessoa.

— Ele é muito bonito — disse a sra. Montgomery.

O doutor olhou para ela por um instante. — Vocês, mulheres, são todas iguais! Mas o tipo ao qual seu irmão pertence foi feito para ser a ruína das mulheres, e elas foram feitas para serem suas servas e vítimas. A característica do tipo em questão é a determinação – por vezes, terrível em sua silenciosa intensidade – a não aceitar nada da vida a não ser seus prazeres, e de assegurar tais prazeres com a ajuda, principalmente, do gênero condescendente. Os rapazes desse tipo nunca fazem nada que possam convencer outras pessoas a fazer em seu lugar, e é a paixão, a devoção e a superstição dos outros que os amparam. Esses tais outros, em noventa e nove casos de cem, são mulheres. Aquilo em que nossos jovens amigos mais insistem é que outra pessoa deve sofrer por eles; e, como a senhora deve saber, as mulheres fazem isso maravilhosamente bem. — O doutor calou-se por um instante e então acrescentou, abruptamente: — A senhora já sofreu muito pelo seu irmão!

Como disse, tal exclamação foi abrupta, mas também perfeitamente calculada. O doutor ficara bastante desapontado por não ter encontrado sua pequena e tranquila anfitriã cercada de forma mais visível pela devastação da imoralidade de Morris Townsend; mas disse a si mesmo que isso não se dera porque o rapaz a poupara, mas porque ela soube cobrir suas feridas. Elas continuavam a doer ali, atrás da lareira envernizada, das gravuras enfeitadas, sob seu colo de popeline asseado; e, se ele conseguisse tocar na parte dolorida, ela faria qualquer movimento que a delataria. As palavras que acabo de citar foram uma tentativa de colocar subitamente o dedo na ferida; e obtiveram um pouco do sucesso que ele procurava. Por um instante, lágrimas surgiram nos olhos da sra. Montgomery, e ela deixou-se levar por um orgulhoso aceno da cabeça.

— Não sei como o senhor descobriu isso! — ela exclamou.

— Por um truque filosófico... Pelo que chamamos de indução. A senhora sabe que tem sempre a opção de contradizer-me. Mas, por favor, responda-me uma pergunta. A senhora não dá dinheiro ao seu irmão? Acho que deveria responder-me isso.

— Sim, já lhe dei dinheiro — disse a sra. Montgomery.

— E não tinha muito para lhe dar?

Ela ficou calada por um momento. — Se o senhor está me

pedindo uma confissão de pobreza, isso é fácil de fazer. Sou muito pobre.

— Ninguém poderia chegar a essa conclusão vendo sua... Sua encantadora casa — disse o doutor. — Fiquei sabendo por minha irmã que sua renda era moderada e sua família, numerosa.

— Tenho cinco filhos — observou a sra. Montgomery. — Mas fico feliz em dizer-lhe que sou capaz de criá-los decentemente.

— Tenho certeza que sim... Sendo talentosa e dedicada como a senhora é! Mas suponho que seu irmão saiba quantos filhos a senhora tem.

— Se sabe quantos são?

— Sabe que são cinco crianças, quero dizer. Ele me contou que é ele quem os educa.

A sra. Montgomery fitou-o por um momento e, então respondeu, rapidamente. — Ah, sim; ele ensina-lhes espanhol.

O doutor riu-se. — Isso deve tirar bastante trabalho de suas mãos! E seu irmão sabe também, é claro, que a senhora tem pouco dinheiro?

— Estou sempre dizendo-lhe isso! — a sra. Montgomery exclamou, com mais espontaneidade do que antes. Aparentemente, começava a consolar-se com a clarividência do doutor.

— O que significa que a senhora já teve diversas ocasiões para preveni-lo, e que ele, muitas vezes, aproveitou-se da senhora. Desculpe a crueldade de minhas palavras; simplesmente estou exprimindo um fato. Não vou lhe perguntar quanto de seu dinheiro ele já pegou, isso não é da minha conta. Já me certifiquei do que suspeitava... Do que desejava. — E o doutor levantou-se, alisando suavemente o chapéu. — Seu irmão vive às suas custas — disse, em pé diante dela.

A sra. Montgomery levantou-se rapidamente de sua cadeira, seguindo os movimentos de seu visitante com um olhar fascinado.

Mas, então, de uma forma um tanto quanto insensata, disse: — Nunca me queixei dele!

— Não é preciso protestar... A senhora não o traiu. Mas aconselho que não lhe dê mais dinheiro.

— O senhor não percebe que é do meu interesse que ele se case com uma pessoa rica? — ela perguntou. — Se, como o senhor diz, ele vivesse às minhas custas, só poderia desejar ver-me livre dele, e colocar obstáculos no caminho do seu casamento seria aumentar minhas próprias dificuldades.

— Gostaria muito que a senhora recorresse a mim em relação às suas dificuldades — disse o doutor. — Certamente, se vou colocá-lo de volta em suas mãos, o mínimo que posso fazer é ajudá-la a carregar seu fardo. Se me permite que lhe diga, então, tomarei a liberdade de enviar-lhe, por enquanto, uma certa quantia para o sustento de seu irmão.

A sra. Montgomery ficou a fitá-lo; evidentemente, pensou que ele estivesse brincando; mas logo percebeu que não era o caso, e a mistura de sentimentos tornou-se dolorosa para ela. — Parece-me que deveria ficar muito ofendida com o senhor — murmurou.

— Por oferecer-lhe dinheiro? Isso não passa de uma crença tola — disse o doutor. — A senhora deve permitir-me vê-la novamente, e conversaremos sobre esse tipo de assunto. Suponho que alguns de seus filhos sejam garotas.

— Tenho duas filhas — disse a sra. Montgomery.

— Bom, quando elas crescerem e começarem a pensar em casar-se, a senhora verá como ficará preocupada com o caráter moral de seus pretendentes. Então, compreenderá esta minha visita!

— Ah, o senhor não deve acreditar que Morris seja mau-caráter!

O doutor olhou por uns instantes para ela, com os braços cruzados. — Há algo que eu gostaria muito... Como uma espécie de satisfação moral. Gostaria muito de ouvi-la dizer... "Ele é terrivelmente egoísta!".

As palavras saíram-lhe com a nitidez grave de sua voz e, por um momento, pareceram criar, para a visão perturbada da pobre sra. Montgomery, uma imagem materializada. Ela olhou para ele por alguns segundos e, então, virou-se. — O senhor me aflige! — ela exclamou. — Afinal, ele é meu irmão, e seus talentos, seus talentos... — Ao pronunciar estas últimas palavras, sua voz estremeceu e, antes que ele pudesse perceber, ela começou a chorar.

— Seus talentos são excepcionais! — disse o doutor. — Devemos encontrar um campo adequado para eles! — E ele assegurou-lhe, com todo o respeito, que lamentava muitíssimo por tê-la incomodado daquela forma. — Faço tudo pela minha pobre Catherine — continuou ele. — A senhora deve conhecê-la, e então entenderá.

A sra. Montgomery enxugou as lágrimas, e enrubesceu por tê-las derramado. — Gostaria de conhecer sua filha — respondeu ela; e então, repentinamente — Não a deixe casar-se com ele!

O dr. Sloper partiu com tais palavras sussurrando suavemente em seus ouvidos. "Não a deixe casar-se com ele!" Elas proporcionaram-lhe a satisfação moral que ele acabara de mencionar, e seu valor era-lhe tão grande que, evidentemente, haviam abalado o orgulho da família da pobre sra. Montgomery.

XV

Ele ficara intrigado com a maneira como Catherine portava-se; sua atitude nessa crise sentimental parecia-lhe excepcionalmente passiva. Ela não lhe falara novamente depois daquela cena na biblioteca, um dia antes de sua conversa com Morris; e uma semana se passara sem que houvesse qualquer mudança em seu comportamento. Comportamento este que não continha nada que suscitasse compaixão, e ele ficou um tanto desapontado por sua filha não lhe dar a oportunidade de compensar sua severidade com qualquer manifestação de liberalidade que pudesse funcionar como reparação. Pensou mesmo em oferecer-se para acompanhá-la em uma viagem pela Europa; mas estava determinado a fazê-lo apenas caso ela parecesse reprová-lo com seu silêncio. Ele imaginara que ela tivesse talento para censuras mudas e ficou surpreso por não se ver exposto a esse silencioso ataque. Ela nada disse, seja implícita ou explicitamente, e, como nunca fora de falar muito, não havia na sua reserva nenhuma forma de eloquência especial. E a pobre Catherine nem sequer se mostrara emburrada – um tipo de comportamento para o qual tinha pouco talento dramático; era simplesmente paciente demais. É claro que ela refletia sobre sua situação e, aparentemente, o fazia de maneira deliberada e fria, com o objetivo de tirar-lhe o melhor proveito possível.

— Ela fará o que mandei — disse o doutor, e ponderou que, além disso, sua filha não era uma mulher de grande personalidade. Não sei se ele esperava dela um pouco mais de resistência, simplesmente para divertir-se um pouco mais; mas acabou dizendo a si mesmo, como já dissera anteriormente, que, mesmo que tivesse seus sobressaltos momentâneos, a paternidade não era, afinal, uma vocação estimulante.

Enquanto isso, Catherine descobrira algo muito diferente; ficou claro para ela que era bastante inquietante tentar ser uma boa filha. Havia nela um sentimento completamente novo, que poderia ser descrito como um estado de expectativa em relação às suas próprias ações. Ela observava-se como teria observado uma outra pessoa, e perguntava-se o que deveria fazer. Era como se essa outra pessoa – que era, simultaneamente, ela mesma e alguém completamente diferente – surgisse de repente, inspirando-a a ter uma curiosidade natural por desempenhar funções nunca antes executadas.

— Fico feliz por ser uma filha tão boa — disse seu pai, beijando-a, passados vários dias.

— Estou tentando ser boa — ela respondeu, dando-lhe as costas, com a consciência não completamente limpa.

— Se há algo que gostaria de me dizer, sabe que não precisa hesitar. Você não deve sentir-se obrigada a permanecer em silêncio. Não me interessaria que o sr. Townsend fosse um tópico constante de conversas, mas, sempre que tiver algo em especial a dizer a seu respeito, ficarei muito feliz em ouvi-la.

— Obrigado — disse Catherine. — Não tenho nada em particular a dizer nesse momento.

Ele nunca lhe perguntou se ela havia visto Morris novamente, pois tinha certeza de que, se fosse esse o caso, ela teria lhe contado. Na verdade, não o vira mais, apenas lhe escrevera uma longa carta. Ao menos para ela, tratava-se de uma longa carta; e, pode-se acrescentar, também foi longa para Morris; tinha cinco páginas, com uma caligrafia notavelmente clara e elegante. A caligrafia de Catherine era primorosa, e ela mostrava-se ligeiramente orgulhosa dela; gostava muito de copiar textos e possuía volumes com trechos que atestavam tal feito; volumes que certo dia ela exibira ao pretendente, quando a alegria de se sentir especial aos seus olhos fosse excepcionalmente importante. Na carta, ela contou a Morris que seu pai expressara o desejo de que ela não tornasse a vê-lo, e implorava-lhe que ele não aparecesse em sua casa até que ela "tomasse uma decisão". Morris respondeu-lhe com uma epístola apaixonada, na qual indagava-lhe o que, em nome dos céus, ela desejava para decidir-se. Não havia ela tomado uma decisão duas semanas antes, e seria possível que ela considerasse a ideia de escorraçá-lo? Pretendia ela desmoronar logo no início de suas provações, depois de todas as promessas de fidelidade que fizera e recebera? E relatou seu próprio encontro com o pai dela – um relato não exatamente idêntico em todos os pormenores àquele disponibilizado nestas páginas. "Ele foi terrivelmente agressivo", escreveu Morris, "mas você conhece meu autocontrole. E preciso muito dele quando me recordo de que tenho a possibilidade de invadir esse seu cruel cativeiro." Catherine, em resposta, enviou-lhe um bilhete com três linhas escritas. "Estou bastante apreensiva; não duvide de minha afeição, mas deixe-me esperar um pouco e refletir." A ideia de brigar com o pai, de colocar sua vontade contra a dele, pesava em seu espírito e mantinha-o completamente submisso, tal como um grande peso físico mantém nosso corpo imóvel. Nunca passara por sua mente afastar-se de seu pretendente; mas, desde o início, ela tentou assegurar-se de que haveria uma saída pacífica para seus problemas. Tal garantia era incerta, pois não continha nenhum elemento concreto de que seu pai mudaria de ideia. Ela apenas alimentava a ideia de que, caso fosse muito boa, a situação melhoraria de alguma misteriosa maneira. Para ser boa, ela tinha de ser paciente, respeitosa, devia abster-se de julgar seu pai com muita severidade e de cometer qualquer ato explícito de rebeldia. Talvez o pai estivesse certo, afinal, em pensar assim; não que Catherine quisesse dizer que o julgamento do pai em relação aos motivos pelos quais Morris queria casar-se com ela fosse justo, mas que, provavelmente, era natural e adequado que pais cuidadosos se mostrassem desconfiados e, até mesmo, injustos. Era provável que, no mundo, existissem pessoas tão más quanto seu pai supunha que Morris fosse e, se houvesse a mínima chance do seu pretendente ser uma dessas pessoas sinistras, o doutor tinha toda a razão em levar isso em consideração. Certamente, ele não tinha como saber o que ela sabia, não tinha como ver o amor mais puro e verdadeiro transparecendo através dos olhos do rapaz; mas os céus, a seu tempo, indicariam uma maneira de mostrar-lhe tal conhecimento. Catherine esperava muito dos céus, e punha em suas mãos a iniciativa de, como dizem os franceses, lidar com seu dilema. Ela não conseguia imaginar-se transmitindo qualquer tipo de conhecimento ao pai, havia nele algo de superior, mesmo em sua injustiça, e de absoluto em seus erros. Mas ela poderia, ao menos, ser boa e, caso fosse boa o suficiente, os céus inventariam alguma forma de reconciliar todas as coisas – a dignidade dos erros de seu pai e a doçura de sua própria confiança, o rigoroso desempenho de seus deveres filiais e o deleite do afeto de Morris Townsend. A pobre Catherine teria ficado feliz em considerar a sra. Penniman como uma intercessora esclarecida, cujo papel a tia não estava preparada para desempenhar. A sra. Penniman estava totalmente satisfeita com as sombras sentimentais desse pequeno drama para ter, naquele momento, qualquer interesse em dissipá-las. Ela queria que a trama ficasse ainda mais densa, e os conselhos que dava à sobrinha pretendiam, em sua imaginação, produzir tal resultado. Eram conselhos bastante incoerentes e, de um dia para o outro, acabavam por entrar em contradição; mas eram permeados por um desejo sincero de que Catherine fizesse algo notável.

— Você deve agir, minha querida; na sua situação, o mais importante é agir — dizia a sra. Penniman, que considerava que a sobrinha se encontrava aquém de suas oportunidades.

A real esperança da sra. Penniman era de que a garota se casasse secretamente, tendo-a como madrinha. Imaginara tal cerimônia sendo realizada em alguma capela subterrânea — capelas subterrâneas não são frequentes em Nova Iorque, mas a imaginação da sra. Penniman não se deixava abater com pormenores — e o casal culpado — ela gostava de referir-se à pobre Catherine e ao seu pretendente como o casal culpado — sendo levado para longe em algum veículo frenético, para algum lugar obscuro nos subúrbios, onde ela lhes faria (portando um espesso véu) visitas clandestinas, e onde eles passariam por um período de românticas privações; e então, finalmente, depois que ela tivesse agido como a providência terrena, como a intercessora, a advogada e o meio de comunicação deles com o mundo, se reconciliariam com o irmão em uma primorosa cena, na qual ela própria seria, de alguma maneira, a figura central.

Ela hesitava em recomendar tal percurso a Catherine, mas tentava traçar um panorama atraente para Morris Townsend. Comunicava-se diariamente com o rapaz, a quem mantinha informado por meio de cartas sobre a situação em Washington Square. Como ele fora banido do local — palavras dela —, ela não mais o viu; mas acabou escrevendo-lhe, pois ansiava por encontrá-lo. Tal encontro só poderia ocorrer em terreno neutro, e ela refletiu longamente antes de escolher um local. Teria preferido o Cemitério Greenwood, mas acabou desistindo, por considerá-lo distante demais; não poderia ausentar-se por tanto tempo, segundo dizia, sem levantar suspeitas. Então pensou no Battery, mas era um local bastante frio e onde ventava muito, além de estar sujeito ao aparecimento dos imigrantes irlandeses, que aportavam, com seus apetites vorazes, neste ponto do Novo Mundo; por fim, decidiu-se por um restaurante de ostras na Sétima Avenida, comandado por um negro — estabelecimento do qual nada sabia, exceto que reparava nele ao passar. Combinou com Morris Townsend de encontrarem-se ali, e dirigiu-se ao compromisso ao cair da tarde, envolta em um véu impenetrável. Ele deixou-a esperando por meia hora — tinha quase toda a largura da cidade para atravessar —, mas ela gostou de esperar, pois a espera parecia tornar aquela situação mais intensa. Ela pediu uma xícara de chá, que se revelou excessivamente ruim, o que lhe deu a sensação de estar sofrendo por uma causa romântica. Quando Morris finalmente chegou, sentaram-se juntos por meia hora no canto mais escuro do fundo do restaurante; e não exagero quando digo que aquela foi a meia hora mais feliz que a sra. Penniman vivera em muitos anos. A situação era realmente emocionante e, quando seu companheiro pediu um ensopado de ostras e começou a comê-lo diante de seus olhos, ela dificilmente consideraria tal ato como uma nota destoante. Morris, na verdade, necessitava de toda a satisfação que aquelas ostras ensopadas poderiam proporcionar-lhe, pois pode ser confidenciado ao leitor que ele considerava a sra. Penniman como a quinta roda de sua carruagem. Encontrava-se em um estado de natural irritação para um cavalheiro com boas qualidades que fora desprezado em sua tentativa benevolente de proporcionar alguma distinção a uma jovem de características inferiores, e a simpatia insinuante daquela matrona um tanto quanto ressequida parecia não lhe oferecer nenhum alívio prático. Considerava-a uma fraude, e acreditava que fraudes deveriam ser tratadas com bastante confiança. A princípio, ouvira-a e tratara-a de forma agradável, com o objetivo de adentrar Washington Square; e, no momento, precisava de todo seu autocontrole para ser minimamente educado. Adoraria dizer-lhe que era uma velha fantasiosa e que gostaria de colocá-la dentro de um bonde e mandá-la para casa. Sabemos, porém, que Morris possuía a virtude do autocontrole e, além disso, tinha o constante hábito de procurar ser agradável; de modo que, embora o comportamento da sra. Penniman inflamasse ainda mais seus nervos já agitados, ouviu-a com uma consideração sisuda, objeto de muita admiração por parte dela.

XVI

É claro que imediatamente falaram de Catherine. — Ela mandou-me alguma mensagem ou... Ou qualquer outra coisa? — Morris perguntou. Parecia pensar que ela poderia ter-lhe enviado alguma lembrança ou uma mecha de cabelo.

A sra. Penniman ficou levemente envergonhada, pois não contara à sobrinha a respeito de sua deliberada expedição. — Não exatamente uma mensagem — disse ela. — Não lhe pedi nada porque fiquei com medo de... De deixá-la agitada.

— Receio que ela não fique tão facilmente agitada! — E Morris lançou-lhe um sorriso ressentido.

— Seu caráter está acima disso. Ela é obstinada... É verdadeira!

— A senhora acredita que ela resistirá firmemente, então?

— Até a morte!

— Ah, espero que não cheguemos a esse ponto — disse Morris.

— Devemos estar preparados para o pior, e é sobre isso que desejava falar-lhe.

— O que a senhora chama de pior?

— Bom — disse a sra. Penniman —, a natureza racional e rígida de meu irmão.

— Ah, que diabos!

— Ele é imune à compaixão — acrescentou a sra. Penniman, como justificativa.

— A senhora quer dizer que ele não mudará de ideia?

— Ele nunca se deixará vencer por argumentos. Tenho-o estudado. Só será derrotado pelo fato consumado.

— Fato consumado?

— Acabará cedendo depois disso — disse a sra. Penniman, com muita ênfase. — Ele preocupa-se somente com fatos; deve ser confrontado com fatos!

— Bom — respondeu Morris —, é fato que desejo casar-me com a filha dele. Confrontei-o com esse fato outro dia, mas ele não foi derrotado, em absoluto.

A sra. Penniman ficou em silêncio por um instante, e seu sorriso sob a sombra de seu largo chapéu, de cuja aba seu véu preto pendia como uma cortina, fixou-se no rosto de Morris com um brilho ainda mais afetuoso. — Case-se com Catherine primeiro e confronte-o depois! — exclamou ela.

— É o que a senhora me recomenda? — perguntou o rapaz, franzindo a testa vigorosamente.

Ela ficou um pouco assustada, mas continuou, com considerável ousadia. — É assim que vejo as coisas: um casamento em segredo... Um casamento em segredo — E repetiu a frase, por apreciá-la.

— A senhora quer dizer que deveria sequestrar Catherine? Como chamam tal ato... Fugir com ela?

— Não se trata de um crime se somos levados a isso — disse a sra. Penniman. — Meu marido, como já lhe disse, era um distinto clérigo, um dos homens mais eloquentes de sua época. Certa vez, ele casou um jovem casal que fugira da casa do pai da noiva. Ele ficou tão interessado na história deles. Não hesitou nem um pouco, e tudo se resolveu lindamente. Depois do ocorrido, o pai reconciliou-se e tinha o rapaz em alta conta. O sr. Penniman casou-os no início da noite, às sete horas. A igreja estava tão escura que mal podíamos enxergar qualquer coisa; e o sr. Penniman estava muito agitado; ele era tão compreensivo. Não acredito que fosse capaz de fazer tudo aquilo novamente.

— Infelizmente Catherine e eu não temos o sr. Penniman para nos casar — disse Morris.

— Não, mas têm a mim! — respondeu a sra. Penniman, enfaticamente. — Não posso realizar a cerimônia, mas posso ajudá-los. Posso ficar à espreita.

"A mulher é uma idiota!", pensou Morris; mas viu-se obrigado a dizer algo diferente. Não foi, no entanto, algo verdadeiramente mais educado. — Foi para dizer-me isso que a senhora me pediu para encontrá-la aqui?

A sra. Penniman tinha consciência de uma certa imprecisão em sua missão e de não ser capaz de oferecer-lhe uma recompensa concreta por sua longa caminhada. — Achei que, talvez, o senhor gostaria de ver alguém tão próximo de Catherine — observou ela, com considerável nobreza. — E também — acrescentou — que agradeceria qualquer oportunidade de enviar-lhe algo.

Morris estendeu suas mãos vazias com um sorriso melancólico. — Fico-lhe muito grato, mas não tenho nada para enviar-lhe.

— Nem mesmo algo a dizer-lhe? — perguntou sua companheira, com seu sorriso insinuante de volta.

Morris franziu a testa novamente. — Diga-lhe que resista bravamente — disse, um tanto secamente.

— Um ótimo recado... Um recado nobre. Ela ficará feliz por muitos dias. Ela é muito emotiva, muito corajosa — continuou a sra. Penniman, arrumando sua capa e preparando-se para partir. Enquanto fazia-o, teve uma ideia. Encontrou as palavras que, uma vez atrevidamente proferidas, poderiam justificar o passo que dera. — Se o senhor se casar com Catherine sem se importar com os riscos — disse ela —, dará ao meu irmão uma prova de que é o que ele alega desconfiar.

— E o que ele alega desconfiar?

— O senhor não sabe do que se trata? — a sra. Penniman perguntou, quase divertindo-se.

— Não cabe a mim saber — disse Morris, imponente.

— Certamente, isso o irrita.

— Desprezo-o — Morris declarou.

— Ah, então sabe do que se trata? — disse a sra. Penniman, balançando o dedo em sua direção. — Ele alega que o senhor apenas gosta... Que gosta do dinheiro.

Morris hesitou por um momento; então, como se houvesse refletido para falar: — Eu realmente gosto do dinheiro.

— Ah, mas não... Não da forma como ele quer dizer. O senhor não gosta mais do dinheiro do que de Catherine, não é?

Ele apoiou os cotovelos na mesa e enterrou a cabeça nas mãos. — A senhora está me torturando! — murmurou. E, de fato, era praticamente essa a consequência do interesse bastante inoportuno da pobre senhora por toda aquela situação.

Mas ela insistiu em provar seu ponto de vista. — Se o senhor se casar com ela contra a vontade de meu irmão, ele se convencerá de que não espera nada dele e está pronto a viver sem seu dinheiro. E, então, perceberá que não é um interesseiro.

Morris ergueu levemente a cabeça, seguindo seu raciocínio. — E o que ganho com isso?

— Ora, ele verá que se enganou ao pensar que o senhor apenas desejava ficar com seu dinheiro.

— E, ao ver que eu gostaria que fosse para o diabo com seu dinheiro, vai deixá-lo para um hospital. É isso que quer me dizer? — perguntou Morris.

— Não, não quis dizer isso; embora isso fosse um gesto grandioso! — acrescentou rapidamente a sra. Penniman. — Quero dizer que, tendo feito tamanha injustiça, ele vai pensar que é seu dever, afinal de contas, fazer-lhe algumas reparações.

Morris balançou a cabeça, mas devemos confessar que tenha ficado um tanto impressionado com a ideia. — A senhora acha que ele é tão sentimental assim?

— Ele não é sentimental — disse a sra. Penniman. — Mas, para ser perfeitamente justa com ele, acredito que tenha, à sua própria e limitada maneira, um certo senso de dever.

Passou então pela mente de Morris Townsend uma leve dúvida quanto a, mesmo sob uma possibilidade remota, poder encontrar-se em dívida devido a esse princípio que pairava no peito do dr. Sloper, mas a dúvida extinguiu-se em sua própria incoerência. — O irmão da senhora não tem nenhum dever para comigo — disse em seguida — e nem eu para com ele.

— Ah, mas ele tem deveres para com Catherine.

— Sim, mas, partindo-se do mesmo princípio, a senhora há de convir que Catherine também tem deveres para com ele.

A sra. Penniman levantou-se, soltando um suspiro melancólico, como se o considerasse muito pouco criativo. — E ela sempre cumpriu seus deveres fielmente; e, agora, o senhor acha que ela não tem obrigações para com o *senhor*? — A sra. Penniman sempre, mesmo em uma conversa, acentuava seus pronomes pessoais.

— Soaria muito duro dizer tal coisa! Estou muito grato por seu amor — acrescentou Morris.

— Vou relatar-lhe que disse isso! E, agora, lembre-se de que, caso precise de mim, é lá que estou. — E a sra. Penniman, sem conseguir pensar em mais nada a dizer, acenou vagamente na direção de Washington Square.

Morris olhou por alguns instantes para o chão raspado da loja; parecia disposto a demorar um pouco mais. Por fim, erguendo os olhos subitamente, perguntou: — A senhora acredita que, se ela se casar comigo, ele a deserdará?

A sra. Penniman fitou-o e sorriu. — Ora, expliquei-lhe o que acho que aconteceria... Que, por fim, seria a melhor coisa a ser feita.

— Quer dizer que, independentemente do que ela faça, a longo prazo receberá o dinheiro?

— Isso não depende dela, mas do senhor. Atreva-se a parecer tão desinteressado quanto realmente é! — disse a sra. Penniman, astutamente. Morris olhou para o chão raspado mais uma vez, refletindo a respeito; e ela prosseguiu. — O sr. Penniman e eu não tínhamos nada, e éramos muito felizes. Catherine, além disso, tem a fortuna da mãe, que, na época em que minha cunhada se casou, já era considerada bastante grandiosa.

— Ah, não falemos nisso! — disse Morris; e, de fato, era algo supérfluo a se dizer, já que ele havia contemplado tal fato sob os mais variados ângulos.

— Austin casou-se com uma mulher que tinha dinheiro... Por que o senhor não deveria?

— Ah, mas seu irmão era médico — Morris protestou.

— Bom, todos os rapazes podem ser médicos!

— Considero-a uma profissão extremamente repugnante — disse Morris, com um ar de independência intelectual. Então, logo em seguida, continuou de forma bastante inconsequente: — A senhora acredita que já exista algum testamento em favor de Catherine?

— Suponho que sim... Até mesmo médicos devem morrer;

e talvez haja algo em meu favor — acrescentou, com franqueza, a sra. Penniman.

— E a senhora acredita que ele certamente o mudaria... No que diz respeito a Catherine?

— Sim; e, depois, mudaria-o de volta mais uma vez.

— Ah, mas não se pode depender disso! — disse Morris.

— O senhor pretende depender disso? — a sra. Penniman perguntou.

Morris corou levemente. — Bom, certamente temo ser motivo de prejuízo para Catherine.

— Ah, não deve ter esse medo. Não tenha medo de nada e tudo correrá bem!

E então a sra. Penniman pagou por sua xícara de chá e Morris pagou por seu ensopado de ostra, e ambos saíram juntos para a vastidão mal iluminada da Sétima Avenida. O crepúsculo estabelecera-se por completo e os lampiões públicos eram separados por grandes intervalos sobre uma pavimentação onde buracos e fissuras desempenhavam um papel excessivo. Um bonde, decorado com estranhas figuras, rolava sobre as pedras deslocadas do calçamento.

— Como a senhora vai para casa? — Morris perguntou, seguindo o veículo com um olhar interessado. A sra. Penniman segurou-o pelo braço.

Ela hesitou um instante. — Acredito que essa maneira seria agradável — disse ela, e continuou a fazê-lo sentir o valor de seu apoio.

Ele, então, caminhou com ela pelos tortuosos caminhos do lado oeste da cidade, através da agitação do anoitecer nas ruas populosas, até a tranquila vizinhança de Washington Square. Permaneceram por um momento ao pé dos degraus de mármore branco da residência do dr. Sloper, em cujo topo uma porta branca imaculada, decorada com uma placa de prata cintilante, parecia representar, para Morris, o portal lacrado da felicidade; então, o companheiro da sra. Penniman pousou o olhar melancólico sobre uma janela iluminada na parte superior da casa.

— Esse é meu quarto... Meu querido quartinho! — a sra. Penniman observou.

Morris teve um sobressalto. — Então não preciso dar toda a volta na praça para avistá-lo.

— Faça como quiser. Mas o quarto de Catherine fica atrás; duas grandes janelas no segundo andar. Acho que pode vê-las da outra rua.

— Mas não quero vê-las, minha senhora! — E Morris deu as costas para a casa.

— Vou dizer-lhe que esteve aqui, de qualquer maneira — disse a sra. Penniman, apontando para o local onde estavam. — E entregarei sua mensagem... Que ela deve resistir bravamente!

— Ah, sim, claro. A senhora sabe que sempre lhe escrevo isso.

— Mas parece ter ainda mais significado quando é dito! E lembre-se, se precisar de mim, ali estarei — e a sra. Penniman olhou para o terceiro andar.

E, ao dizê-lo, separaram-se, e Morris, finalmente sozinho, ficou observando a casa por um momento; depois, virou-se e caminhou melancólico ao redor da praça, do lado oposto, perto da cerca de madeira. Então, voltou e parou por um minuto em frente à casa do dr. Sloper. Seus olhos percorreram toda a construção; chegaram até mesmo a pousar sobre as janelas avermelhadas do quarto da sra. Penniman. E pensou que era uma casa absurdamente confortável.

XVII

Naquela mesma noite, a sra. Penniman contou a Catherine — ambas estavam sentadas na sala dos fundos — que se encontrara com Morris Townsend; ao receber tal notícia, surgiu na garota uma dolorida sensação. Nesse momento, a raiva tomou posse dela; era praticamente a primeira vez que sentia raiva. Pareceu-lhe que a tia era uma enxerida; e, consequentemente, uma vaga apreensão de que ela pudesse arruinar alguma coisa veio-lhe à mente.

— Não entendo por que a senhora deveria ter ido vê-lo. Não acho que tenha sido correto — disse Catherine.

— Fiquei com tanta pena dele... Pareceu-me que alguém deveria ir encontrá-lo.

— Mas ninguém além de mim — disse Catherine, que sentia-se proferindo o discurso mais impertinente de sua vida e, ao mesmo tempo, instintivamente reconhecia que estava certa ao fazê-lo.

— Mas você não iria, minha querida — tia Lavinia respondeu —, e eu não sei o que poderia ter acontecido com ele.

— Não fui vê-lo porque meu pai proibiu-me — disse Catherine com muita simplicidade.

Havia, de fato, muita simplicidade no que dissera Catherine, o que irritou a sra. Penniman enormemente. — Se seu pai a proibisse de dormir, suponho que ficaria acordada! — comentou.

Catherine fitou-a. — Não entendo a senhora. Parece-me muito estranha.

— Bom, minha querida, você vai me entender algum dia! — E a sra. Penniman, que lia o jornal vespertino, folheando-o da primeira à última página, retomou sua ocupação. Cercou-se de silêncio; estava determinada de que Catherine deveria pedir-lhe um relato de seu encontro com Morris. Mas Catherine ficou calada por tanto tempo que ela quase perdeu a paciência; e estava a ponto de dizer-lhe que era muito cruel quando a garota finalmente falou.

— O que ele disse? — ela perguntou.

— Disse que está disposto a casar-se com você não importa quando, apesar de tudo.

Catherine não lhe respondeu, e a sra. Penniman quase perdeu a paciência novamente; por isso, voluntariamente informou-lhe que Morris estava muito bonito, mas terrivelmente abatido.

— Ele pareceu-lhe triste? — perguntou a sobrinha.

— Seus olhos estavam repletos de olheiras — disse a sra. Penniman. — Estava tão diferente de quando o vi pela primeira vez; embora eu não tenha certeza de que, se o tivesse visto em tais condições pela primeira vez, não teria ficado ainda mais impressionada com ele. Há algo brilhante em sua tristeza.

Para a sensibilidade de Catherine, tratava-se de uma imagem vívida e, embora a desaprovasse, sentiu-se olhando fixamente para ela. — Onde a senhora o encontrou? — perguntou em seguida.

— No... Na Bowery Street; em uma confeitaria — disse a sra. Penniman, que sentira que deveria disfarçar um pouco.

— Onde é essa confeitaria? — Catherine perguntou, depois de outra pausa.

— Você gostaria de ir lá, minha querida? — disse-lhe a tia.

— Ah, não! — E Catherine levantou-se de seu assento e dirigiu-se à lareira, onde ficou olhando por um tempo para as brasas.

— Por que está tão seca, Catherine? — disse por fim a sra. Penniman.

— Tão seca?

— Tão fria... tão indiferente.

A garota virou-se com muita rapidez. — Ele disse-lhe isso?

A sra. Penniman hesitou por um instante. — Vou contar-lhe o que ele disse. Disse que temia apenas uma coisa... Que você tivesse medo.

— Medo de quê?

— Medo do seu pai.

Catherine voltou-se para a lareira novamente e, depois de uma pausa, disse: — Eu tenho medo do meu pai.

A sra. Penniman levantou-se rapidamente da cadeira e aproximou-se da sobrinha. — Pretende desistir do sr. Townsend, então?

Por algum tempo, Catherine ficou imóvel; apenas manteve os olhos nas brasas. Por fim, ergueu a cabeça e olhou para a tia.

— Por que a senhora me pressiona tanto? — perguntou.

— Não a pressiono. Quando falei nisso com você antes?

— Parece-me já ter falado inúmeras vezes.

— Receio que seja necessário, Catherine — disse a sra. Penniman com bastante solenidade. — Temo que você não sinta a importância... — Fez então uma pequena pausa; Catherine fitava-a. — A importância de não decepcionar aquele jovem coração valente! — E a sra. Penniman voltou para a sua cadeira, ao lado do lampião e, sacudindo-o levemente, pegou o jornal da tarde mais uma vez.

Catherine manteve-se parada diante do fogo, com as mãos atrás do corpo, olhando para a tia, a quem pareceu que a menina nunca tivera tal firmeza no olhar. — Não acredito que a senhora me entenda... Nem que me conheça — disse ela.

— Se não a conheço, não é nada surpreendente; você confia tão pouco em mim.

Catherine não tentou negar tal acusação e, por um tempo mais, nada foi dito. Mas a imaginação da sra. Penniman estava inquieta e, nessa ocasião, o jornal vespertino falhou em detê-la.

— Se você sucumbir diante do medo da ira de seu pai — disse ela —, não sei o que será de nós.

— Foi ele quem lhe disse para dizer-me tais coisas?

— Disse-me para usar minha influência.

— A senhora deve estar enganada — disse Catherine. — Ele confia em mim.

— Espero que ele nunca se arrependa disso! — E a sra. Penniman deu uma leve palmada no jornal. Ela não sabia o que fazer com a sobrinha, que, de repente, tornara-se inflexível e contraditória.

Por fim, essa tendência mostrou-se ainda mais aparente em Catherine. — Seria muito melhor que a senhora não marcasse nenhum outro encontro com o sr. Townsend — disse ela. — Não considero que seja correto fazê-lo.

A sra. Penniman levantou-se com considerável solenidade. — Minha pobre criança, está com ciúmes de mim? — perguntou.

— Ah, tia Lavinia! — murmurou Catherine, enrubescendo.

— Não acho que seja sua função ensinar-me o que é correto.

Nisso, Catherine não fez nenhuma concessão. — Não pode ser correto trair.

— Certamente não a traí!

— Sim; mas prometi ao meu pai...

— Não tenho nenhuma dúvida do que prometeu a seu pai. Mas eu não lhe prometi nada!

Catherine teve de concordar com ela, o que fez com seu silêncio. — Não acredito que o próprio sr. Townsend goste disso — disse ela por fim.

— Não gosta de me encontrar?

— Em segredo, não.

— Não foi em segredo; o lugar estava repleto de gente.

— Mas era um lugar secreto... Longe, na Bowery Street.

A sra. Penniman recuou levemente. — Cavalheiros gostam desse tipo de coisas — comentou ela. — Sei que os cavalheiros gostam.

— Meu pai não gostaria, se ficasse sabendo.

— Ora, você pretende informá-lo? — inquiriu a sra. Penniman.

— Não, tia Lavinia. Mas, por favor, não torne a fazê-lo.

— Se eu fizer novamente, vai contar-lhe: é isso que quer dizer? Não compartilho de seu medo de meu irmão; sempre soube defender minhas opiniões. Mas certamente não darei mais nenhum passo em seu nome; você é ingrata demais. Sempre soube que você não tem uma natureza espontânea, mas acreditava que fosse decidida, e disse a seu pai que ele também chegaria à mesma conclusão. Fiquei desapontada, mas seu pai não ficará! — E, assim, a sra. Penniman ofereceu à sobrinha um rápido "boa noite" e retirou-se para seu próprio quarto.

XVIII

Catherine ficou sentada sozinha, junto à lareira da sala – sentou-se ali por mais de uma hora, perdida em suas reflexões. Sua tia parecia-lhe agressiva e tola, e vê-lo com tanta clareza – julgar a sra. Penniman com tanta certeza – fez com que ela se sentisse velha e austera. Não ficou ofendida com a acusação de fraqueza; aquilo não a afetou, pois não se sentia fraca, e não ficara magoada por não a compreenderem. Ela tinha um imenso respeito pelo pai, e sentia que desagradá-lo seria uma má conduta, análoga ao ato de profanar um grande templo; mas sua decisão amadurecia lentamente e ela acreditava que suas orações tinham-na purificado de qualquer violência. A noite avançou e a luz do lampião enfraqueceu sem que ela percebesse; seus olhos estavam fixos no seu terrível plano. Ela sabia que o pai estava em seu escritório – esteve lá a noite toda; de vez em quando, ficava na expectativa de ouvi-lo mexer-se. Pensou que, talvez, ele aparecesse na sala, como às vezes fazia. Por fim, o relógio soou as onze horas e a casa ficou envolta em silêncio; os criados haviam ido para a cama. Catherine levantou-se e dirigiu-se lentamente para a porta da biblioteca, onde esperou, imóvel, por um instante. Então bateu à porta, e esperou novamente. Seu pai respondeu-lhe, mas ela não teve coragem de girar a maçaneta. O que sua tia lhe dissera era verdade – ela tinha medo dele; e, ao dizer que não se sentia fraca, quis dizer que não tinha medo de si mesma. Ela ouviu-o mexer-se lá dentro e vir abrir-lhe a porta.

— Qual é o problema? — perguntou o doutor. — Você está parada aí, como um fantasma.

Ela entrou na sala, mas demorou algum tempo até que conseguisse dizer o que viera dizer. Seu pai, que estava de roupão e chinelos, estava trabalhando em sua escrivaninha e, depois de fitá-la por uns instantes à espera de que falasse algo, foi sentar-se novamente diante de seus papéis. Deu-lhe as costas... Ela começou a ouvir o arranhar de sua caneta. Ela permaneceu perto da porta, com o coração batendo forte sob o corpete; e ficou muito feliz por ele estar de costas para ela, pois parecia-lhe que poderia mais facilmente dirigir-se àquela parte de sua pessoa do que a seu rosto. Por fim, começou a falar, observando-o enquanto isso.

— O senhor me disse que, caso tivesse mais alguma coisa a dizer sobre o sr. Townsend, ficaria feliz em ouvir-me.

— Exatamente, minha querida — disse o doutor sem se virar, mas parando a caneta.

Catherine desejou que a caneta continuasse, mas foi ela mesma quem continuou. — Pensei em dizer-lhe que não o vi novamente, mas que gostaria de fazê-lo.

— Para despedir-se dele? — perguntou o doutor.

A garota hesitou por um instante. — Ele não irá embora.

O doutor fez girar lentamente sua cadeira, com um sorriso que parecia acusá-la de alguma piada; mas os opostos se atraem, e Catherine não tinha intenção de fazer sua seriedade ser atraída pelo humor de seu pai. — Não é para despedir-se dele, então? — disse-lhe o pai.

— Não, pai, não é isso; pelo menos, não para despedir-me de vez. Não o vi novamente, mas gostaria de vê-lo — repetiu Catherine.

O doutor esfregou lentamente o lábio inferior com a pena de sua caneta.

— Você escreveu-lhe?

— Sim, quatro vezes.

— Não o dispensou, então. Bastaria uma vez para fazê-lo.

— Não — disse Catherine —, pedi-lhe... Pedi-lhe para esperar.

Seu pai permaneceu sentado, olhando para ela, e ela temeu que ele fosse explodir de raiva; seus olhos estavam tão belos e frios.

— Você é uma criança querida, e fiel — disse ele por fim. — Venha aqui junto ao seu pai. — E levantou-se, estendendo-lhe as mãos.

Tais palavras surpreenderam-na e proporcionaram-lhe uma alegria extraordinária. Dirigiu-se até ele, que a abraçou com ternura, confortando-a; então, beijou-a. Depois, disse-lhe:

— Você deseja fazer-me muito feliz?

— Gostaria... Mas infelizmente não posso — respondeu Catherine.

— Pode, se quiser. Tudo depende de sua vontade.

— O senhor quer dizer desistir dele? — disse Catherine.

— Sim, desistir dele.

E ele abraçou-a em silêncio, com a mesma ternura, olhando em seu rosto e pousando o olhar nos olhos que o evitavam. Fez-se um longo silêncio; ela desejou que ele a soltasse.

— O senhor está mais feliz do que eu, pai — disse ela por fim.

— Não tenho dúvidas de que esteja infeliz agora. Mas é melhor ser infeliz por três meses e curar-se do que por muitos anos e nunca ser capaz de ser curada.

— Sim, se assim fosse — disse Catherine.

— E assim seria; estou certo disso. — Ela nada respondeu, e ele continuou. — Você não acredita na minha sabedoria, na minha ternura, na minha boa vontade em relação ao seu futuro?

— Ah, pai! — murmurou a garota.

— Você não supõe que eu saiba alguma coisa a respeito dos homens: dos seus vícios, suas loucuras, suas mentiras?

Ela soltou-se e virou-se para ele. — Ele não tem vícios... Não é mentiroso!

Seu pai continuou a olhá-la com seus olhos penetrantes e límpidos. — Você não acredita em meu julgamento, então?

— Não posso acreditar nele!

— Não estou lhe pedindo para acreditar, mas para confiar nele.

Catherine estava longe de admitir que se tratava de uma engenhosa falácia; mas não respondeu ao seu apelo com menos firmeza. — O que ele fez... O que o senhor sabe?

— Ele nunca fez nada... É um egoísta preguiçoso.

— Ah, pai, não o insulte! — exclamou ela, suplicante.

— Não tenho a intenção de insultá-lo; isso seria um grande erro. Faça como preferir — acrescentou ele, dando-lhe as costas.

— Posso vê-lo novamente?

— Exatamente como preferir.

— O senhor me perdoará?

— De jeito nenhum.

— Verei-o apenas uma vez.

— Não sei o que quer dizer com apenas uma vez. Você deve desistir dele ou continuar com a relação.

— Gostaria de explicar-lhe... Dizer-lhe para esperar.

— Esperar o quê?

— Até que o senhor o conheça melhor... Até que consinta.

— Não lhe diga semelhante disparate. Conheço-o bem o suficiente e nunca consentirei.

— Mas podemos esperar muito tempo — disse a pobre Catherine, em um tom que pretendia expressar a mais humilde tentativa de conciliação, mas teve, nos nervos de seu pai, o efeito de uma insistência completamente desprovida de tato.

No entanto, o doutor respondeu muito baixinho. — Claro que vocês podem esperar até que eu morra, caso queiram. — Catherine soltou um grito de natural horror.

— Seu noivado terá sobre você uma incrível influência; vai torná-la extremamente ansiosa para que isso aconteça.

Catherine ficou parada, olhando-o fixamente, e o doutor gostou do ponto onde chegara. Atingiu Catherine com toda a força – ou, ainda melhor, com a vaga impressão – de um argumento que ela não podia contestar; no entanto, embora fosse uma verdade científica, ela sentiu-se completamente incapaz de aceitá-la.

— Preferiria não me casar, se isso fosse verdade — disse ela.

— Dê-me uma prova disso, então; pois não há nenhuma dúvida de que, ao tornar-se noiva de Morris Townsend, você simplesmente ficará à espera da minha morte.

Ela virou-se, sentindo-se maldisposta e exausta; e o doutor continuou. — E se ficará impaciente esperando, imagine, por favor, até que ponto irá a ansiedade dele!

Catherine tornou a refletir – as palavras de seu pai tinham tanta autoridade sobre ela que seus próprios pensamentos eram capazes de obedecê-lo. Havia algo de terrivelmente hediondo nisso, algo que parecia fulminá-la, usando-se de seu próprio raciocínio enfraquecido. Subitamente, no entanto, ela teve uma inspiração – ela tinha quase certeza de que se tratava de uma inspiração.

— Se não me casar com ele antes de sua morte, não o farei depois — disse ela.

Para seu pai, deve-se admitir, isso parecia apenas mais uma piada; e, como a obstinação, em mentes incapacitadas, geralmente utiliza-se desse modo de expressão, ele ficou ainda mais surpreso com essa arbitrária manipulação de uma ideia fixa.

— Com isso, pretende você ser-me impertinente? — perguntou ele; e, ao fazê-lo, notou imediatamente quão grosseiro fora.

— Impertinente? Ah, pai, que coisas terríveis o senhor me diz!

— Se não vai esperar pela minha morte, pode muito bem casar-se neste momento; não há mais nada por que esperar.

Por alguns momentos, Catherine não respondeu; mas, finalmente, disse:

— Acredito que Morris – pouco a pouco – poderá persuadi-lo.

— Nunca mais o deixarei falar comigo. Detesto-o demais.

Catherine soltou um longo e abafado suspiro; tentou sufocá-lo, pois decidira que era incorreto dar mostras de sua angústia, assim como causar qualquer efeito em seu pai com a escandalosa ajuda das emoções dele. Na verdade, chegava até mesmo a achar incorreto – no sentido de ser insensível – tentar agir sobre seus sentimentos; seu papel era o de causar mudanças de forma suave e gradual na sua percepção intelectual acerca do caráter do pobre Morris. Mas a maneira de efetuar tais mudanças estava, no momento, envolta em mistério, e ela sentia-se terrivelmente desamparada e sem esperanças. Havia exaurido todos os argumentos, todas as respostas. Seu pai poderia até mesmo sentir pena dela e, de fato, foi o que fez; mas, mesmo assim, ele continuava a ter certeza de que tinha razão.

— Há uma coisa que você pode dizer ao sr. Townsend quando o vir novamente — disse ele. — Diga-lhe que, se vocês se casarem sem o meu consentimento, não lhe deixarei nem um tostão. Isso vai despertar seu interesse muito mais do que qualquer outra coisa que você pode vir a dizer-lhe.

— Isso seria muito correto — respondeu Catherine. — Nesse caso, não deveria ficar com nenhum centavo do seu dinheiro.

— Minha querida filha — observou o doutor, rindo —, sua simplicidade é comovente. Faça a mesma observação, no mesmo tom e com o mesmo semblante, para o sr. Townsend, e preste atenção em sua resposta. Ela não será educada... vai, sim, exprimir irritação; e ficarei feliz com isso, pois me dará razão; a menos que, de fato – o que é perfeitamente possível – você goste ainda mais dele por ser-lhe rude.

— Ele nunca será rude comigo — disse Catherine baixinho.

— Diga-lhe o que eu lhe disse, mesmo assim.

Ela olhou para o pai, e seus serenos olhos encheram-se de lágrimas.

— Acho que vou vê-lo, então — murmurou ela, com sua voz tímida.

— Exatamente como preferir! — E ele dirigiu-se até a porta, abrindo-a para que ela saísse. Tal movimento deu-lhe a terrível sensação de que ele a mandava embora.

— Será apenas uma vez, por enquanto — acrescentou ela, demorando-se um pouco.

— Exatamente como preferir — repetiu ele, parado com a mão na porta. — Disse-lhe o que penso. Se for vê-lo, se mostrará uma filha ingrata e cruel; terá causado ao seu velho pai a maior dor de sua vida.

Isso era mais do que a pobre garota conseguia suportar; suas lágrimas transbordaram e ela aproximou-se do pai absolutamente inabalável com um choro angustiante. Suas mãos ergueram-se em súplica, mas ele ignorou asperamente seu apelo. Em vez de deixá-la chorar em seu ombro, simplesmente tomou-a pelo braço e conduziu-a através da soleira, fechando suavemente, mas com firmeza, a porta atrás de si. Depois de tê-lo feito, continuou a ouvir. Por muito tempo, não se escutava nada; sabia que ela estava em pé do lado de fora. Teve pena dela, como eu já dissera; mas tinha certeza de que estava certo. Por fim, ouviu-a afastar-se, e depois seus passos rangeram levemente na escada.

O doutor deu várias voltas em seu escritório, com as mãos nos bolsos e um brilho tênue – possivelmente de irritação, mas em parte algo levemente parecido com humor – nos olhos. — Por Deus — disse ele para si mesmo —, acredito que ela vá resistir... Acredito que vá resistir! — E essa sua ideia de que Catherine "resistiria" pareceu-lhe ter um lado cômico e oferecer perspectivas de divertimento. Determinou, então, como disse a si mesmo, esperar para ver.

XIX

Foi por motivos relacionados a essa decisão que, na manhã seguinte, ele procurou ter uma conversa particular com a sra. Penniman. Mandou chamá-la à biblioteca e ali informou-a de que esperava que, em relação a este caso de Catherine, ela tomasse cuidado com as palavras que saíssem de sua boca.

— Não sei o que quer dizer com isso — disse sua irmã. — Você fala como se eu ainda estivesse aprendendo a falar.

— As palavras do bom senso são coisas que você nunca aprenderá — o doutor tomou a liberdade de responder.

— Chamou-me aqui para me insultar? — a sra. Penniman perguntou.

— De forma nenhuma. Simplesmente para dar-lhe um conselho. Você tomou o lado do jovem Townsend; isso é assunto seu. Não tenho nada a ver com seus sentimentos, suas fantasias, suas afeições, suas ilusões; mas apenas peço-lhe que guarde tudo isso para si. Expus minhas opiniões para Catherine; ela as compreende perfeitamente, e qualquer coisa que fizer no sentido de encorajar as atenções do sr. Townsend será em oposição deliberada aos meus desejos. Qualquer coisa que você fizer com o objetivo de oferecer-lhe ajuda e consolo será – permita-me a expressão – uma completa traição. Você sabe que a alta traição é um crime capital; tome cuidado para não sofrer sua punição.

A sra. Penniman lançou a cabeça para trás arregalando os olhos, como ocasionalmente fazia. — Parece-me falar como um grande autocrata.

— Falo como o pai da minha filha.

— E não como o irmão de sua irmã! — exclamou Lavinia.

— Minha querida Lavinia — disse o doutor —, às vezes me pergunto se sou seu irmão. Somos extremamente diferentes. Apesar das diferenças, no entanto, podemos, em um piscar de olhos, nos compreender mutuamente; e isso é o essencial nesse momento. Faça o correto em relação ao sr. Townsend; isso é tudo que lhe peço. É altamente provável que tenha se correspondido com ele nas últimas três semanas... Talvez até mesmo o tenha visto. Não vou lhe perguntar... Não é preciso dizer-me. — Ele tinha a convicção moral de que ela inventaria alguma mentira sobre o assunto, algo que ele teria asco de ouvir. — O que quer que tenha feito, pare de fazê-lo. É tudo que desejo.

— Não deseja também, por acaso, matar nossa criança? — a sra. Penniman perguntou.

— Pelo contrário, desejo fazê-la viver e ser feliz.

— Vai acabar matando-a; ela passou uma noite terrível.

— Ela não morrerá por causa de uma noite terrível, nem mesmo de uma dúzia delas. Lembre-se de que sou um eminente médico.

A sra. Penniman hesitou por um momento. Então, arriscou sua resposta. — O fato de você ser um eminente médico não o impediu de perder dois membros de sua família!

Ela se arriscara, mas seu irmão lançou-lhe um olhar tão

terrivelmente cortante – um olhar tão parecido com a lanceta de um cirurgião – que ficou com medo da própria coragem. E ele respondeu-lhe com palavras semelhantes ao olhar: — Isso também não impedirá de perder a companhia de outro familiar!

A sra. Penniman retirou-se com todo o ar de valor menosprezado de que pudesse dispor e dirigiu-se ao quarto de Catherine, onde a pobre garota estava trancada. Sabia tudo a respeito de sua terrível noite, pois as duas encontraram-se novamente, na noite anterior, depois que Catherine deixou o pai. A sra. Penniman estava no patamar do segundo andar quando a sobrinha subiu as escadas. Não era de se admirar que uma pessoa dotada de tanta sutileza tivesse descoberto que Catherine estivera a portas fechadas com o doutor. Era ainda menos notável que ela tivesse sentido uma curiosidade extrema para saber o resultado de tal conversa, e que essa curiosidade, combinada com sua grande amabilidade e generosidade, a tivesse levado a lamentar as palavras duras trocadas recentemente entre ela e a sobrinha. Quando a pobre garota apareceu no corredor escuro, ofereceu-lhe uma vívida demonstração de solidariedade. O coração partido de Catherine estava completamente alheio a tudo. Ela mal percebeu que sua tia a tomara nos braços. A sra. Penniman levou-a para o quarto dela, e as duas mulheres sentaram-se juntas madrugada adentro; a mais jovem com a cabeça apoiada no colo da outra, soluçando sem parar, a princípio de maneira abafada e silenciosa e, então, por fim, completamente imóvel. Foi muito gratificante para a sra. Penniman poder sentir conscientemente que esta cena, de certa forma, anularia a proibição imposta por Catherine de tentar comunicar-se mais uma vez com Morris Townsend. No entanto, em nada lhe agradou quando, ao voltar ao quarto de sua sobrinha antes do café da manhã, descobriu que Catherine havia se levantado e preparava-se para descer para a refeição.

— Você não deveria ir tomar o café da manhã — disse ela. — Não está bem o suficiente, depois da terrível noite que passou.

— Sim, estou muito bem, só receio que vá me atrasar.

— Não consigo entendê-la! — a sra. Penniman exclamou. — Deveria ficar na cama por três dias.

— Ah, nunca poderia fazer isso! — disse Catherine, para quem tal ideia não apresentava nenhum atrativo.

A sra. Penniman estava desesperada e notou, com enorme aborrecimento, que os vestígios das lágrimas da noite haviam desaparecido completamente dos olhos de Catherine. Sua aparência estava impraticável. — Que efeito espera obter de seu pai — perguntou-lhe a tia — se vai aterrissar sem nenhum traço de qualquer tipo de sofrimento, como se nada tivesse acontecido?

— Ele não gostaria que eu ficasse na cama — disse Catherine, com simplicidade.

— Mais uma razão para fazê-lo. De que outra forma você espera comovê-lo?

Catherine pensou um pouco. — Não sei como; mas não desta maneira. Desejo apenas ser como sempre fui. — Terminou de se vestir e, usando a expressão da tia, aterrissou na presença do pai. Era realmente discreta demais para melodramas duradouros.

E, no entanto, era completamente verdade que tivera uma noite terrível. Mesmo depois que a sra. Penniman a deixara, não conseguiu dormir. Ficou deitada olhando para a incômoda penumbra, com os olhos e os ouvidos preenchidos pelo movimento com que seu pai a expulsara de seu escritório e pelas palavras que lhe dissera, chamando-a de filha sem coração. Seu coração estava partido. Não tinha coração suficiente para tudo aquilo. Em alguns momentos, parecia acreditar nele e que, para fazer o que ela fizera, uma garota deveria ser realmente má. Ela estava sendo má; mas não podia evitá-lo. Tentaria parecer boa, mesmo que seu coração fosse corrompido; e, de vez em quando, tinha a ilusão de que conseguiria qualquer coisa por meio de engenhosas concessões na forma como se mostrasse ao mundo, mesmo que persistisse em amar Morris intimamente. Os talentos de Catherine eram indeterminados, e não nos compete mostrar suas lacunas. Talvez o melhor de seus talentos tivesse sido exposto naquele aspecto impraticável que se mostrara tão desanimador para a sra. Penniman, que ficara surpresa com a ausência de prostração em uma jovem que, por uma noite inteira, ficara estremecida sob o peso da rejeição paterna. A pobre Catherine tinha consciência de sua aparência renovada; ela proporcionava-lhe certa sensação acerca de seu futuro que aumentava ainda mais o pesar sobre seu espírito. Parecia-lhe uma prova de que ela era forte, resistente e simples, e de que viveria até uma idade avançada – mais do que normalmente seria conveniente; e tal ideia era-lhe deprimente, pois parecia sobrecarregá-la com mais uma ambição, justamente quando o cultivo de qualquer ambição era incompatível com o que ela considerava correto. Escreveu naquele mesmo dia para Morris Townsend, pedindo-lhe que fosse vê-la no dia seguinte; usou poucas palavras e nada lhe explicou. Explicaria tudo em sua presença.

XX

No dia seguinte, à tarde, ouviu sua voz à porta e seus passos no corredor. Recebeu-o na grande e iluminada sala de estar da frente e instruiu a criada, caso alguém a chamasse, a dizer que estava ocupada. Não tinha medo que seu pai aparecesse, pois àquela hora ele sempre estava às voltas por toda a cidade. Quando Morris encontrou-se ali diante dela, a primeira coisa de que teve consciência foi que ele era ainda mais bonito do que sua memória afetiva retratara-lhe; a segunda foi que ele a tomou em seus braços. Quando viu-se livre novamente, teve a sensação de que agora lançara-se definitivamente no abismo da rebeldia e, mesmo por um instante, de que já se casara com ele.

Ele disse-lhe que ela havia sido muito cruel, que o fizera muito infeliz; e Catherine sentiu intensamente a dificuldade de seu destino, que a forçava a causar dor em pessoas tão opostas. Mas ela desejava que, em vez de censuras, por mais afetuosas que fossem, ele a ajudasse; certamente ele era sábio e inteligente o bastante para pensar em alguma escapatória para seus problemas. Ela exprimiu tal convicção, e Morris recebeu-a como algo muito natural; mas, a princípio – como também era natural – examinou-a, no lugar de comprometer-se a definir alguma rota.

— Você não deveria ter me feito esperar tanto tempo — disse ele. — Nem sei como tenho me mantido vivo; cada hora parecia-me anos. Deveria ter se decidido antes.

— Decidido? — Catherine perguntou.

— Decidido se iria ficar comigo ou desistir de mim.

— Ah, Morris — ela exclamou, soltando um sussurro longo e doce. — Nunca pensei em desistir de você!

— O que, então, estava esperando? — o rapaz era energicamente lógico.

— Achei que meu pai poderia... Poderia... — e ela hesitou.

— Poderia ver quão infeliz você estava?

— Ah, não! Mas poderia ver toda a situação de alguma maneira diferente.

— E agora você me chamou para dizer-me que, finalmente, isso aconteceu. Foi por isso?

Esse otimismo hipotético angustiou a pobre garota. — Não, Morris — disse ela, solenemente —, ele ainda vê tudo da mesma maneira.

— Então por que me chamou?

— Porque queria vê-lo! — exclamou Catherine, com um tom infeliz.

— Esse é um excelente motivo, certamente. Mas você apenas queria olhar para mim? Não tem nada para me dizer?

Os lindos e convincentes olhos dele fixaram-se em seu rosto, e ela perguntava-se que tipo de resposta seria nobre o suficiente para um olhar como aquele. Por um instante, seus próprios olhos absorveram-no e, então... — Realmente queria olhar para você! — disse suavemente. Mas, depois dessas palavras, num gesto paradoxal, escondeu o rosto.

Morris observou-a por um momento, com muita atenção. — Você se casaria comigo amanhã? — perguntou-lhe subitamente.

— Amanhã?

— Na semana que vem, então. Dentro de um mês, o mais tardar.

— Não seria melhor esperar? — disse Catherine.

— Esperar o quê?

Ela também não sabia o quê; mas esse enorme passo a ssustou-a. — Até pensarmos um pouco mais a respeito.

Ele balançou a cabeça, com um ar triste e reprovador. — Achei que tivesse pensado a respeito nessas três semanas. Quer ficar pensando nisso por cinco anos? Você me deu tempo mais do que suficiente. Minha pobre garota — acrescentou em seguida —, você não está sendo sincera comigo!

Catherine enrubesceu das sobrancelhas ao queixo, e seus olhos encheram-se de lágrimas. — Ah, como pode dizer tal coisa? — ela murmurou.

— Ora, você deve aceitar-me ou abandonar-me — disse Morris, cheio de razão. — Não pode agradar tanto a mim quanto ao seu pai; deverá escolher um de nós.

— Já escolhi você! — disse ela, apaixonadamente.

— Então, case-se comigo na semana que vem.

Ela parou, fitando-o. — Não há nenhum outro jeito?

— Que eu saiba, nenhum que chegue ao mesmo resultado. Se houver, ficaria feliz em saber de sua existência.

Catherine não conseguia pensar em nada, e a lucidez de Morris parecia-lhe quase cruel. A única coisa em que conseguia pensar era que seu pai poderia, por fim, mudar de ideia, e ela exprimiu, com uma estranha sensação de impotência ao fazê-lo, o desejo de que tal milagre acontecesse.

— Você acha que poderia ser minimamente provável? — Morris perguntou.

— Poderia, se meu pai pudesse ao menos conhecê-lo melhor!

— Ele pode conhecer-me, se quiser. O que o impede de fazê-lo?

— Suas ideias, seus motivos — disse Catherine. — Eles são tão... Tão terrivelmente fortes. — Ela ainda estremecia com a lembrança.

— Fortes? — exclamou Morris. — Preferiria que você os considerasse fracos.

— Ah, nada em meu pai é fraco! — disse a garota.

Morris virou-se e foi à janela, de onde ficou olhando para fora. — Você tem medo demais dele! — comentou, por fim.

Ela não sentiu nenhuma vontade de negá-lo, já que não tinha vergonha disso; pois, se não se tratava de uma honra para si mesma, ao menos era uma honra para seu pai. — Suponho que tenha — disse, simplesmente.

— Então você não me ama... Não como eu amo você. Se teme seu pai mais do que me ama, então seu amor não é o que eu esperava.

— Ah, meu querido! — disse ela, aproximando-se dele.

— Tenho medo de alguma coisa? — perguntou-lhe, voltando-se para ela. — Por sua causa, o que eu não estaria disposto a enfrentar?

— Você é nobre, você é corajoso! — ela respondeu, parando a certa distância dele, uma distância praticamente respeitável.

— De nada me adianta, se você é tão hesitante.

— Não acho que seja... Realmente — disse Catherine.

— Não sei o que você quer dizer com "realmente". É real o suficiente para fazer-nos infelizes.

— Eu deveria ser forte o suficiente para esperar... Para esperar por um longo tempo.

— E se, por acaso, depois de um longo tempo, seu pai começasse a me odiar mais do que nunca?

— Ele não o faria... Não seria capaz!

— Ele ficaria comovido com a minha fidelidade? É isso que quer dizer? Se ele se comove tão facilmente, então por que você deveria ter medo dele?

Ele tinha completa razão, e Catherine ficou impressionada. — Vou tentar não ter — ela disse. E ficou ali parada, submissa, a imagem precoce de uma esposa obediente e responsável. Imagem que não poderia deixar de agradar a Morris Townsend, que continuou a demonstrar-lhe como a tinha em tão grande estima. Só poderia ter sido pelo impulso de tal sentimento que ele mencionou que o plano recomendado pela sra. Penniman era uma união imediata, independentemente das consequências.

— Sim, a tia Penniman bem que gostaria disso — Catherine disse, com simplicidade – mas também com certa perspicácia. No entanto, deve ter sido por pura simplicidade – e por motivos completamente desprovidos de sarcasmo – que, alguns instantes depois, ela mencionou a Morris que seu pai lhe enviara uma mensagem. Estava muito ansiosa em entregar-lhe tal mensagem e, mesmo que a missão tivesse sido dez vezes mais dolorosa, ela a teria cumprido com o mesmo cuidado. — Disse-me para comunicar-lhe... Para transmitir-lhe com toda a clareza, como se ele próprio o estivesse fazendo, que, se eu me casar sem o consentimento dele, não herdarei nem um centavo de sua fortuna. Fez questão de fazer-se compreender. Ele parecia pensar... Ele parecia pensar...

Morris enrubesceu, como qualquer rapaz de caráter teria enrubescido diante de uma acusação de iniquidade.

— O que ele parecia pensar?

— Que isso faria diferença.

— Isso fará diferença... Em muitas coisas. Nós ficaremos mais pobres em muitos milhares de dólares; e isso faz muita diferença. Mas não fará nenhuma diferença em relação à minha afeição por você.

— Não deveríamos querer o dinheiro — disse Catherine —, pois, como sabe, já tenho bastante dinheiro em meu nome.

— Sim, minha querida, sei bem que tem alguma coisa. E nesse dinheiro ele não pode tocar!

— Ele nunca o faria — disse Catherine. — Foi minha mãe que o deixou para mim.

Morris ficou calado por um instante. — Ele foi bastante incisivo quanto a isso, não foi? — perguntou, por fim. — Ele acreditava que tal mensagem me irritaria tão completamente que eu deixaria cair a máscara, não é?

— Não sei no que ele acreditava — disse Catherine, triste.

— Por favor, diga-lhe que é esse o tanto quanto me importo com sua mensagem! — E Morris estalou os dedos ruidosamente.

— Acho que não poderia dizer isso ao meu pai.

— Você sabe que, às vezes, me decepciona? — disse Morris.

— Acredito que sim. Decepciono a todos... Ao meu pai e à tia Penniman.

— Bom, isso não me importa, pois gosto mais de você do que eles.

— Sim, Morris — disse a garota, com sua imaginação – o que restava dela – planando nessa feliz verdade que não parecia, afinal, prejudicar ninguém.

— Você está convencida de que ele vai agarrar-se a essa ideia... Agarrar-se para sempre à ideia de deserdá-la? Acredita que sua bondade e paciência nunca extenuarão sua crueldade?

— O problema é que, se eu me casar com você, ele vai pensar que não sou uma boa filha. Vai pensar que isso é uma prova.

— Ah, então, ele nunca vai perdoá-la!

Tal ideia, tão claramente expressa pelos belos lábios de Morris, veio trazer toda a sua terrível vivacidade à consciência temporariamente tranquilizada da pobre garota. — Ah, você deve me amar tanto! — ela exclamou.

— Não há dúvida disso, minha querida! — seu pretendente respondeu-lhe. — Você não gosta dessa palavra "deserdada" — acrescentou, em seguida.

— Não é pelo dinheiro; mas por ele... Ele sentir que precisa fazer tal coisa.

— Imagino que isso lhe pareça uma espécie de maldição — disse Morris. — Tudo deve ser muito triste para você. Mas — continuou ele — você não acha que, se por acaso tentasse ser muito astuta e procedesse da forma correta, não conseguiria evitar tal desfecho? Você não acha — continuou, com um solidário tom de especulação — que uma mulher realmente inteligente, em seu lugar, não conseguiria finalmente convencê-lo? Não acha?

Nesse instante, subitamente, Morris calou-se; tais perguntas engenhosas não chegaram aos ouvidos de Catherine. A terrível palavra "deserdada", com toda a sua espantosa reprovação moral, ainda ressoava nela; na verdade, parecia que ganhava ainda mais força com o tempo. A desolação mortal de sua situação penetrava mais profundamente no seu coração inocente, e ela deixou-se dominar por uma sensação de solidão e de perigo. Mas seu refúgio ali estava, ao seu lado, e ela estendeu as mãos para agarrá-lo. — Ah, Morris — disse, tremendo —, casarei com você assim que quiser. — E deixou-se render-se, apoiando a cabeça no ombro dele.

— Minha querida e boa garota! — exclamou ele, olhando para baixo, para seu prêmio. Então, olhou para cima novamente, com um ar indistinto, os lábios entreabertos e as sobrancelhas erguidas.

XXI

O dr. Sloper logo comunicou sua convicção à sra. Almond, nos mesmos termos em que a anunciara a si mesmo. — Ela resistirá, por Deus! Ela resistirá.

— Você quer dizer que ela vai se casar com ele? — a sra. Almond perguntou.

— Quanto a isso, não sei; mas não romperá com ele. Vai prolongar o noivado, na esperança de me fazer ceder.

— E você vai ceder?

— E um postulado geométrico alguma vez cede? Não sou assim tão superficial.

— E a geometria não trata de superfícies? — perguntou sorrindo a sra. Almond, que, como já sabemos, era muito inteligente.

— Sim; mas trata delas profundamente. Catherine e seu rapaz são minhas superfícies; já tomei suas medidas.

— Você fala como se isso o surpreendesse.

— É algo com bastante amplitude; ainda há muito a observar.

— Você tem um sangue incrivelmente frio! — disse a sra. Almond.

— Preciso ter, com todo esse sangue quente à minha volta. E o jovem Townsend é realmente frio; devo reconhecer-lhe tal mérito.

— Não posso julgá-lo — respondeu a sra. Almond —, mas não estou nem um pouco surpresa com Catherine.

— Confesso que estou um pouco; ela deve estar profundamente dividida e confusa.

— Admita que isso o diverte muitíssimo! Não entendo como sua filha adorá-lo tanto possa ser uma piada para você.

— É o ponto onde tal adoração vai parar que acho interessante encontrar.

— Vai parar onde o outro sentimento começar.

— De forma nenhuma... Isso seria simples demais. As duas coisas estão completamente mescladas e a mistura é completamente estranha. Dela resultará um terceiro elemento, e é isso que estou aguardando para ver. Aguardo com ansiedade, com um autêntico entusiasmo; e esse é um tipo de emoção que nunca pensei que Catherine me proporcionaria. Fico-lhe realmente muito grato.

— Ela perdurará — disse a sra. Almond. — Certamente perdurará.

— Sim; como disse-lhe, ela resistirá.

— Perdurar é mais bonito. É o que os espíritos muito simples sempre fazem, e nada poderia ser mais simples do que Catherine. Ela não tem muitos sentimentos; mas, quando um deles surge, ela o conserva. É como uma chaleira de cobre que fica amassada com uma batida; pode-se polir a chaleira, mas é impossível apagar a marca.

— Precisamos tentar polir Catherine — disse o doutor. — Vou levá-la para a Europa.

— Ela não vai esquecê-lo na Europa.

— Ele a esquecerá, então.

A sra. Almond olhou para ele com seriedade. — Você realmente gostaria que isso acontecesse?

— Muitíssimo! — disse o doutor.

Enquanto isso, a sra. Penniman não perdeu muito tempo para colocar-se novamente em comunicação com Morris Townsend. Pediu-lhe que lhe concedesse outro encontro, mas dessa vez não escolheu um restaurante de ostras como cenário. Propôs que ele a encontrasse à porta de uma determinada igreja, após o culto do domingo à tarde, e teve o cuidado de não lhe indicar o local de culto que ela costumava frequentar, onde, como veio a dizer, os fiéis a vigiariam. Escolheu um local menos elegante e, ao sair da tal porta à hora acertada, avistou o rapaz sozinho. Ela fingiu não o ter reconhecido até ter atravessado a rua, com ele seguindo-a a certa distância. Então, sorrindo, disse-lhe: — Desculpe-me minha aparente falta de cordialidade. O senhor sabe o que pode deduzir a esse respeito. Prudência acima de tudo. — E, quando ele lhe perguntou para que direção deveriam seguir, ela murmurou: — Para onde formos menos avistados.

Morris não estava de bom humor e sua resposta às suas palavras não foi especialmente amável. — Não é minha intenção que sejamos avistados onde quer que seja. — Então, virou-se imprudentemente em direção ao centro da cidade. — Espero que tenha vindo me dizer que ele cedeu — continuou.

— Temo que não seja propriamente uma portadora de boas-novas; mas, ainda assim, sou até certo ponto uma mensageira de paz. Tenho pensado bastante, sr. Townsend — disse a sra. Penniman.

— A senhora pensa demais.

— Acredito que sim; mas não posso evitar, minha mente é terrivelmente agitada. Quando entrego-me a algo, dedico-me completamente. Pago o preço com minhas dores de cabeça, minhas famosas dores de cabeça – uma perfeita grinalda de dor! Mas carrego-a como uma rainha carrega sua coroa. Acredita que estou com dor nesse momento? No entanto, não teria perdido nosso encontro por nada. Tenho algo muito importante a lhe contar.

— Bom, então vamos ouvir — disse Morris.

— Talvez eu tenha sido um pouco precipitada no outro dia, ao aconselhá-lo a casar-se imediatamente. Estive pensando a respeito, e agora vejo tudo de maneira um pouco diferente.

— A senhora parece ter inúmeras maneiras diferentes de ver o mesmo objeto.

— Um número infinito! — disse a sra. Penniman, em um tom que parecia sugerir que tal habilidade era uma de suas qualidades mais brilhantes.

— Recomendo-lhe que escolha um caminho e atenha-se a ele — Morris respondeu.

— Ah, mas não é fácil escolher. Minha imaginação nunca se aquieta, nunca fica satisfeita. Isso torna-me uma péssima conselheira, talvez; mas torna-me também uma ótima amiga!

— Uma ótima amiga que dá péssimos conselhos! — disse Morris.

— Não de propósito... E uma amiga que se apressa, mesmo correndo riscos, a apresentar suas mais humildes desculpas!

— Bom, o que me aconselha agora?

— A ser muito paciente, a vigiar e esperar.

— E esse conselho é bom ou mau?

— Não cabe a mim dizer — a sra. Penniman respondeu, com certa dignidade. — Apenas posso afirmar que é sincero.

— E a senhora se encontrará comigo na semana que vem para recomendar-me algo diferente e igualmente sincero?

— Posso encontrá-lo na semana que vem para dizer-lhe que estou no olho da rua!

— Na rua?

— Tive uma cena horrível com meu irmão e ele ameaçou, caso alguma coisa aconteça, expulsar-me de casa. O senhor sabe que sou uma mulher pobre.

Morris acreditava que era provável que ela possuísse alguns poucos bens; mas, naturalmente, não lhe disse nada a respeito.

— Deveria compadecer-me de vê-la sofrer tal martírio por minha causa — disse ele. — Mas a senhora descreve seu irmão como um completo selvagem.

A sra. Penniman hesitou por um instante.

— Certamente não o vejo como um perfeito cristão.

— Devo esperar até que ele se converta, então?

— De qualquer forma, espere até que ele se mostre menos violento. Espere sua hora, sr. Townsend; lembre-se de que o prêmio é excepcional!

Morris caminhou por algum tempo em silêncio, batendo levemente nos gradis e nos portões com sua bengala.

— De fato, a senhora é diabolicamente inconstante! — finalmente irrompeu. — Já fiz com que Catherine consentisse em um casamento secreto.

Realmente a sra. Penniman era inconstante, pois, ao ouvir tal notícia, deu um pulinho de contentamento.

— Ah! Quando e onde? — ela exclamou. E então, bruscamente, parou.

Morris respondeu-lhe vagamente.

— Ainda não há nada acertado; mas ela consentiu. Seria muito embaraçoso, agora, voltar atrás.

A sra. Penniman, como já dissera, calara-se bruscamente; e ali ficou, com os olhos brilhando, fixos em seu companheiro.

— Sr. Townsend — continuou ela —, posso dizer-lhe uma coisa? Catherine o ama tanto que o senhor pode fazer o que quiser.

Tal declaração mostrou-se um tanto ambígua e Morris arregalou os olhos.

— Fico feliz em ouvir tal coisa! Mas o que a senhora quer dizer com "o que quiser"?

— O senhor pode adiar... Pode mudar de opinião; ela não pensará o pior do senhor.

Morris ficou ali parado, com as sobrancelhas levantadas; então, com um tom seco, disse apenas...: — Ah! — Depois disso, comentou com a sra. Penniman que, caso ela continuasse a andar tão devagar, chamaria muita atenção, e assim conseguiu levá-la apressadamente de volta ao domicílio cuja estabilidade ela ajudara a tornar tão insegura.

XXII

Ele deturpara ligeiramente os fatos ao dizer que Catherine consentira em dar o grande passo. Nós a deixamos agora há pouco declarando que largaria tudo para ir atrás dele; mas Morris, depois de ouvir tal declaração, percebeu que havia boas razões para não acreditar nela. Então, com bastante elegância, evitou marcar um dia, embora tenha lhe passado a impressão de que já estivesse de olho em uma data específica. Catherine podia ter tido suas dificuldades; mas as dificuldades vividas por seu cauteloso pretendente também são dignas de consideração. O prêmio certamente era excepcional; mas só poderia ser ganho acertando-se o ponto exato, entre a precipitação e a cautela. Seria muito bom poder arriscar-se e confiar na Providência; e a Providência ficava, em especial, do lado das pessoas inteligentes, e as pessoas inteligentes eram conhecidas pela sua indisposição para arriscar a própria pele. A principal recompensa de uma união com uma jovem pouco atraente e pobre deveria estar ligada a desvantagens imediatas por qualquer elo concreto. Entre o medo de perder Catherine e sua possível fortuna de uma só vez e o medo de desposá-la cedo demais e descobrir que essa possível fortuna era tão desprovida de conteúdo quanto uma coleção de garrafas vazias, não era algo fácil para Morris Townsend escolher; fato este que deve ser lembrado pelos leitores dispostos a julgar com severidade um rapaz que pode tê-los alarmado ao fazer um uso frustrado de seus dotes naturais. De qualquer forma, ele não se esquecera de que Catherine tinha seus próprios dez mil anuais; devotara bastante reflexão a tal condição. Mas, com seus dotes naturais, ele tinha-se em alta conta e uma avaliação perfeitamente definida de seu valor parecia-lhe mal recompensada pela soma que acabo de mencionar. Ao mesmo tempo, lembrava-se de que tal soma era considerável, que tudo é relativo e que, se uma renda modesta é menos desejável do que uma grande, a completa ausência de receita não é, em lugar nenhum, considerada uma vantagem. Tais ponderações deram-lhe muito o que pensar e tornaram necessário que fosse mais cauteloso. A oposição do dr. Sloper era a variável desconhecida do problema que ele tinha para resolver. A forma natural de resolvê-la era casando-se com Catherine; mas, na matemática, há muitos atalhos, e Morris ainda tinha a esperança de descobrir um deles. Quando Catherine acreditou em sua palavra e consentiu em renunciar à tentativa de acalmar o pai, ele recuou habilmente, como eu mencionara antes, e manteve o dia do casamento em aberto. Sua fé na sinceridade dele era tão completa que ela era incapaz de suspeitar que o amado estivesse jogando com ela; agora, o problema dela era de outra ordem. A pobre garota tinha um admirável senso de honra; e, a partir do momento em que ela chegara ao ponto de ir contra o desejo do pai, pareceu-lhe não ter mais o direito de desfrutar de sua proteção. Tinha a consciência de que deveria viver sob seu teto apenas enquanto ela se resignasse à sua vontade. Havia grandes méritos em tal posição, mas a pobre Catherine sentia ter perdido o direito de reivindicá-la. Associara-se a um rapaz contra quem o pai a advertira solenemente, e quebrou então o contrato sob o qual ele lhe proporcionava um lar feliz. Ela não era capaz de desistir do rapaz, então deveria deixar a casa; e, quanto mais cedo o objeto de sua escolha lhe oferecesse outro lar, mais cedo sua situação perderia esse aspecto problemático. Tratava-se de um raciocínio lógico; mas misturava-se a uma infinita quantidade de penitência meramente instintiva. Ultimamente, os dias de Catherine haviam se tornado sombrios, e o peso de algumas de suas horas era muito maior do que ela era capaz de suportar. Seu pai não olhava nunca para ela, nunca falava com ela. Ele sabia perfeitamente o que estava fazendo, e era tudo parte de um plano. Ela olhava para ele tanto quanto se permitia ousar (pois tinha medo de dar-lhe a impressão de que se oferecia à sua observação) e tinha pena de ter-lhe causado tanto desgosto. Mantinha a cabeça erguida e as mãos ocupadas, continuando com suas ocupações diárias; e, quando a sensação geral em Washington Square parecia intolerável, ela fechava os olhos e entregava-se a uma visualização mental do homem por quem violara uma lei sagrada. Das três pessoas em Washington Square, a sra. Penniman era a que mais demonstrava haver uma grande crise. Se Catherine mantinha-se calma, ela estava, como poderia dizer, absolutamente calma, e sua atitude patética, já que não havia ninguém para notá-la, tornara-se completamente espontânea e involuntária. Se o doutor se mostrava rígido, seco e absolutamente indiferente à presença de suas companheiras, fazia-o de forma tão leve, hábil e fácil que seria preciso conhecê-lo muito bem para descobrir que, por fim, ele gostava de ter de ser tão desagradável. Mas a sra. Penniman estava propositalmente reservada e consideravelmente silenciosa; havia um roçar mais intenso nos movimentos muito deliberados aos quais ela se limitava e, quando ocasionalmente falava, em resposta a algum acontecimento muito trivial, tinha o ar de querer dizer algo muito mais profundo do que aquilo que dizia. Entre Catherine e seu pai, nada se passara desde aquela noite em que fora falar com ele em seu escritório. Ela tinha algo a dizer-lhe – parecia-lhe que devia dizer tal coisa;

mas calara-se, por medo de irritá-lo. Ele também tinha algo a dizer para ela; mas estava decidido a não falar primeiro. Como já sabemos, estava interessado em ver como ela "resistiria", caso fosse deixada entregue a seus pensamentos. Por fim, ela contou-lhe que havia estado com Morris Townsend novamente, e que suas relações permaneciam praticamente iguais.

— Acredito que vamos nos casar... Muito em breve. E, provavelmente, nesse meio-tempo, deverei vê-lo com bastante frequência; cerca de uma vez por semana, não mais.

O doutor olhou-a friamente da cabeça aos pés, como se ela fosse uma estranha. Foi a primeira vez que seus olhos pousaram nela em uma semana, o que era uma sorte, se seria assim que a olharia. — Por que não três vezes ao dia? — perguntou. — O que a impede de vê-lo com a frequência que escolher?

Ela virou-se por um momento; havia lágrimas em seus olhos. Então, disse: — É melhor uma vez por semana.

— Não vejo como pode ser melhor. É tão ruim quanto possível. Se você acredita que eu me importe com pequenas mudanças desse gênero, está muito enganada. É tão errado que você o veja uma vez por semana quanto seria vê-lo o dia todo. Não que isso me interesse, de qualquer modo.

Catherine tentou seguir suas palavras, mas elas pareciam levá-la a um horror indefinido, e recuou. — Acredito que vamos nos casar em breve — ela repetiu, por fim.

Seu pai lançou-lhe mais uma vez aquele terrível olhar, como se ela fosse outra pessoa. — Por que me diz isso? Não é da minha conta.

— Ah, pai! — ela irrompeu. — Não se importa, mesmo sentindo-se dessa forma?

— Nem um pouco. Já que vai se casar, para mim pouco importa quando ou onde ou porque vai fazê-lo; e se você pensa que vai abrandar sua loucura exibindo-a dessa forma, pode poupar-se do trabalho.

Ao dizer tudo isso, afastou-se. Mas, no dia seguinte, dirigiu-se a ela por iniciativa própria, e seus modos foram um pouco diferentes. — Vai casar-se nos próximos quatro ou cinco meses? — ele perguntou.

— Não sei, pai — disse Catherine. — Não nos é tão fácil tomar uma decisão.

— Adie o casamento, então, por seis meses e, nesse meio-tempo, quero levá-la à Europa. Gostaria muito que fosse.

Deu-lhe tanto prazer, depois das palavras da véspera, ouvir que ele "gostaria" que ela fizesse qualquer coisa, e que ainda tinha em seu coração a gentileza de preferi-la como companhia, que soltou uma pequena exclamação de alegria. Mas então percebeu que Morris não estava incluído nessa proposta e que – se realmente partisse – ela teria preferido imensamente ficar em casa com ele. E, por isso, enrubesceu novamente, mas de maneira muito menos penosa do que vinha fazendo ultimamente. — Seria maravilhoso ir para a Europa — comentou, com uma sensação de que a ideia não era espontânea, e que seu tom de voz era bastante diferente do que poderia ter sido.

— Muito bem, então partiremos. Arrume suas malas.

— É melhor prevenir o sr. Townsend — disse Catherine.

Seu pai fixou nela os olhos frios. — Se quer dizer que é melhor pedir seu consentimento, tudo o que me resta é esperar que ele concorde.

A garota ficou profundamente comovida pelo deplorável som daquelas palavras; foi o comentário mais calculado e mais dramático que o doutor já proferira. Ela sentiu que contava a seu favor, dadas as circunstâncias, ter essa excelente oportunidade de mostrar-lhe o respeito que tinha por ele; no entanto, ainda houve nela outra sensação, que ela logo expressou: — Às vezes, penso que se o senhor vai fazer algo que tanto detesta, não deva continuar ao seu lado.

— Ficar ao meu lado?

— Se continuar a morar com o senhor, deverei obedecê-lo.

— Se esta é sua teoria, com certeza também é minha — disse o doutor, com um riso seco.

— Mas se não o obedecer, não deverei morar com o senhor... Nem desfrutar de sua gentileza e proteção.

Esse notável raciocínio deu ao doutor a súbita sensação de que havia subestimado a filha; parecia-lhe extremamente valoroso a uma jovem revelar a qualidade da obstinação sem tornar-se agressiva. Mas isso lhe desagradava... Desagradava-lhe profundamente, e demonstrou-o com veemência. — Essa ideia é de muito mau gosto — disse ele. — Tomou-a emprestada do sr. Townsend?

— Ah não; é somente minha! — disse Catherine, ansiosa.

— Guarde-a para você, então — o pai respondeu-lhe, mais do que nunca determinado a fazê-la ir para a Europa.

XXIII

Se Morris Townsend não deveria ser incluído nesta viagem, tampouco seria a sra. Penniman, que teria ficado grata caso fosse convidada, mas que (para fazer-lhe justiça) suportou sua decepção de uma forma perfeitamente feminina. — Adoraria ver as obras de Rafael e as ruínas... As ruínas do Panteão — disse ela à sra. Almond —, mas, por outro lado, não vou lamentar ficar sozinha e em paz em Washington Square pelos próximos meses. Quero descansar; tenho passado por muita coisa nos últimos quatro meses. — A sra. Almond achou bastante cruel que o irmão não tivesse levado a pobre Lavinia para o exterior; mas entendeu facilmente que, se o objetivo de sua missão era fazer Catherine esquecer-se do pretendente, não era de seu interesse oferecer à filha a melhor amiga do rapaz como acompanhante. "Se Lavinia não tivesse sido tão tola, poderia ter ido visitar as ruínas do Panteão", disse a si mesma; e continuou a lamentar a loucura da irmã, embora ela lhe assegurasse que já tinha ouvido inúmeras vezes a descrição das relíquias em questão, de forma muito satisfatória, pelo sr. Penniman. A sra. Penniman estava completamente ciente de que o motivo de seu irmão, ao fazer essa viagem ao exterior, era armar uma armadilha para a persistência de Catherine; e comunicou tal convicção com muita franqueza à sobrinha.

— Ele acha que essa viagem vai fazê-la esquecer Morris — disse (ela sempre chamava o rapaz de "Morris" agora). — Longe dos olhos, longe do coração, você bem sabe. Ele acha que todas as coisas que vir por lá vão tirá-lo de seus pensamentos.

Catherine parecia ter ficado muito alarmada. — Se ele pensa tal coisa, devo prevenir-lhe quanto antes.

A sra. Penniman balançou a cabeça. — Diga-lhe depois, minha querida! Depois que ele tiver passado por todos os incômodos e despesas da viagem. Essa é a melhor maneira de agradá-lo. — E acrescentou, com um tom mais suave, que deveria ser delicioso pensar naqueles que nos amam em meio às ruínas do Panteão.

O desgosto de seu pai custara à garota, como já sabemos, profunda dor – uma tristeza do tipo mais puro e generoso, sem nenhum toque de ressentimento ou rancor; mas, pela primeira vez, depois que ele rejeitara tão imediatamente e com tanto desdém suas desculpas por ter sido um fardo para ele, havia uma faísca de raiva em sua dor. Ela sentira seu desprezo; e isso a havia ferido; suas palavras acerca do seu mau gosto arderam-lhe nos ouvidos por três dias. Durante esse período, tornou-se menos atenciosa; tinha uma ideia – um tanto vaga, mas agradável à sua sensação de agravo – de que agora estava absolvida de qualquer culpa, e que poderia fazer o que bem decidisse. E ela decidiu escrever para Morris, pedindo-lhe que a encontrasse na praça e a levasse para passear pela cidade. Se ela iria para a Europa em consideração a seu pai, poderia pelo menos permitir-se tal satisfação. Sentia-se agora, em todas as formas, mais livre e mais decidida; havia nela uma força que a impelia. Agora, finalmente, sua paixão tomava posse dela, completamente e sem reservas.

Morris finalmente encontrou-a e deram uma longa caminhada. Ela contou-lhe imediatamente o que tinha acontecido — que seu pai queria levá-la embora. Seria por seis meses, para a Europa; ela faria absolutamente o que Morris achasse melhor. Sem dizer nada, esperava que ele achasse que o melhor era ela ficar em casa. Passou-se certo tempo até que ele dissesse o que achava; enquanto caminhavam, ele fez-lhe inúmeras perguntas. Entre elas, houve uma que a surpreendeu de modo particular; parecia-lhe tão absurda.

— Você gostaria de ir ver todas essas célebres coisas que há por lá?

— Ah, não, Morris! — disse Catherine, com um tom bastante reprovador.

"Deus do céu, que mulher enfadonha!", Morris exclamou para si mesmo.

— Ele acha que vou esquecê-lo — disse Catherine. — Acha que todas aquelas coisas vão tirá-lo da minha mente.

— Bom, minha querida, talvez o façam!

— Por favor, não diga isso — Catherine respondeu suavemente, enquanto caminhavam. — Meu pobre pai ficará desapontado.

Morris soltou uma risadinha. — Sim, realmente acredito que seu pobre pai ficará desapontado! Mas você conhecerá a Europa — acrescentou ele, divertindo-se. — Que decepção ele terá!

— Não me interessa conhecer a Europa — disse Catherine.

— Deveria interessar-se, minha querida. Assim poderá acalmar seu pai.

Catherine, consciente de sua obstinação, pouco esperava de tudo isso e não conseguia deixar de pensar que, indo para o exterior e mantendo-se firme em sua decisão, acabaria pregando uma peça em seu pai. — Você não acha que isso seria uma espécie de enganação? — ela perguntou.

— Ele não quer enganá-la? — exclamou Morris. — Será bem-feito para ele! Realmente acho que seria melhor você ir.

— E demorar tanto tempo para nos casar?

— Nos casaremos quando você voltar. E poderá comprar seu enxoval em Paris. — E então Morris, com um tom muito gentil, explicou-lhe sua opinião sobre o assunto. Seria bom que ela fosse; isso faria com que tivessem plena certeza. Mostraria que eram racionais e que estavam dispostos a esperar. Já que estavam tão seguros do amor um pelo outro, poderiam dar-se ao luxo de esperar – o que tinham a temer? Se houvesse a mínima chance de que seu pai fosse favorecido por sua partida, isso resolveria o problema; afinal, Morris não estava disposto a fazê-la ser deserdada por sua causa. Não por ele, mas por ela e seus filhos. Estava disposto a esperar por ela; seria difícil, mas ele conseguiria fazê-lo. E lá, entre belas paisagens e nobres monumentos, talvez o velho amoleça; coisas desse tipo costumam exercer uma influência humanizante. Talvez ele seja tocado pela delicadeza da filha, por sua paciência, por sua disposição a fazer-lhe qualquer sacrifício, exceto aquele; e se ela lhe fizesse um apelo algum desses dias, em algum lugar célebre – na Itália, digamos, à noite; em Veneza, em uma gôndola, sob o luar –, se ela fosse um pouco perspicaz e tocasse o acorde correto, talvez ele a tomasse nos braços e dissesse que a perdoara. Catherine ficou profundamente impressionada com essa maneira de ver o caso, que lhe parecia algo especialmente digno do intelecto brilhante de seu pretendente; ainda assim, via-o com desconfiança, à medida que tudo dependeria de suas próprias habilidades de execução. A ideia de ser "perspicaz" em uma gôndola ao luar parecia-lhe envolver elementos que ela não dominava. Mas ficou decidido entre eles que ela deveria dizer ao pai que estava pronta a segui-lo obedientemente para qualquer lugar, tendo em mente que amava Morris Townsend mais do que nunca.

Ela informou ao doutor que estava pronta para embarcar e, rapidamente, ele tratou dos preparativos para a viagem. Catherine tinha de se despedir de muitas pessoas, mas vamos nos preocupar realmente com apenas duas delas. A sra. Penniman apresentou uma visão bastante criteriosa da expedição de sua sobrinha; parecia-lhe muito adequado que a pretendente do sr. Townsend desejasse embelezar a mente com uma viagem ao exterior.

— Você vai deixá-lo em boas mãos — disse ela, pressionando os lábios contra a testa de Catherine. (Ela gostava muito de beijar a testa das pessoas; era uma expressão involuntária de simpatia com sua parte intelectual.) — Vou vê-lo com frequência; sentirei-me como uma das antigas vestais, cuidando da chama sagrada[9].

— A senhora está se comportando tão bem, sabendo que não irá conosco — respondeu Catherine, sem ousar examinar a analogia feita pela tia.

— É meu orgulho que me mantém forte — disse a sra. Penniman, alisando o vestido, que sempre deixava aparecer uma espécie de anel metálico.

A despedida de Catherine e de seu pretendente foi curta e poucas palavras foram trocadas.

— Irei encontrá-lo do mesmo jeito quando voltar? — ela perguntou, embora a questão não fosse fruto de ceticismo.

— Do mesmo jeito... Mas ainda melhor! — disse Morris, sorrindo.

Não faz parte de nossa representação narrar em detalhes os procedimentos do dr. Sloper no hemisfério mais a leste. Ele fez um grande giro pela Europa, viajou com considerável esplendor, e (como era de se esperar de um homem tão culto) encontrou, tanto na arte quanto nas antiguidades, tantas coisas que lhe interessavam que acabou ficando não apenas seis, mas doze meses. A sra. Penni-

---

9 As "virgens vestais" (*virgo vestalis*, em latim), na Roma Antiga, eram sacerdotisas que cultuavam a deusa romana Vesta e eram responsáveis por manter a chama sagrada dos altares acesa permanentemente. (N. do T.)

man, em Washington Square, acostumou-se à sua ausência. Ela desfrutava de seu domínio incontestável na casa vazia e gabava-se de tê-la tornado mais atraente para seus amigos do que quando seu irmão estava em casa. Para Morris Townsend, pelo menos, deve ter parecido que ela a tornara especialmente atraente. Era, de longe, seu visitante mais assíduo, e a sra. Penniman adorava convidá-lo para o chá. Ele tinha sua própria cadeira — um exemplar muito cômodo ao lado da lareira da sala dos fundos (quando as grandes portas de correr de mogno, com maçanetas e dobradiças de prata — que separavam esse aposento da sala contígua, mais formal —, estavam fechadas), e fumava charutos no escritório do doutor, onde costumava passar uma boa hora revirando as curiosas coleções do proprietário ausente. Ele considerava a sra. Penniman uma tola, como já sabemos; mas ele próprio não era nenhum tolo e, como um rapaz de gostos luxuosos e recursos escassos, achou a casa um perfeito castelo do ócio. Tornou-se para ele um clube de um só membro. A sra. Penniman via ainda menos a irmã do que quando o doutor estava em casa, já que a sra. Almond sentiu-se impelida a dizer-lhe que desaprovava suas relações com o sr. Townsend. Ela não deveria ser tão amigável com um jovem rapaz de quem seu irmão pensava tão mal, e a sra. Almond ficou surpresa com sua leviandade ao impor um noivado dos mais deploráveis a Catherine.

— Deplorável? — exclamou Lavinia. — Ele será um marido adorável!

— Não acredito em maridos adoráveis — disse a sra. Almond. — Só acredito nos bons maridos. Se ele se casar com ela e ela ficar com o dinheiro de Austin, pode ser que se deem bem. Ele se tornará um sujeito preguiçoso, amável, egoísta e, sem nenhuma dúvida, um companheiro com um bom humor tolerável. Mas se não conseguir o dinheiro e encontrar-se amarrado a ela, que os céus tenham piedade dela! Ele não terá nenhuma. Terminará por odiá-la por sua decepção e se vingará; se tornará impiedoso e cruel. Coitada da pobre Catherine! Recomendo que você converse um pouco com a irmã dele; é uma pena que Catherine não possa se casar com ela!

A sra. Penniman não tinha nenhuma vontade de conversar com a sra. Montgomery, cujo conhecimento não deu ao trabalho de cultivar; e o efeito dessa alarmante previsão do destino de sua sobrinha fez com que pensasse que, de fato, era uma pena a natureza generosa do sr. Townsend tornar-se tão amargurada. Seu elemento natural era o prazer puro, e como ele poderia sentir-se confortável se não houvesse nada que lhe desse prazer? Tornou-se uma ideia fixa para a sra. Penniman que ele ainda haveria de desfrutar da fortuna de seu irmão, à qual ela tinha perspicácia suficiente para perceber que não teria grandes direitos.

— Se ele não deixá-la para Catherine, certamente não a deixará para mim — disse.

XXIV

O doutor, durante os primeiros seis meses em que esteve no exterior, nunca falou à filha sobre a pequena divergência que tiveram; em parte de propósito, em parte porque tinha muitas outras coisas em que pensar. Era inútil tentar averiguar o estado de sua afeição sem uma pergunta direta, se ela não se mostrava expressiva em meio às influências familiares da própria casa, não conseguiria mostrar-se mais animada diante das montanhas da Suíça ou dos monumentos da Itália. Era sempre a parceira dócil e comedida do pai – visitando os locais turísticos com um silêncio respeitoso, sem nunca reclamar de fadiga, sempre disposta a começar à hora que ele indicara na noite anterior, sem fazer críticas tolas nem se entregar a apreciações refinadas. "É tão inteligente quanto uma trouxa de roupas", pensou o doutor; e a superioridade dela devia-se apenas ao fato de que a trouxa de roupas poderia se perder ou cair da carruagem, enquanto Catherine estava sempre em seu lugar, e tinha um assento amplo e firme. Mas seu pai já esperava por isso, e não se via obrigado a atribuir suas limitações intelectuais como turista à depressão afetiva; ela se despojara completamente das características de vítima e, durante todo o tempo em que estiveram no exterior, nunca soltou nenhum suspiro audível. Ele supôs que ela se correspondia com Morris Townsend; mas calou-se quanto a isso, pois nunca viu as cartas do rapaz, e as cartas da própria Catherine eram sempre entregues ao mensageiro para serem postadas. Ela continuou a ter notícias de seu pretendente com considerável regularidade, mas as cartas dele vinham dentro das da sra. Penniman; de modo que, sempre que o doutor lhe entregava um pacote endereçado com a caligrafia de sua irmã, era um instrumento involuntário da paixão que condenara. Catherine chegou a fazer tal reflexão e, seis meses antes, teria se sentido obrigada a preveni-lo; mas agora considerava-se absolvida. Havia uma ferida em seu coração que havia sido aberta pelas próprias palavras do pai quando, certa vez, ela falara-lhe como lhe mandava sua honra; tentaria agradá-lo tanto quanto possível, mas nunca mais lhe falaria daquela forma. Lia as cartas do pretendente em segredo.

 Certo dia, no final do verão, os dois viajantes encontravam-se em um vale solitário dos Alpes. Atravessavam um dos desfiladeiros quando, em uma das longas subidas, desceram da carruagem e começaram a caminhar. Depois de um tempo, o doutor avistou uma trilha que, cruzando um vale transversal, tiraria-os dali – como ele supôs, com exatidão – rumo a um ponto mais alto da subida. Seguiram por esse caminho tortuoso e, finalmente, perderam-se na trilha; o vale revelou-se muito ermo e acidentado, e seu passeio tornou-se uma escalada. No entanto, eram bons viajantes e enfrentaram a aventura com facilidade; de vez em quando paravam, para que Catherine pudesse descansar; então, ela sentou-se em uma pedra e olhou à volta para as rochas maciças e o céu cintilante. Era fim de tarde, a última tarde de agosto; a noite estava se aproximando e, como haviam alcançado uma grande altitude, o ar estava gélido e cortante. A oeste, uma luz vermelha e fria transbordava por todo lado, fazendo com que os flancos do pequeno vale parecessem ainda mais acidentados e escuros. Durante uma de suas pausas, o pai deixou-a e afastou-se até um lugar mais alto, a certa distância, para ter uma visão melhor. Ele estava fora do alcance da vista; ela ficou ali sentada, sozinha naquela quietude, que era apenas perturbada por um vago murmúrio, em algum lugar, de um riacho na montanha. Pensou em Morris Townsend, e o lugar era tão desolado e solitário que ele pareceu estar ainda mais distante. Seu pai ausentou-se por bastante tempo; ela começou a perguntar-se o que teria acontecido com ele. Mas, por fim, ele reapareceu, vindo em sua direção no crepúsculo ainda claro, e ela levantou-se para prosseguirem. Ele não fez menção de continuar, mas aproximou-se dela, como se tivesse algo a dizer. Parou à sua frente e ficou olhando para ela, com um olhar que havia conservado a luz dos picos nevados recém-avistados. Então, abruptamente, em um tom baixo, fez uma pergunta inesperada:

— Já desistiu dele?

A pergunta era inesperada, mas Catherine não estava de todo despreparada.

— Não, pai! — ela respondeu.

Ele olhou novamente para ela por alguns instantes, sem dizer nada.

— Ele lhe escreve? — perguntou.

— Sim... Cerca de duas vezes por mês.

O doutor olhou o vale de cima a baixo, balançando sua bengala; então, disse-lhe no mesmo tom baixo:

— Estou muito zangado.

Ela ficou imaginando o que ele queria dizer com aquilo – se queria assustá-la. Se fosse o caso, escolhera bem o local; este vale duro e melancólico, abandonado pela luz do verão, fazia com que sentisse quanto estava só. Olhou à sua volta e seu coração gelou; por um momento, sentiu muito medo. Mas não conseguiu pensar em nada a dizer, a não ser por um murmúrio baixinho: — Sinto muito.

— Você está testando minha paciência — continuou o pai — e já deve saber como sou... Que não sou um homem muito bom. Embora, no exterior, eu pareça muito gentil, no fundo sou muito impetuoso; e garanto-lhe que posso ser muito duro.

Ela não conseguia imaginar por que ele estava lhe dizendo essas coisas. Será que a tinha trazido até ali de propósito, e isso era parte do plano? Qual era o plano? Catherine perguntava-se. Queria ele forçá-la a recuar... Para tirar vantagem dela através do medo? Medo de quê? O lugar era feio e desolado, mas não lhe poderia fazer mal nenhum. Havia uma espécie de intensidade em seu pai que o tornava perigoso, mas Catherine dificilmente iria tão longe a ponto de dizer a si mesma que era capaz de estar em seus planos apertar-lhe a garganta com sua mão – a mão elegante, bela e experiente de um distinto médico. Mesmo assim, ela deu um passo para trás. — Tenho certeza de que o senhor é capaz de ser tudo que quiser — disse ela. E essa era sua mais pura convicção.

— Estou muito zangado — ele respondeu, ainda mais ríspido.

— Por que ficou assim tão subitamente?

— Não foi subitamente. Tenho andado enfurecido aqui dentro, nos últimos seis meses. Mas, agora mesmo, pareceu-me um ótimo lugar para exaltar-me. Tudo é tão silencioso, e estamos sozinhos.

— Sim, é tudo muito silencioso — disse Catherine vagamente, olhando ao redor. — O senhor não quer voltar para a carruagem?

— Em um momento. Quer dizer que, em todo esse tempo, você não cedeu nem sequer um centímetro?

— Eu o faria se pudesse, pai; mas não posso.

O doutor também olhou ao redor. — Você gostaria de ser deixada em um lugar como este para morrer de fome?

— O que o senhor quer dizer? — gritou a garota.

— Esse será seu destino... É assim que ele vai deixá-la.

Ele não iria feri-la, mas havia ferido Morris. O calor voltou ao seu coração. — Isso não é verdade, pai — ela irrompeu —, e o senhor não deveria dizer isso! Não está certo e não é verdade!

Ele balançou a cabeça lentamente. — Não, não está certo, porque você não quer acreditar. Mas é verdade. Voltemos para a carruagem.

Ele virou-se e ela o seguiu; ele ia mais rápido e chegou a ficar muito à sua frente. Mas, de vez em quando, ele parava, sem se virar, para permitir que ela o alcançasse, o que ela fazia com dificuldade, o coração batendo forte por ter-lhe falado com brutalidade pela primeira vez. A essa altura, já estava bastante escuro e ela acabou perdendo-o de vista. Mas manteve-se na trilha e, depois de um tempo, onde o vale fazia uma curva repentina, ela alcançou a estrada onde a carruagem os esperava. Dentro dela, estava sentado seu pai, austero e calado; também em silêncio, ela ocupou seu lugar ao lado dele.

Mais tarde, ao relembrar tudo aquilo, pareceu-lhe que nos dias seguintes nenhuma palavra fora trocada entre eles. A cena tinha sido estranha, mas não afetara permanentemente seus sentimentos em relação ao pai, pois, afinal, era natural que ele ocasionalmente fizesse uma cena como aquela, e ele a deixara em paz por seis meses. A parte mais estranha de tudo aquilo foi ele ter dito que não era um bom homem; Catherine perguntava-se o que ele queria dizer com aquilo. Tal afirmação falhava quanto à sua credibilidade e não acrescentou em nada a qualquer ressentimento que ela pudesse nutrir por ele. Mesmo com todo o amargor que pudesse sentir, não encontrava nenhuma satisfação em considerá-lo menos íntegro. O que lhe dissera fazia parte de sua grande sutileza – homens tão inteligentes quanto ele poderiam dizer qualquer coisa, insinuar qualquer coisa. E, quanto a ser rígido, isso certamente era uma virtude em um homem.

Ele deixou-a em paz por mais seis meses – seis meses durante os quais ela resignou-se à duração da viagem sem protestar. Mas falou-lhe novamente ao final desse período; exatamente na última noite da viagem, antes de embarcarem para Nova Iorque, no hotel em Liverpool. Tinham ceado juntos em uma grande sala de jantar, escura e mofada; e, quando o serviço foi removido, o doutor começou a caminhar lentamente, para um lado e para o outro. Por fim, Catherine pegou sua vela para ir para a cama, mas seu pai fez-lhe um sinal para que ficasse.

— O que pretende fazer quando chegar em casa? — perguntou ele, enquanto ela permanecia em pé, com a vela na mão.

— Quer dizer, quanto ao sr. Townsend?

— Quanto ao sr. Townsend.

— Provavelmente, devemos nos casar.

O doutor deu várias voltas ao redor da sala mais uma vez, enquanto ela aguardava. — Você continua a receber notícias dele?

— Sim; duas vezes por mês — disse Catherine prontamente.

— E ele continua a falar em casamento?

— Ah, sim! Quer dizer, ele também fala em outras coisas, mas sempre fala algo a esse respeito.

— Fico feliz em saber que varia os temas de conversa; do contrário, suas cartas seriam monótonas.

— Ele escreve lindamente — disse Catherine, muito feliz de ter a chance de dizê-lo.

— Eles sempre escrevem lindamente. No entanto, nesse caso, isso não lhe diminui o mérito. Então, assim que chegarmos, você partirá com ele?

Parecia-lhe uma forma bastante grosseira de expor a situação, e o pouco que havia de dignidade em Catherine ressentiu-se disso.

— Não posso dizer até chegarmos — disse ela.

— Isso é bastante razoável — respondeu-lhe o pai. — Isso é tudo que lhe peço... Que me diga, que me avise quando tiver certeza. Quando um pobre homem está a ponto de perder sua única filha, gosta de sabê-lo com antecedência.

— Ah, pai, o senhor não vai me perder! — Catherine disse, derramando a cera da vela.

— Três dias antes é o suficiente — continuou ele — se tiver uma posição concreta nesse momento. Ele deveria estar muito grato a mim, sabe disso? Fiz-lhe um favor levando-a para o exterior; seu valor agora é duas vezes maior, com todo o conhecimento e bom gosto que você adquiriu. Há um ano, talvez você fosse um pouco limitada... Um pouco rústica; mas agora você viu de tudo, apreciou tudo, e será uma companheira muito divertida. Engordamos-lhe o gado antes que ele o mate! — Catherine virou-se e ficou olhando para a porta. — Vá para a cama — disse o pai. — E, como só embarcaremos ao meio-dia, pode dormir até tarde. Provavelmente teremos uma viagem bastante desagradável.

XXV

A viagem foi realmente desagradável, e Catherine, ao chegar a Nova Iorque, não teve a compensação de, usando as palavras de seu pai, "partir" com Morris Townsend. No entanto, ela viu-o um dia depois de desembarcar; e, nesse meio-tempo, ele tornou-se o tema natural da conversa entre nossa heroína e sua tia Lavinia, com quem, na noite de sua chegada, a garota ficou fechada por bastante tempo antes que qualquer uma das duas se retirasse para descansar.

— Vi-o bastante — disse a sra. Penniman. — Ele não é muito fácil de dar-se a conhecer. Suponho que você pense conhecê-lo; mas não o conhece, minha querida. Algum dia isso acontecerá; mas só depois de ter vivido com ele. Quase posso dizer que morei com ele — continuou a sra. Penniman, enquanto Catherine olhava-a fixamente. — Acho que agora o conheço; tive oportunidades tão notáveis. Você também as terá... Ou, ainda, terá oportunidades melhores! — e tia Lavinia sorriu. — Então entenderá o que estou querendo dizer. Tem um caráter maravilhoso, cheio de paixão e energia, e tão sincero!

Catherine ouvia com uma mistura de interesse e apreensão. Tia Lavinia era extremamente compreensiva, e Catherine, durante todo o ano que se passara, enquanto vagava por galerias e igrejas estrangeiras e deslizava suavemente pelas estradas, acalentando pensamentos que nunca passavam por seus lábios, muitas vezes ansiara pela companhia de qualquer pessoa inteligente de seu próprio sexo. Contar sua história para alguma mulher amável – em alguns momentos pareceu-lhe que isso a consolaria, e estivera mais de uma vez a ponto de fazer confidências à proprietária de alguma pousada, ou à jovem simpática que trabalhava na modista. Se uma mulher se encontrava perto dela, por vezes, teria presenteado-a com um acesso de choro; e receava que, ao retornar, seria essa a resposta ao primeiro abraço da tia Lavinia. Na verdade, porém, as duas damas reencontraram-se em Washington Square sem lágrimas e, quando se viram sozinhas, uma certa secura recaiu sobre as emoções da garota. Percebeu com ainda mais força que a sra. Penniman havia desfrutado um ano inteiro da companhia de seu pretendente, e não era com prazer que ouvia a tia explicar e interpretar o jovem rapaz, falando dele como se seu próprio conhecimento acerca dele fosse soberano. Não que Catherine estivesse com ciúmes; mas a percepção da inocente falsidade da sra. Penniman, que estivera dormente, começou a assombrá-la novamente, e ela ficou feliz por estar segura em casa. Mas, mesmo assim, foi uma bênção poder falar de Morris, pronunciar seu nome, estar com uma pessoa que não era injusta com ele.

— A senhora tem sido muito gentil com ele — disse Catherine. — Ele escreveu-me a respeito, muitas vezes. Jamais me esquecerei disso, tia Lavinia.

— Fiz o que pude; tem sido tão pouco. Deixá-lo vir conversar comigo e dar-lhe uma xícara de chá – isso foi tudo que fiz. Sua tia Almond achou que era demais e costumava repreender-me terrivelmente; mas prometeu, ao menos, não me trair.

— Traí-la?

— Não contar nada a seu pai. Ele costumava sentar-se no escritório do seu pai! — disse a sra. Penniman, soltando uma risadinha.

Catherine ficou calada por um instante. Tal ideia era-lhe desagradável, e ela lembrou-se novamente, com muita dor, dos hábitos dissimulados da tia. Morris, devo informar ao leitor, tivera o tato de não lhe contar que se sentara no escritório do pai. Ele a conhecia há apenas alguns meses, e sua tia a conhecia há quinze anos; no entanto, ele não cometeria o erro de pensar que ela entenderia a comicidade da situação. — Lamento que a senhora o tenha feito ir para o escritório do meu pai — disse ela, depois de um tempo.

— Não o fiz ir lá; ele foi por si só. Gostava de olhar os livros e todas aquelas coisas nos frascos de vidro. Ele sabe tudo a esse respeito; ele sabe tudo a respeito de tudo.

Catherine ficou calada novamente; então: — Gostaria que ele tivesse encontrado algum emprego — disse ela.

— Ele encontrou um emprego! É uma ótima notícia, e ele me disse para contar-lhe assim que você chegasse. Entrou em sociedade com um comerciante comissionado. Tudo foi resolvido subitamente, uma semana atrás.

Isso pareceu a Catherine realmente uma ótima notícia; tinha até mesmo um certo ar de prosperidade. — Ah, fico tão feliz! — ela disse; e agora mesmo, por um instante, sentiu-se impelida a atirar-se nos braços da tia Lavinia.

— É muito melhor do que ter de trabalhar para alguém; ele nunca se acostumou a isso — continuou a sra. Penniman. — Ele é tão bom quanto o sócio – são completamente iguais! Você viu como ele tinha razão em esperar? Gostaria de saber o que seu pai seria capaz de dizer agora! Eles têm um escritório na Duane Street, e cartõezinhos impressos; ele trouxe um para me mostrar. Está no meu quarto, amanhã você o verá. Foi isso que ele me disse da última vez em que esteve aqui. "A senhora viu como eu estava certo em esperar?" Há outras pessoas trabalhando para ele, em vez de ser um subordinado. Ele nunca poderia ser um subordinado; sempre lhe disse que nunca poderia imaginá-lo dessa maneira.

Catherine concordou com sua afirmação e ficou muito feliz em saber que Morris seria o próprio patrão; mas foi privada da satisfação de pensar que poderia comunicar, triunfante, tal notícia ao pai. Ele se importaria muito pouco se Morris iria estabelecer-se nos negócios ou se seria exilado pelo resto da vida. Suas malas foram levadas para o quarto, e qualquer outra referência ao pretendente ficou em suspenso por um breve período, enquanto ela abria sua bagagem e mostrava à tia algumas das lembranças de sua viagem ao exterior. Eram lembranças variadas e luxuosas; e Catherine trouxe de volta um presente para cada pessoa — para cada pessoa, exceto Morris, a quem ela trouxera simplesmente seu coração íntegro. Para a sra. Penniman, ela tinha sido extremamente generosa, e tia Lavinia passou meia hora desdobrando e dobrando novamente, com pequenas exclamações de gratidão e apreço. Deu algumas voltas por um tempo com um esplêndido xale de caxemira, que Catherine implorou que aceitasse, colocando-o sobre seus ombros e virando-se para ver até onde a ponta detrás a cobria.

— Vou considerá-lo apenas como um empréstimo — disse ela. — Vou deixar para você quando morrer; ou melhor — acrescentou, beijando a sobrinha mais uma vez — vou deixá-lo para sua filha mais velha! — E, envolta no xale, ficou ali parada, sorrindo.

— Seria melhor esperar até ela chegar — disse Catherine.

— Não gosto da maneira como diz isso — respondeu a sra. Penniman, logo em seguida. — Catherine, você mudou?

— Não; continuo a mesma.

— Não mudou nem um pouco?

— Sou exatamente a mesma — Catherine repetiu, desejando que sua tia se mostrasse um pouco menos amigável.

— Bom, fico feliz! — e a sra. Penniman examinou o xale de caxemira no espelho. E, então, perguntou logo em seguida, com os olhos na sobrinha: — Como está seu pai? Suas cartas eram tão reservadas... Nunca poderia adivinhar como ele está!

— Meu pai está muito bem.

— Ah, você sabe o que quero dizer — disse a sra. Penniman, com uma distinção à qual o xale causava um efeito ainda mais pomposo. — Continua inflexível?

— Ah, sim!

— Não mudou nada?

— Se é que é possível, está ainda mais firme.

A sra. Penniman tirou seu esplêndido xale e, lentamente, dobrou-o. — Isso é muito ruim. Você não teve sucesso com seu modesto plano?

— Que modesto plano?

— Morris contou-me tudo a respeito. Sua ideia de virar o jogo contra ele, na Europa; de observá-lo e, quando ele estivesse positivamente impressionado por alguma atração célebre – ele finge ser tão criativo, você sabe bem –, pleitear seu caso e convencê-lo a ceder.

— Nem cheguei a tentar. Foi ideia de Morris; mas, se ele estivesse conosco na Europa, teria visto que meu pai nunca se impressionou de tal maneira. Ele é criativo – extremamente criativo; mas, quanto mais lugares famosos visitávamos, quanto mais ele os admirava, mais inútil seria pleitear-lhe meu caso. Parecia-me que tudo aquilo tornava-o ainda mais determinado... Mais firme — disse a pobre Catherine. — Nunca vou fazê-lo ceder, e já não espero nada mais.

— Bom, devo dizer — respondeu a sra. Penniman — que nunca pensei que você fosse desistir.

— Mas desisti. Já não me importo com nada.

— Você tornou-se muito corajosa — disse a sra. Penniman, com uma breve risada. — Não a aconselhei a sacrificar seus bens.

— Sim, estou mais corajosa do que antes. A senhora me perguntou se eu tinha mudado; nisso, eu mudei. Ah — continuou a menina —, mudei muito. E não são meus bens. Se Morris não se importa com eles, por que eu deveria me importar?

A sra. Penniman hesitou. — Talvez ele se importe.

— Importa-se por minha causa, porque não quer me ferir. Mas vai descobrir – já sabe, na verdade – quão pouco ele precisa ter medo disso. Além disso — disse Catherine —, tenho bastante dinheiro meu. Poderemos nos virar muito bem; e ele já não tem seu próprio negócio? Estou muito feliz com essa empreitada! — Ela continuou a falar, mostrando-se muito entusiasmada enquanto prosseguia. Sua tia nunca a vira dessa maneira, e a sra. Penniman, ao observá-la, atribuiu a mudança à viagem ao exterior, que a tornara mais positiva, mais madura. Também achava que Catherine havia melhorado de aparência; parecia muito bonita. A sra. Penniman imaginava se Morris Townsend se surpreenderia com isso. Enquanto envolvia-se nessas especulações, Catherine irrompeu, com certa aspereza. — Por que a senhora é tão contraditória, tia Penniman? Parece pensar de certo modo em um dia, e de outro no seguinte. Um ano atrás, antes de ir-me embora, queria que eu não me importasse em desagradar ao meu pai; agora, parece-me recomendar algo diferente. A senhora muda tanto!

Esse ataque foi inesperado, já que a sra. Penniman não estava acostumada, em discussão nenhuma, a ver a guerra estender-se até seu campo de batalha – possivelmente porque, no geral, o inimigo duvidava encontrar qualquer subsistência por ali. Em sua consciência, raramente os campos floridos de sua razão haviam sido devastados por uma força hostil. Talvez fosse por isso que, ao defender-se, ela fosse mais majestosa do que ágil.

— Não sei do que você está me acusando, a não ser de estar profundamente interessada em sua felicidade. É a primeira vez que me dizem que sou caprichosa demais. Essa é uma falha pela qual não me censuram habitualmente.

— No ano passado, a senhora ficou com raiva porque não queria casar-me imediatamente, e agora vem falar-me para tentar fazer meu pai ceder. Disse-me que seria bem-feito caso me levasse para a Europa à toa. Bom, ele me levou à toa, e a senhora deveria estar satisfeita. Nada mudou – nada além de meus sentimentos por meu pai. Não me importo tanto agora. Tenho me comportado da melhor forma possível, mas ele não se importa. Agora, também não me importo. Não sei se me tornei uma pessoa má; talvez, sim. Mas também não me importo com isso. Voltei para casa para casar-me; isso é tudo que sei. O que deveria agradar-lhe, a menos que tenha alguma ideia nova; a senhora está tão estranha. Pode fazer o que quiser; mas nunca mais deve me pedir que implore ao meu pai. Nunca mais lhe pedirei nada; nunca mais. Ele afastou-me. Voltei para casa para meu casamento.

Esse foi o discurso mais autoritário que ela já ouvira sair dos lábios da sobrinha, e a sra. Penniman ficou proporcionalmente surpresa. Na verdade, ficou um pouco estupefata, e a força e a determinação da garota não lhe deixaram qualquer espaço para uma resposta. Ela assustava-se facilmente e disfarçava seu desconforto com a concordância, uma concordância muitas vezes acompanhada, como neste caso, de um risinho nervoso.

XXVI

Se a sra. Penniman conseguira perturbar o temperamento da sobrinha – ela começou, a partir de então, a falar muito sobre o temperamento de Catherine, assunto que até então nunca havia sido mencionado em relação à nossa heroína –, Catherine teve a oportunidade, no dia seguinte, de recuperar sua serenidade. A sra. Penniman transmitira-lhe a mensagem de Morris Townsend, informando-lhe que a visitaria em casa no dia seguinte à sua chegada. Apareceu à tarde; mas, como pode-se imaginar, nessa ocasião não foi liberada sua entrada no escritório do dr. Sloper. No ano passado, dali entrara e saíra de maneira tão confortável e irresponsável que se sentiu levemente injustiçado ao descobrir que agora deveria limitar seus horizontes à sala da frente, que era o domínio particular de Catherine.

— Estou muito feliz que tenha voltado — disse ele. — Fico muito feliz em vê-la novamente — E olhou para ela, sorrindo, da cabeça aos pés; embora, mais tarde, não haveria de concordar com a sra. Penniman (que, como mulher, falou-lhe com mais detalhes a respeito) que ela parecia ter ficado mais bela.

Para Catherine, ele parecia resplandecente; demorou algum tempo até que ela pudesse acreditar novamente que aquele belo rapaz era exclusivamente seu. Tiveram uma longa conversa típica de enamorados – uma doce troca de perguntas e certezas. Nesses assuntos, Morris tinha uma elegância admirável, que despertava vivo interesse até mesmo no relato de sua estreia no negócio de comissões – um assunto sobre o qual sua companheira interrogou-o com muita seriedade. De vez em quando, ele levantava-se do sofá em que estavam sentados e caminhava pela sala; depois, voltava, sorrindo e passando a mão pelos cabelos. Estava inquieto, como era natural em um rapaz que acabara de se reunir a uma namorada ausente há muito tempo, e Catherine pensou que nunca o tinha visto tão animado. De certa forma, ela ficou feliz em perceber tal fato. Ele questionou-lhe sobre suas viagens e a algumas dessas perguntas ela não soube responder, pois esquecera-se dos nomes dos lugares e a sequência do itinerário que seu pai estabelecera. Mas, nesse exato momento, ela estava tão feliz, tão agitada pela convicção de que seus problemas finalmente tinham acabado que se esqueceu de envergonhar-se de suas parcas respostas. Parecia-lhe agora que poderia casar-se com ele sem nenhum resquício de hesitação ou qualquer temor, exceto aqueles ligados à alegria. Sem esperar que ele lhe perguntasse, disse-lhe que seu pai havia voltado exatamente com o mesmo estado de espírito – que ele não cedera nem um centímetro.

— Não precisamos esperar mais nada agora — disse ela — e teremos de ficar sem seu consentimento.

Morris ficou sentado, fitando-a e sorrindo. — Minha pobre querida! — exclamou.

— Você não deve ter pena de mim — disse Catherine —, não me importo com isso agora... Já me acostumei.

Morris continuou sorrindo, depois levantou-se e voltou a andar. — É melhor você me deixar tentar.

— Tentar convencê-lo? Só tornaria as coisas piores — Catherine respondeu, decidida.

— Você diz isso porque me saí tão mal da outra vez. Mas agora devo lidar com tudo de forma diferente. Estou muito mais sensato; tive um ano para pensar a respeito. Tenho mais tato.

— É nisso que tem pensado há um ano?

— A maior parte do tempo. Veja bem, a ideia ficou na minha mente. Não gosto de ser derrotado.

— Como você seria derrotado, se vamos nos casar?

— Claro, não estou derrotado na questão mais importante; mas você não percebe que estou derrotado em todo o resto? Na questão da minha reputação, nas minhas relações com seu pai, nas minhas relações com meus próprios filhos, se é que algum dia teremos algum.

— Teremos o suficiente para nossos filhos... Teremos o suficiente para tudo. Você não espera ter sucesso nos negócios?

— Com louvor, e certamente viveremos com muito conforto. Mas não falo apenas de conforto material; falo de conforto moral, de satisfação intelectual! — disse Morris.

— Tenho bastante conforto moral nesse momento — declarou Catherine, com muita simplicidade.

— Claro que tem. Mas comigo é diferente. Apostei com meu orgulho que provaria a seu pai que ele está errado; e, agora que estou à frente de um negócio próspero, posso lidar com ele de igual para igual. Tenho um excelente plano... Deixe-me executá-lo!

Estava diante dela com o rosto iluminado, seu ar alegre e as mãos nos bolsos; e ela levantou-se, com os olhos fixos nos dele.

— Por favor, não, Morris; não, por favor — disse ela; e havia no tom da sua voz uma firmeza suave e triste, que ele ouvia pela primeira vez. — Não devemos pedir-lhe favores... Não devemos pedir-lhe mais nada. Ele não cederá e as consequências não serão nada boas. Agora eu sei... Tenho um ótimo motivo para sabê-lo.

— Diga-me, por favor, qual é o seu motivo.

Ela hesitou em revelá-lo, mas finalmente disse. — Ele não gosta tanto assim de mim!

— Ah, que tolice! — gritou Morris, com raiva.

— Não diria tal coisa sem ter certeza. Entendi, senti que era verdade, na Inglaterra, pouco antes de virmos embora. Ele falou comigo certa noite... Na última noite; e foi então que compreendi. É possível dizer quando outra pessoa se sente assim. Eu não o acusaria se ele não me tivesse feito sentir-me assim. Não o acuso de nada; apenas estou dizendo que é fato. Ele não pode evitar; não podemos governar nossas afeições. Por acaso governo as minhas? Ele não poderia dizer-me o mesmo? Acho que é porque ele gosta imensamente da minha mãe, que perdemos há muito tempo. Ela era linda e muito, muito inteligente; ele está sempre pensando nela. Não sou nada parecida com ela; tia Penniman disse-me isso. Claro, não é minha culpa; mas também não é culpa dele. Tudo que quero dizer é que é a verdade; e é uma razão muito forte para ele nunca se reconciliar comigo, mais do que simplesmente não gostar de você.

— Simplesmente? — exclamou Morris, rindo. — Fico muito grato por isso!

— Agora, não me importa que ele não goste de você; tudo me importa tão pouco. Sinto-me diferente; sinto-me separada de meu pai.

— Palavra de honra — disse Morris —, vocês são uma família estranha!

— Não diga isso... Não diga nada indelicado — a garota pediu-lhe. — Você deve ser muito gentil comigo agora porque, Morris, porque... — e ela hesitou por um instante. — Porque fiz muito por você.

— Ah, eu sei disso, minha querida!

Ela falara até aquele momento sem impetuosidade ou qualquer sinal exterior de emoção, de forma suave, razoável, apenas tentando explicar-se. Mas suas emoções foram reprimidas inutilmente e, por fim, ela traiu-se no tremor de sua voz. — É algo terrível separar-se assim de seu pai, depois de sempre tê-lo venerado. Isso tudo tornou-me muito infeliz; ou teria me tornado, se não o amasse tanto. Sabe-se quando uma pessoa fala com você como se... Como se...

— Como se o quê?

— Como se a desprezassem! — disse Catherine, com ardor. — Foi assim que ele falou comigo na noite anterior à nossa partida. Não falou muito, mas foi o suficiente, e pensei nisso durante toda a viagem, todo o tempo. Então, tomei a decisão. Nunca mais lhe pedirei nada, nem esperarei nada dele. Agora, não seria mais algo natural. Devemos ser felizes juntos, sem parecer que dependemos de seu perdão. E Morris, Morris, nunca me despreze!

Essa era uma promessa fácil de se fazer, e Morris prometeu-lhe com todas as pompas. Mas, por enquanto, não se comprometeu com nada mais oneroso.

XXVII

O doutor, certamente, ao voltar, conversou muito com suas irmãs. Não teve grandes dificuldades em narrar suas viagens ou em comunicar suas impressões das terras distantes à sra. Penniman, a quem contentou-se em dar uma lembrancinha de sua invejável experiência, na forma de um vestido de veludo. Mas conversou longamente com ela sobre assuntos mais caseiros, e não perdeu tempo para assegurar-lhe que ainda era um pai inflexível.

— Não tenho dúvidas de que você viu bastante o sr. Townsend e fez o melhor possível para consolá-lo pela ausência de Catherine — disse ele. — Não estou lhe perguntando nada, e você não precisa negar. Não lhe perguntaria por nada desse mundo, para não expô-la à inconveniência de ter de... De inventar uma resposta. Ninguém a denunciou e nem havia nenhum espião para vigiar seus passos. Elizabeth não me contou nenhuma história, e nunca mencionou seu nome, a não ser para elogiar sua boa aparência e seu bom humor. Trata-se apenas de uma inferência minha... Uma indução, como dizem os filósofos. Parece-me muito provável que tenha oferecido consolo a um sofredor interessante. O sr. Townsend tem visitado este endereço inúmeras vezes; há qualquer coisa na casa que me diz isso. Nós, médicos, como já sabe, acabamos por adquirir uma percepção mais refinada, e meus sentidos me dizem que ele sentou-se nessas cadeiras, numa posição muito confortável, e aqueceu-se nessa lareira. Não guardo rancor por ele ter se aproveitado de meu conforto; é o único do qual desfrutará às minhas custas. Na verdade, parece-me provável que eu consiga economizar às custas dele. Não sei o que você pode ter-lhe dito, ou o que pode vir a dizer-lhe; mas gostaria que soubesse que, se você o encorajou a acreditar que ele vá ganhar alguma coisa com sua persistência, ou que me desviei um centímetro sequer de minha decisão de um ano atrás, pregou-lhe uma peça tão grande que ele poderá exigir-lhe alguma reparação. Sequer tenho certeza de que ele não seja capaz de mover um processo contra você. Claro que você fez tudo isso conscientemente; você se convenceu de que eu posso ser vencido pelo cansaço. Essa é a alucinação mais infundada que já passou pelo cérebro de uma amável otimista. Não estou nem um pouco cansado; estou tão bem-disposto quanto no início; e assim estarei por mais cinquenta anos. Catherine também não parece ter se desviado nem um centímetro; está igualmente bem-disposta; então estamos praticamente no mesmo lugar em que estávamos antes. Mas isso você sabe tão bem quanto eu. O que eu quero é simplesmente informá-la quanto ao meu estado de espírito! Leve o que lhe disse a sério, querida Lavinia. Cuidado com o ressentimento legítimo de um caçador de fortunas iludido!

— Não posso dizer que esperava por isso — disse a sra. Penniman. — Eu tinha um tipo de esperança tola de que você voltaria para casa sem esse tom odioso e irônico com que trata os assuntos mais sagrados.

— Não subestime a ironia, pois muitas vezes ela é muitíssimo útil. No entanto, nem sempre é necessária, e vou mostrar-lhe com que elegância posso deixá-la de lado. Gostaria de saber se você acha que Morris Townsend vai persistir.

— Vou responder-lhe com suas próprias armas — disse a sra. Penniman. — É melhor esperar para ver!

— Chama a essas palavras de uma das minhas próprias armas? Nunca lhe disse nada tão rude.

— Ele persistirá tempo suficiente para incomodá-lo muitíssimo, então.

— Minha querida Lavinia — exclamou o doutor —, você chama a isso de ironia? Eu chamo de pugilismo.

No entanto, a sra. Penniman, apesar do seu pugilismo, estava bastante amedrontada e levou seu medo em consideração. Seu irmão, entretanto, levou em consideração o que disse a sra. Almond, com quem ele não foi menos generoso do que com Lavinia, mas muito mais comunicativo.

— Suponho que ela o tenha recebido em casa o tempo todo — disse ele. — Devo verificar o estado dos meus vinhos! Não precisa se importar em dizer-me nada agora; já disse-lhe tudo que queria dizer sobre esse assunto.

— Acredito que ele tenha ido à sua casa inúmeras vezes — a sra. Almond respondeu. — Mas você deve admitir que ter deixado Lavinia sozinha foi uma mudança e tanto para ela, e que era natural que ela desejasse um pouco de companhia.

— Claro que admito, e é por isso que não vou reclamar quanto ao vinho; devo considerá-lo uma compensação para Lavinia. Ela é capaz de dizer que bebeu tudo sozinha. Dadas as circunstâncias, pense na inacreditável indecência daquele sujeito, servindo-se à vontade da casa... Ou até mesmo frequentando-a! Se isso não o descreve bem, ele é indescritível.

— Seu plano é conseguir o que puder. Lavinia deve tê-lo sustentado por um ano — disse a sra. Almond. — Já ganhou o bastante.

— Então, ela terá de sustentá-lo pelo resto da vida! —

exclamou o doutor. — Mas sem vinho, como costuma-se dizer nas *tables d'hôtes*[10].

— Catherine contou-me que ele abriu um negócio, e que está ganhando bastante dinheiro.

O doutor olhou-a fixamente. — Ela não me contou nada... E Lavinia muito menos. Ah! — ele exclamou —, Catherine desistiu de mim. Não que isso importe, com tudo que já vem acontecendo.

— Ela não desistiu do sr. Townsend — disse a sra. Almond.

— Vi isso desde o primeiro instante. Ela voltou para casa exatamente a mesma.

— Exatamente a mesma; nem um pouquinho mais inteligente. Não notou nem sequer um pedaço de pau nem uma pedra durante todo o tempo em que estivemos fora... Nem um quadro, uma paisagem, uma estátua, uma catedral.

— Como ela poderia notar? Tinha outras coisas em que pensar; elas nunca estão fora de sua mente, nem por um instante. Fico muito comovida por ela.

— Ela me comoveria se não me irritasse. É esse o efeito que ela tem sobre mim agora. Tentei tudo com ela; e fui realmente impiedoso. Mas é inútil; ela está completamente subjugada. Por isso, passei para a fase do desespero. A princípio, tive uma certa curiosidade amigável a respeito; queria ver se ela realmente iria resistir. Mas, meu bom Deus, minha curiosidade foi satisfeita! Vejo que ela é capaz de fazê-lo, e agora já poderia largá-lo.

— Ela nunca vai largá-lo — disse a sra. Almond.

— Tome cuidado, ou vai me irritar também. Se ela não o largar, será jogada fora... Retornará rolando ao pó! Que bela situação para uma filha minha! Ela não consegue ver que, se você

---

10 Literalmente "mesa do convidado", em francês. Espécie de restaurante onde não há um cardápio variado, mas apenas um prato fixo diário, acompanhado de entrada e sobremesa. Nesse tipo de restaurante, geralmente as bebidas são servidas à parte, daí o comentário do personagem. (N. do T.)

está prestes a ser empurrado, o melhor a fazer é pular. E depois vai reclamar de suas feridas.

— Ela nunca vai reclamar — disse a sra. Almond.

— Quanto a isso, faço ainda mais objeções. Mas o pior é que não posso evitar nada.

— Se ela tiver de cair — disse a sra. Almond, com uma leve risada —, devemos estender o máximo de tapetes que pudermos — E concretizou tal ideia mostrando uma enorme afeição maternal para com a garota.

A sra. Penniman escreveu imediatamente para Morris Townsend. A intimidade entre os dois já estava consumada, mas devo contentar-me com apenas algumas de suas características. A própria participação da sra. Penniman nessa intimidade era um sentimento tão singular que poderia ser mal interpretado, mas que não era, por si só, motivo de descrédito para a pobre senhora. Tratava-se, sim, de um interesse romântico naquele rapaz atraente e desafortunado, mas não era um interesse do qual Catherine deveria ter ciúmes. A sra. Penniman não tinha o mínimo de ciúmes da sobrinha. Sentia-se como se fosse a mãe ou a irmã de Morris – uma mãe ou irmã com um temperamento emotivo – e tinha um desejo intenso que ele se sentisse confortável e feliz. Esforçara-se para tanto durante o ano em que seu irmão lhe deixara o campo aberto, e seus esforços foram recompensados pelo sucesso que já descrevemos. Ela nunca tivera um filho seu, e Catherine, a quem ela fizera o possível para conferir a importância que naturalmente pertenceria a uma Penniman jovem, recompensara apenas em parte todo seu zelo. Catherine, enquanto objeto de afeto e solicitude, nunca tivera aquele encanto pitoresco que (ao que lhe parecia) teria sido um atributo natural de seus próprios filhos. Até mesmo a paixão maternal, para a sra. Penniman, teria sido algo romântico e fictício, e Catherine não fora criada para inspirar uma paixão romântica. A sra. Penniman continuava a gostar dela como sempre o fizera, mas começara a sentir que, com Catherine, faltavam-lhe oportunidades. Portanto, sentimentalmente, ela (embora não tivesse deserdado a sobrinha) adotara Morris Townsend, que lhe oferecia oportunidades em abundância. Teria ficado muito feliz em ter um filho bonito e despótico, e teria ficado muito interessada em seus casos amorosos. Foi sob essa ótica que passou a considerar Morris, que, inicialmente, a atraíra e impressionara com seu delicado e calculado respeito – um tipo de exibição ao qual a sra. Penniman era especialmente sensível. A partir de então, ele diminuíra consideravelmente seu respeito por ela, pois queria economizar tais recursos, mas a impressão fora estabelecida, e a própria rispidez do rapaz passou a ter uma espécie de valor filial. Se a sra. Penniman tivesse um filho, provavelmente teria medo dele e, a essa altura de nossa narrativa, ela certamente tinha medo de Morris Townsend. Esse foi um dos resultados da confiança que ele conquistara em Washington Square. Sentiu-se no direito de tomar liberdades com ela – como, aliás, teria feito com a própria mãe.

XXVIII

A carta era uma advertência; informava-o de que o doutor havia retornado mais impossível do que nunca. Ela poderia ter pensado que Catherine já lhe teria fornecido todas as informações de que ele precisava sobre o assunto; mas bem sabemos que as reflexões da sra. Penniman raramente eram corretas; e, além disso, ela sentia que não poderia depender do que Catherine pudesse fazer. Ela deveria cumprir seu dever, independentemente do que Catherine fizesse. Acabei de dizer que seu jovem amigo tomava todas as liberdades com ela, e um bom exemplo disso é que ele nem sequer respondeu sua carta. Prestou bastante atenção ao que dizia; e acendeu seu charuto com ela e esperou, tranquilamente, confiante de que ainda receberia outra. "Seu estado de espírito realmente gela-me o sangue", escrevera a sra. Penniman, fazendo alusão ao irmão; e, com base nessa afirmação, poderia parecer-nos que ela dificilmente pudesse aprimorar sua escrita. No entanto, escreveu mais uma vez, expressando-se através de outra figura de linguagem. "O ódio que sente por sua pessoa arde como uma chama horripilante... A chama que nunca se apaga", escreveu ela. "Mas ela não ilumina a escuridão do seu futuro. Se meu afeto pudesse fazê-lo, todos os anos de sua vida seriam como um eterno raiar do sol. Não consigo tirar nada de C.; ela é terrivelmente reservada, como o pai. Parece-me que ela espera casar-se em breve e, evidentemente, fez preparativos para tanto na Europa... Inúmeras roupas, dez pares de sapatos, etc. Mas você, meu caro amigo, não pode estabelecer-se na vida de casado com apenas alguns sapatos novos, não é verdade? Diga-me o que acha disso. Estou muito ansiosa para vê-lo; tenho tanto a dizer-lhe. Sinto muitíssimo sua falta; a casa parece tão vazia sem você. Quais são as notícias de sua parte da cidade? O negócio está prosperando? Esse prezado negócio – acho tão corajoso de sua parte! Não poderia conhecer seu escritório? Apenas por três minutos? Poderia me fazer passar por uma cliente – é assim que são chamados? Posso entrar para comprar qualquer coisa – algumas ações ou coisas relativas à ferrovia. Diga-me o que acha desse plano. Levaria comigo uma bolsinha de mão, como uma mulher do povo."

Apesar da sugestão da bolsinha, Morris pareceu não achar o plano grande coisa, pois não incentivou a sra. Penniman a visitar seu escritório, que já lhe havia descrito como um lugar excepcional e estranhamente difícil de encontrar. Mas, como ela insistia em querer um encontro – até o fim, mesmo depois de meses de conversas íntimas, ela insistia em chamar tais reuniões de "encontros" –, ele concordou que deveriam dar um passeio juntos, e fez-lhe a enorme gentileza de abandonar o escritório para tanto, justamente durante as horas em que o negócio estaria mais movimentado. Não foi nenhuma surpresa para ele, quando se encontraram em uma esquina, em uma região de terrenos baldios e calçadas por pavimentar (com a sra. Penniman vestida tanto quanto possível como uma "mulher do povo"), descobrir que, apesar de sua urgência, o mais importante que ela tinha a comunicar-lhe era a garantia de sua amizade. No entanto, ele já tinha uma coleção volumosa de tais garantias, e não teria valido a pena deixar uma ocupação lucrativa apenas para ouvir a sra. Penniman dizer-lhe, pela milésima vez, que tomara para si a sua causa. Mas Morris também tinha algo a dizer-lhe. Não era algo fácil de revelar e, enquanto ele tentava fazê-lo, a dificuldade tornou-o cruel.

— Ah, sim, sei perfeitamente que ele combina as propriedades de um bloco de gelo com um carvão em brasa — comentou.

— Catherine deixou-me tudo absolutamente claro, e a senhora disse-me o mesmo até que eu me cansasse de ouvi-la. Não é preciso dizer-me novamente; estou completamente satisfeito. Ele nunca nos dará um tostão sequer; já considero tal fato matematicamente comprovado.

Nesse momento, a sra. Penniman teve uma inspiração.

— Não poderia abrir um processo contra ele? — e ficou imaginando se esse expediente tão simples não tinha lhe ocorrido antes.

— Vou é abrir um processo contra a senhora — disse Morris — se continuar a me fazer perguntas tão irritantes. Um homem deve saber quando foi derrotado — acrescentou logo em seguida. — Devo desistir dela!

A sra. Penniman recebeu tal declaração em silêncio, embora seu coração tenha batido mais forte ao ouvi-la. Mas não foi pega despreparada, de forma nenhuma, pois havia se acostumado com o pensamento de que, se decididamente Morris não pudesse conseguir o dinheiro de seu irmão, não lhe serviria casar-se com Catherine. "Não lhe serviria" era uma forma um tanto vaga de colocar a situação; mas a afeição natural da sra. Penniman complementava tal ideia, que, embora ainda não tivesse sido expressa entre eles de forma tão crua como Morris acabara de fazer, tinha, no entanto, ficado implícita tantas vezes, em certas conversas agradáveis – com ele sentado com as pernas estendidas nas poltronas bastante estofadas do doutor –, que ela começou, inicialmente, a considerá-la como uma emoção que se gabava de ser filosófica e, depois, sentindo até uma certa ternura por ela. O fato de manter tal ternura em segredo prova, certamente, que ela se envergonhava dela; mas conseguia disfarçar lembrando-se de que era, afinal, a protetora oficial do casamento da sobrinha. Sua lógica dificilmente teria passado pela avaliação do doutor. Em primeiro lugar, Morris deveria conseguir o dinheiro, e ela o ajudaria com isso. Em segundo, estava claro que o dinheiro nunca passaria às mãos dele, e seria uma enorme pena que se casasse sem ele – um rapaz que poderia facilmente encontrar algo melhor. Depois que seu irmão proferiu, ao voltar da Europa, aquele seu pequeno discurso que citamos anteriormente, a causa de Morris parecia tão irremediável que a sra. Penniman centrou sua atenção apenas na última parte de sua argumentação. Se Morris fosse seu filho, ela certamente teria sacrificado Catherine a uma concepção superior de seu futuro; e estar disposta a fazê-lo, em vista de como se configurava o caso, mostrava um grau ainda mais refinado de devoção. Ainda assim, ficou momentaneamente sem fôlego quando a faca do sacrifício, por assim dizer, subitamente caiu em suas mãos.

Morris andou ao seu lado por uns instantes e, então, repetiu bruscamente: — Devo desistir dela!

— Acho que o compreendo — disse a sra. Penniman, suavemente.

— Certamente estou falando de forma bastante clara... Com bastante brutalidade e infâmia.

Ele sentiu vergonha de si mesmo, e sua vergonha era desconfortável; e, como era extremamente intolerante com qualquer desconforto, sentiu-se perverso e cruel. Queria ofender alguém, e começou, cautelosamente – pois sempre fora cauteloso – consigo mesmo.

— Você não poderia desiludi-la um pouco? — ele perguntou.

— Desiludi-la?

— Prepará-la... Tentar facilitar-me a situação.

A sra. Penniman parou, olhando-o com muita cerimônia.

— Meu pobre Morris, você sabe quanto ela o ama?

— Não, não sei. Não quero saber. Sempre tentei manter-me na ignorância. Seria doloroso demais.

— Ela sofrerá muito — disse a sra. Penniman.

— A senhora deve consolá-la. Se for uma amiga tão boa quanto finge ser, deve saber o que fazer.

A sra. Penniman balançou a cabeça com tristeza.

— Você fala que eu "finjo" gostar de você; mas não posso fingir que o odeio. Só posso dizer à minha sobrinha que tenho muita consideração por você; e como isso pode consolá-la ao perdê-lo?

— O doutor a ajudará. Ele ficará encantado com o fim de toda essa situação e, como ele é um sujeito inteligente, inventará algo para consolá-la.

— Inventará uma nova tortura! — exclamou a sra. Penniman.

— Os céus a livrarão do consolo de seu pai. Pois ele consistirá em gabar-se e dizer-lhe "Falei desde o começo!"

Morris ficou desconfortavelmente enrubescido.

— Se a senhora não a consolar melhor do que a mim, certamente não terá grande utilidade! É uma necessidade terrivelmente desagradável; sinto muitíssimo, e a senhora deveria tornar as coisas mais fáceis para mim.

— Serei sua amiga para o resto da vida! — a sra. Penniman declarou.

— Seja minha amiga agora! — e Morris continuou a andar.

Ela acompanhou-o; estava a ponto de tremer.

— Você gostaria que fosse eu quem lhe dissesse? — ela perguntou.

— A senhora não deve lhe dizer nada, mas pode... Pode... — e ele hesitou, tentando pensar no que a sra. Penniman poderia fazer. — Pode explicar para ela o porquê. Simplesmente porque não posso colocar-me entre ela e seu pai... Dar-lhe o pretexto ao qual ele se atém... Tão avidamente (é uma visão horrenda) para privá-la de seus direitos.

A sra. Penniman aceitou o encanto desse expediente com notável prontidão.

— Isso é tão típico de sua personalidade — disse ela. — Um sentimento tão delicado.

Morris fez um gesto furioso com a bengala.

— Ah, que chateação! — exclamou ele, com perversidade.

A sra. Penniman, no entanto, não se sentiu desencorajada.

— A situação pode ter melhor resultado do que você pensa. Afinal, Catherine é tão peculiar. — E ela pensou que poderia tomar para si a responsabilidade de assegurar-lhe que, acontecesse o que acontecesse, a garota ficaria muito quieta – ela não faria barulho nenhum. Eles prolongaram o passeio e, enquanto caminhavam, a sra. Penniman tomou para si outras responsabilidades além dessa e acabou por assumir um fardo considerável; já que Morris estava disposto, como se pode imaginar, a colocar tudo em suas costas. Mas, nem por um único instante, foi tolo o suficiente para deixar-se enganar pelo entusiasmo desajeitado dela; ele sabia que, de tudo que ela prometia, apenas era competente para realizar uma fração insignificante e, quanto mais ela professava sua disposição para servi-lo, mais tola ele a considerava.

— O que você vai fazer se não desposá-la? — ela arriscou-se a perguntar no decorrer dessa conversa.

— Algo brilhante — disse Morris. — A senhora não queria que eu fizesse algo brilhante?

A ideia agradou imensamente à sra. Penniman.

— Ficarei muito triste se não o fizer.

— Serei obrigado a fazê-lo, para compensar tudo isso. O que não é nada brilhante, a senhora sabe bem.

A sra. Penniman pensou por uns instantes, como se houvesse uma maneira de descobrir que sim, que era algo brilhante; mas teve de desistir de sua tentativa e, para disfarçar o constrangimento de seu fracasso, arriscou uma nova pergunta.

— Você quer dizer... Refere-se a um outro casamento?

Morris recebeu tal pergunta com uma reflexão que não era menos insolente por ser inaudível. "Certamente as mulheres são mais rudes do que os homens!" E, então, respondeu em voz alta:

— Nunca na vida!

A sra. Penniman sentiu-se desapontada e desprezada, e consolou-se com uma exclamação ligeiramente sarcástica. Ele era verdadeiramente perverso.

— Eu desisto dela, não por outra mulher, mas por uma carreira mais generosa! — Morris anunciou.

Isso era grandioso; mas, mesmo assim, a sra. Penniman, sentindo que havia se exposto, ficou levemente ressentida.

— Você quer dizer que nunca mais voltará a vê-la? — ela perguntou, com certo sarcasmo.

— Ah, não, voltarei a vê-la, sim; mas de que adianta arrastar essa situação? Já a vi quatro vezes desde que ela retornou, e é algo terrivelmente difícil. Não posso continuar a vê-la indefinidamente; ela não devia esperar que eu o fizesse, a senhora sabe bem. Uma mulher nunca deve manter um homem em suspense — acrescentou, primorosamente.

— Ah, mas vocês devem ter sua última despedida! — insistiu sua companheira, em cuja imaginação a ideia de uma última despedida ocupava um lugar inferior em dignidade apenas em relação ao primeiro encontro.

XXIX

Ele voltou a vê-la, sem conseguir sua última despedida; e mais uma e outra vez, sem descobrir que a sra. Penniman já fizera o bastante para cobrir o caminho da retirada com flores. Era algo diabolicamente difícil, como ele mesmo dissera, e Morris começou a sentir uma enorme animosidade pela tia de Catherine, que, como também adquirira o hábito de dizer para si mesmo, arrastava-o para aquela confusão e via-se obrigada, por mera caridade, a tirá-lo dela. Para falar a verdade, a sra. Penniman, na reclusão de seus próprios aposentos – e, devo acrescentar, em meio à provocação de Catherine, que, àquela época, parecia uma jovem exibindo seu enxoval de noiva –, havia medido suas responsabilidades e assustara-se com sua magnitude. A tarefa de preparar Catherine e facilitar a vida de Morris apresentou dificuldades que só aumentavam com sua execução, e Lavinia foi levada a questionar se a modificação do plano original do rapaz teria sido concebida com a natureza devida. Um futuro brilhante, uma carreira mais generosa, uma consciência isenta da acusação de interferência entre uma jovem e seus direitos naturais – todas essas coisas primorosas poderiam ser conquistadas de uma maneira muito problemática. Da própria Catherine, a sra. Penniman não obteve nenhuma ajuda; a pobre garota, aparentemente, não suspeitava do perigo que corria. Ela olhava para o pretendente com olhos igualmente confiantes e, embora tivesse menos confiança em sua tia do que naquele rapaz com quem trocara tantas juras de amor, não lhe dava explicações, nem sequer fazia-lhe confissões. A sra. Penniman, entre hesitações e dúvidas, declarou que Catherine era estúpida demais e adiava a grande cena, como ela mesma a teria nomeado, dia após dia, e vagava pela casa muito desconfortável, preparada para dar ar às suas desculpas, mas incapaz de trazê-las à luz. Até mesmo os encontros com Morris estavam cada vez mais curtos agora; e, ainda assim, já estavam muito além do que suas forças lhe permitiam. Ele tornara suas visitas tão breves quanto possível e, quando se sentava com sua pretendente, encontrava muito pouco o que dizer. Ela estava à espera, em termos vulgares, que ele marcasse a data; e, enquanto ele não se mostrava preparado para ser explícito a esse respeito, parecia uma grande bobagem fingir conversar sobre temas mais abstratos. Ela não fingia nem tentava disfarçar sua expectativa. Ela esperava a seu bel-prazer, e esperaria com discrição e paciência; a hesitação do noivo nesse momento tão importante poderia parecer-lhe estranha, mas certamente ele deveria ter uma boa razão para tanto. Catherine teria sido uma esposa gentil e antiquada – considerando as justificativas como favores ou ganhos inesperados, sem esperá-las mais do que esperaria um buquê de camélias do marido. Durante o período de seu noivado, no entanto, uma jovem, mesmo com as mais modestas pretensões, conta com mais buquês do que em qualquer outra ocasião; e, neste momento, havia uma ausência de perfume no ar que finalmente despertara a preocupação da garota.

— Você está doente? — ela perguntou para Morris. — Parece tão inquieto e pálido.

— Não estou nada bem — disse Morris; e passou por sua cabeça que, se pudesse fazr com que ela tivesse muita pena dele, talvez pudesse safar-se.

— Receio que esteja sobrecarregado; não deveria trabalhar tanto.

— Claro que devo trabalhar — e, então, acrescentou, com uma espécie de calculada crueldade. — Não quero ficar lhe devendo tudo!

— Ah, como pode dizer tal coisa?

— Sou muito orgulhoso — disse Morris.

— Sim, você é muito orgulhoso!

— Bom, você deve aceitar-me como sou — continuou ele —, você nunca poderá me mudar.

— Não quero mudá-lo — disse ela, gentilmente. — Vou aceitá-lo exatamente como é! — E ficou olhando para ele.

— Você sabe quanto as pessoas falam sem parar de um homem que se casa com uma garota rica — comentou Morris. — É excessivamente desagradável.

— Mas eu não sou rica — disse Catherine.

— É rica o suficiente para que falem de mim!

— Certamente falam de você. É uma honra fazê-lo!

— É uma honra que poderia facilmente dispensar.

Ela estava a ponto de perguntar-lhe se não era uma compensação por tal aborrecimento o fato de que a pobre garota, que era a causa de tanta atribulação, amava-o tanto e acreditava nele de forma tão sincera; mas ela hesitou, pensando que talvez fosse parecer-lhe uma declaração muito exigente e, enquanto ela hesitava, ele partiu subitamente.

Da próxima vez que apareceu, no entanto, ela voltou ao assunto e disse-lhe mais uma vez que era orgulhoso demais. Ele repetiu que não poderia mudar e, desta vez, ela sentiu-se impelida a dizer-lhe que, com um pouco de esforço, ele poderia mudar.

Às vezes, ele pensava que, se ao menos pudesse brigar com ela, isso o ajudaria; mas a questão era como brigar com uma jovem que era tão dada a concessões. — Suponho que você pense que o esforço seja todo seu! — ele ficou reduzido a meras exclamações. — Você não acredita que eu mesmo tenha de fazer algum esforço também?

— O esforço é todo seu agora — disse ela. — Todo o esforço que eu tinha a fazer já se esgotou!

— Bom, o meu ainda não.

— Devemos suportar as coisas juntos — disse Catherine. — É isso que devemos fazer.

Morris tentou sorrir com naturalidade. — Existem algumas coisas que não podemos suportar juntos... Por exemplo, a separação.

— Por que você está falando de separação?

— Ah! Você não gosta que eu fale; sabia que não gostaria!

— Onde pretende chegar, Morris? — ela perguntou subitamente.

Ele fixou os olhos nela por um instante e, durante uma fração desse instante, ela sentiu medo. — Você promete não fazer uma cena?

— Uma cena? E eu sou de fazer cenas?

— Todas as mulheres gostam de fazer cenas! — disse Morris, com um tom de quem tinha larga experiência no assunto.

— Eu não gosto. Onde quer chegar?

— Se eu lhe dissesse que teria de fazer uma viagem de negócios, você acharia muito estranho?

Ela ponderou por um momento, fitando-o. — Sim... Não. Não se você me levasse com você.

— Levar você comigo... Em uma viagem de negócios?

— Qual é o seu negócio? Seu negócio é ficar comigo.

— Não ganho a vida com você — disse Morris. — Ou melhor — exclamou ele, sentindo uma inspiração súbita —, é apenas isso que eu faço... Ou o que todos dizem que eu faço!

Talvez ele esperasse um efeito grandioso de suas palavras, mas não foi o que aconteceu. — Para onde você vai? — Catherine simplesmente repetiu.

— Para Nova Orleans. Vou comprar algodão.

— Estou completamente disposta a ir para Nova Orleans — Catherine disse.

— Você acredita que eu a levaria a um antro de febre amarela? — exclamou Morris. — Você acha que eu a exporia em um momento como o que vivemos?

— Se há um surto de febre amarela, por que você iria? Morris, você não deve ir para lá!

— Para ganhar seis mil dólares — disse Morris. — Você vai me privar dessa satisfação?

— Não precisamos de seis mil dólares. Você pensa demais em dinheiro!

— Como pode se dar ao luxo de dizer isso? Essa é uma grande oportunidade; ficamos sabendo ontem à noite. — E ele explicou-lhe em que consistia a tal oportunidade; e contou-lhe uma longa história, repassando mais de uma vez inúmeros detalhes sobre o notável negócio que ele e seu sócio haviam planejado entre si.

Mas a imaginação de Catherine, por razões que só ela conhecia, recusava-se terminantemente a ser despertada. — Se você pode ir para Nova Orleans, eu também posso — disse ela. — Por acaso você teria mais dificuldade de pegar febre amarela do que eu? Sou tão forte quanto você e não tenho nenhum medo de contrair qualquer febre. Quando estávamos na Europa, ficamos em lugares bastante insalubres; meu pai me fazia tomar alguns comprimidos. Nunca peguei nada nem sequer fiquei nervosa. Qual será a utilidade dos seis mil dólares se você morrer de febre? Quando as pessoas estão para se casar, não devem pensar tanto sobre negócios. Você não deveria pensar em algodão, deveria pensar em mim. Você pode ir para Nova Orleans em outra ocasião... Sempre haverá muito algodão por lá. Esse não é o momento de partir... Já esperamos demais. — Ela falou com mais entusiasmo e eloquência do que ele jamais ouvira, segurando o braço dele com as duas mãos.

— Você disse que não faria uma cena! — exclamou Morris.

— Isso é o que eu chamo de cena.

— É você quem está fazendo uma cena! Nunca lhe pedi nada antes. Já esperamos tempo demais. — E era um consolo para ela pensar que, até então, havia lhe pedido tão pouco; parecia-lhe seu direito insistir ainda mais agora.

Morris refletiu um pouco. — Muito bem, então; não falaremos mais sobre isso. Vou tratar do meu negócio por carta. — E começou a alisar seu chapéu, como se estivesse a ponto de sair.

— Então, não vai? — E ficou fitando-o.

Ele não podia desistir de sua ideia de incitar uma briga; era algo tão simples a se fazer! Baixou os olhos em direção ao rosto dela, com a expressão mais sombria que podia dispor. — Você não está sendo madura. Não deveria me intimidar!

Mas, como de hábito, ela concordou com ele. — Não, não estou sendo madura; sei que estou pressionando-o. Mas não é compreensível? Foi algo momentâneo.

— E, em um momento, você pode causar muitíssimo mal. Tente agir com mais calma da próxima vez que eu vier.

— Quando virá novamente?

— Está querendo me impor condições? — Morris perguntou.

— Virei no próximo sábado.

— Venha amanhã — Catherine implorou-lhe. — Quero que venha amanhã. Ficarei bastante calma — acrescentou; e, a essa altura, sua agitação tornara-se tão grande que sua afirmação não parecia muito pertinente. Um medo repentino tomara conta dela; parecia-lhe a combinação materializada de inúmeras dúvidas etéreas, e sua imaginação, de um único salto, percorrera uma enorme distância. Todo o seu ser, naquele momento, concentrava-se na vontade de mantê-lo ali na sala.

Morris abaixou a cabeça e beijou sua testa. — Quando você está calma, é perfeita — disse ele —, mas, quando fica agitada, nem parece você mesma.

Era a vontade de Catherine que não houvesse nenhuma agitação à sua volta, a não ser nas batidas de seu coração, algo que ela não podia evitar; e continuou, da forma mais suave possível:
— Promete vir amanhã?

— Eu disse que viria no sábado! — Morris respondeu, sorrindo. Tentava mostrar-se carrancudo em um momento e sorrir no outro; já não sabia o que fazer.

— Sim, no sábado também — ela respondeu, tentando sorrir —, mas amanhã primeiro — Ele dirigiu-se à porta e ela o acompanhou com rapidez. Encostou o ombro na porta; parecia-lhe ser capaz de qualquer coisa para mantê-lo ali.

— Se eu for impedido de vir amanhã, você dirá que a enganei! — disse ele.

— Como pode ser impedido? Você virá, se quiser.

— Sou um homem ocupado... Não sou um aproveitador! — exclamou Morris, com seriedade.

Sua voz soou tão dura e artificial que, com um olhar desesperado em sua direção, ela virou-se; então, ele rapidamente colocou a mão na maçaneta da porta. Sentia-se como se estivesse fugindo dela. Mas, em um instante, ela aproximou-se novamente dele e, murmurando em um tom grave, mas não menos doloroso: — Morris, você vai me deixar.

— Sim, por um tempo.

— Por quanto tempo?

— Até que você volte a ser razoável novamente.

— Nunca serei razoável da forma que você quer! — E ela tentou segurá-lo por mais tempo; era quase uma luta. — Pense em tudo que fiz! — ela irrompeu. — Morris, desisti de tudo!

— Você terá tudo de volta!

— Você não diria isso se não tivesse algum significado por trás. O que é? O que aconteceu? O que eu fiz? O que fez com que mudasse?

— Vou escrever-lhe... Assim é melhor — Morris gaguejou.

— Ah, você não vai voltar! — ela gritou, irrompendo em lágrimas.

— Minha querida Catherine — ele disse —, não pense assim. Prometo-lhe que nos veremos novamente! — E ele conseguiu desvencilhar-se dela, fechando a porta atrás de si.

XXX

Essa foi praticamente a última explosão de desgosto que ela teve; pelo menos, nunca se entregou a nenhuma outra da qual o mundo tomasse conhecimento. Mas esta foi longa e terrível; ela jogou-se no sofá e entregou-se ao sofrimento. Mal sabia o que se passara; aparentemente, só tivera uma diferença com o pretendente, como outras garotas tiveram antes dela, e aquela situação não apenas não era um rompimento, como também não se via impelida a vê-la nem mesmo como uma ameaça. Ainda assim, sentia-se ferida, mesmo que ele não a tivesse machucado; tinha a impressão de que, subitamente, uma máscara caíra de seu rosto. Ele queria ficar longe dela; tinha sido duro e cruel, tinha dito coisas estranhas, dirigira-lhe olhares estranhos. Sentia-se sufocada e atordoada; enterrou a cabeça nas almofadas, soluçando e falando consigo mesma. Mas, por fim, levantou-se, com medo de que seu pai ou a sra. Penniman entrassem na sala; então, ficou ali sentada, olhando diante de si enquanto a sala escurecia. Disse a si mesma que talvez ele voltasse para dizer-lhe que não queria ter dito o que disse; e chegou a ouvir seu toque na campainha da porta, tentando acreditar nessa probabilidade. Muito tempo passou, mas Morris continuava ausente; as sombras acumularam-se; a noite se acomodou na escassa elegância da sala de cores claras; o fogo apagou. Quando escureceu, Catherine foi até a janela e olhou para fora; ali ficou por meia hora, na simples expectativa de que ele aparecesse nos degraus. Por fim, virou-se, ao ver o pai entrar. Ele a tinha visto à janela olhando para fora e parou por um instante ao fundo dos degraus brancos e, sério, com um ar de cortesia exagerada, cumprimentou-a erguendo o chapéu. O gesto era tão inconsistente com a situação em que ela se encontrava — essa majestosa homenagem a uma pobre garota desprezada e abandonada parecia tão fora de propósito — que lhe provocou uma espécie de horror, fazendo-a correr para seu quarto. Parecia-lhe já ter desistido de Morris.

Ela teve de aparecer meia hora depois, e o que a manteve à mesa foi seu enorme desejo de que seu pai não percebesse que algo lhe havia acontecido. Tal desejo foi-lhe de grande ajuda mais tarde e auxiliara-lhe (embora não tanto quanto ela imaginava) desde o início. Nessa noite, o dr. Sloper estava bastante falante. Contou muitas histórias sobre um maravilhoso poodle que vira na casa de uma senhora que visitara profissionalmente. Catherine não apenas tentou passar-lhe a impressão de que ouvia as anedotas acerca do poodle, mas também se esforçou para interessar-se por elas, para não pensar na cena que teve com Morris. Talvez tudo não passasse de uma alucinação; ele se enganara, ela tivera uma crise de ciúmes; as pessoas não mudam assim de um dia para o outro. Lembrou-se então de que ele tivera dúvidas antes... Suspeitas estranhas, que foram ao mesmo tempo incertas e profundas... E que ele se mostrara diferente desde que ela retornara da Europa; em seguida, tentou novamente ouvir o pai, que contava habilmente uma outra história. Depois do jantar, foi direto para seu quarto; estava além de suas forças ter de passar a noite com sua tia. Durante toda a noite, só, questionava-se. Sua aflição era terrível; mas tratava-se de fruto de sua imaginação, arquitetado por uma sensibilidade incomum, ou de uma realidade explícita e, nessa realidade, o pior realmente acontecera? A sra. Penniman, exibindo um tato tão incomum quanto louvável, decidiu deixá-la sozinha. A verdade é que, ao ter despertado suas suspeitas, ela cedeu ao desejo – natural em uma pessoa tímida – de que a explosão ficasse localizada. Enquanto o ar continuasse a vibrar, ela se manteria fora do caminho.

Passou diante da porta de Catherine inúmeras vezes ao longo da noite, como se esperasse ouvir um gemido de lamentação vindo do seu interior. Mas o quarto permaneceu completamente silencioso; consequentemente, a última coisa que ela fez antes de se retirar para seus aposentos foi bater à porta. Catherine estava sentada e fingia ler um livro que tinha entre as mãos. Não tinha vontade de ir para a cama, pois não esperava conseguir dormir. Depois que a sra. Penniman deixou-a, permaneceu metade da noite acordada, sem ter oferecido à visita nenhum incentivo para que ficasse. Sua tia entrou furtivamente, com muita delicadeza, e aproximou-se dela com grande solenidade.

— Receio que esteja com problemas, minha querida. Posso fazer alguma coisa para ajudá-la?

— Não estou com problemas, de forma alguma, e não preciso de ajuda — disse Catherine, mentindo descaradamente e, assim, provando que não apenas nossas falhas, mas também nossas desgraças, completamente fora de nosso controle, levam-nos a corromper nossos princípios.

— Nada aconteceu com você?

— Absolutamente nada.

— Tem certeza, minha querida?

— Certeza absoluta.

— E realmente não posso fazer nada por você?

— Nada, tia, a não ser deixar-me em paz, por favor — disse Catherine.

A sra. Penniman, embora tivesse temido anteriormente uma recepção por demais calorosa, agora ficara desapontada com uma resposta tão fria; e depois, ao contar a história do término do noivado de sua sobrinha – como o fez com muitas pessoas e com consideráveis variações de detalhes –, costumava ter o cuidado de mencionar que a jovem, em certo momento, a "empurrara" para fora do quarto. Tornou-se um hábito da sra. Penniman relatar esse fato, não por maldade para com Catherine – de quem ela tinha muita pena –, mas simplesmente por uma predisposição natural a ornamentar qualquer assunto que transmitisse.

Catherine, como já disse, ficou acordada metade da noite, como se continuasse a esperar ouvir o toque de Morris Townsend na porta. No dia seguinte, tal expectativa era menos irracional; mas não foi recompensada com o reaparecimento do rapaz. Ele também não lhe escreveu; não houve nenhuma palavra de explicação ou de conforto. Felizmente, para Catherine, ela poderia refugiar-se de sua agitação – que agora tornara-se intensa – em sua determinação de que seu pai não percebesse nada. Ainda teremos a oportunidade de saber quão bem ela enganou o pai; mas suas inocentes habilidades tiveram pouca eficácia diante de uma pessoa de rara sagacidade como a sra. Penniman. Ela percebeu facilmente que a sobrinha estava agitada e, no caso de qualquer agitação, a sra. Penniman não era pessoa de desistir de sua participação nessa história. Voltou à carga na noite seguinte, pedindo à sobrinha que confiasse nela... Que aliviasse seu coração. Talvez ela conseguisse explicar-lhe certas coisas que agora pareciam obscuras e sobre as quais ela saberia mais do que Catherine imaginava. Se Catherine mostrara-se fria na noite anterior, nesta noite revelou-se arrogante.

— A senhora está completamente enganada, e não tenho a menor ideia do que está insinuando. Não sei o que está tentando sugerir saber, e nunca na minha vida precisei menos que me explicassem algo.

Expressando-se assim, continuou a manter a tia afastada. E a curiosidade da sra. Penniman continuava a crescer. Ela teria dado seu dedo mínimo para saber o que Morris havia dito e feito, que tom ele adotara, que pretexto havia encontrado. Naturalmente, ela escreveu-lhe, pedindo para marcar um encontro; mas, naturalmente, ela não recebeu nenhuma resposta ao seu pedido. Morris não estava com vontade de escrever, já que Catherine escrevera-lhe dois bilhetes curtos que também não tiveram retorno. Esses bilhetes foram tão curtos que posso transcrevê-los na íntegra. "Você não vai me dar nenhum sinal de que não pretendia ser tão cruel quanto foi na terça-feira passada?" – esse foi o primeiro; o outro foi um pouco mais longo. "Se fui irracional ou mostrei-me desconfiada na terça-feira... Se o aborreci ou incomodei-o de alguma forma... Imploro seu perdão e prometo-lhe nunca mais ser tão tola. Já fui punida o suficiente e não o compreendo. Meu querido Morris, você está me matando!" Esses bilhetes foram enviados na sexta-feira e no sábado; mas tanto o sábado quanto o domingo passaram sem trazer à pobre garota a satisfação que ela desejava. Sua punição tornava-se mais severa; ela continuava a suportá-la, no entanto, com uma boa dose de coragem superficial. Na manhã de sábado, o doutor, que observava em silêncio, falou com sua irmã Lavinia.

— Finalmente aconteceu... O canalha recuou!

— Nunca! — exclamou a sra. Penniman, que pensara no que diria a Catherine, mas não arquitetara uma linha de defesa contra o irmão, de modo que uma negativa indignada era a única arma em suas mãos.

— Ele implorou-lhe por um adiamento, então, se prefere assim!

— Parece que você fica muito feliz que tenham zombado com o afeto de sua filha.

— E fico — disse o doutor —, pois eu previra tudo isso! É um grande prazer ter razão.

— Seus prazeres são de arrepiar! — sua irmã exclamou.

Catherine entregou-se com austeridade às suas ocupações habituais, a ponto de ir com a tia à igreja no domingo de manhã. Geralmente também ia ao culto vespertino; mas, nessa ocasião, sua coragem vacilou e acabou implorando à sra. Penniman que fosse sem ela.

— Tenho certeza de que você tem algum segredo — disse, enfaticamente, a sra. Penniman, olhando para ela com certa tristeza.

— Se tenho, vou guardá-lo comigo! — Catherine respondeu, dando-lhe as costas.

A sra. Penniman saiu para ir à igreja; mas, antes de lá chegar, parou, voltou para trás e, menos de vinte minutos depois de sua saída, entrou novamente em casa, olhou para os cômodos vazios e subiu as escadas, batendo à porta de Catherine. Não obteve resposta; Catherine não estava em seu quarto, e a sra. Penniman logo percebeu que ela não estava em casa. — Ela foi atrás dele, ela fugiu! — Lavinia gritou, apertando as mãos com admiração e inveja. Mas logo percebeu que Catherine não havia levado nada consigo – todos os seus pertences em seu quarto estavam intactos – e, então, pressupôs que a garota tinha saído levada não por amor, mas por desgosto. "Ela seguiu-o até sua casa... Vai aparecer nos aposentos dele!" Foi nesses termos que a sra. Penniman descreveu para si mesma a missão de sua sobrinha, o que, visto sob essa ótica, satisfazia sua apreciação pelo inusitado com quase a mesma força que a ideia de um casamento clandestino. Visitar seu pretendente, entre lágrimas e censuras, em sua própria residência, era uma imagem tão prazerosa à mente da sra. Penniman que ela sentiu uma espécie de decepção estética por não haver, neste caso, o acompanhamento harmonioso da escuridão e de uma tempestade. Uma tranquila tarde de domingo não parecia um cenário adequado; e, de fato, a sra. Penniman ficou bastante desanimada com as condições do tempo, que passava muito calmamente enquanto ela sentava-se na sala da frente com seu chapéu e seu xale de caxemira, aguardando o retorno de Catherine.

O que finalmente aconteceu. Pela janela, ela viu-a subir os degraus e foi esperá-la no saguão, onde lançou-se sobre ela assim que entrou em casa, puxando-a para a sala e fechando a porta com solenidade. Catherine estava corada, e seus olhos brilhavam. A sra. Penniman mal sabia o que pensar.

— Posso atrever-me a perguntar onde você esteve? — ela indagou.

— Fui dar um passeio — disse Catherine. — Achei que a senhora tivesse ido à igreja.

— Fui à igreja, mas o culto acabou mais rápido do que o normal. Diga-me, por onde você andou?

— Não sei! — disse Catherine.

— Sua ignorância é por demais extraordinária! Minha querida Catherine, pode confiar em mim.

— O que devo confiar à senhora?

— Seu segredo... Suas tristezas.

— Não tenho nenhuma tristeza! — disse Catherine, furiosa.

— Minha pobre criança — insistiu a sra. Penniman —, você não é capaz de me enganar. Sei de tudo. Pediram-me que... Que... Conversasse com você.

— Não quero conversar!

— Falar vai aliviá-la. Você não conhece aqueles versos de Shakespeare? "A dor que não fala![11]" Minha querida menina, é melhor assim.

— O que é melhor? — Catherine perguntou.

Mostrava-se realmente muito perversa. Uma certa dose de perversidade era permitida a uma jovem cujo pretendente a abandonara; mas não tanto a ponto de mostrar-se inconveniente a

---

11 No original, "the grief that does not speak", verso da 3ª Cena do 4º Ato de *Macbeth*. (N. do T.)

seus defensores. — É melhor que você seja razoável — disse a sra. Penniman, com certa dureza. — Que você aceite o conselho da prudência e submeta-se às suas considerações práticas. Que você concorde em... Separar-se.

Catherine tinha se mostrado gélida até então, mas, ao ouvir tal palavra, revoltou-se. — Separar-me? O que a senhora sabe sobre nossa separação?

A sra. Penniman abanou a cabeça com uma tristeza tal que chegava até a parecer uma sensação de mágoa. — Seu orgulho é o meu orgulho, e sua vulnerabilidade também é a minha. Compreendo perfeitamente seu lado, mas também... — e sorriu com uma melancólica provocação — Também vejo a situação como um todo!

A provocação perdeu-se em Catherine, que repetiu sua pergunta com rispidez. — Por que a senhora fala sobre separação; o que sabe a esse respeito?

— Devemos tentar nos resignar — disse a sra. Penniman, hesitante, mas definitiva em sua sugestão.

— Resignar-nos com o quê?

— Com uma mudança nos... Nos nossos planos.

— Meus planos não mudaram! — disse Catherine, com um risinho.

— Ah, mas os planos do sr. Townsend mudaram — sua tia respondeu com muita suavidade.

— O que a senhora quer dizer?

Havia uma brevidade arrogante no tom da sua pergunta, contra a qual a sra. Penniman sentiu-se obrigada a protestar; afinal, a informação que ela decidira fornecer à sobrinha era um favor. Tentara, então, ser áspera, e tentara ser rígida: mas nenhuma delas funcionaria; ficou chocada com a obstinação da garota. — Ah, bom — disse ela —, se ele não lhe contou nada... — E deu-lhe as costas.

Catherine observou-a em silêncio por um instante; então, apressou-se atrás dela, impedindo-a de sair antes que alcançasse a porta. — Contou-me o quê? O que a senhora quer dizer? O que está insinuando, com o quê está me ameaçando?

— Não terminaram? — perguntou a sra. Penniman.

— O noivado? De forma nenhuma.

— Peço-lhe perdão, então. Falei cedo demais!

— Cedo demais! Cedo ou tarde — Catherine explodiu —, a senhora fala de forma tola e cruel!

— O que aconteceu entre vocês dois, então? — perguntou sua tia, impressionada com a sinceridade do seu grito. — Pois, certamente, algo aconteceu.

— Nada aconteceu, a não ser que eu o amo cada vez mais!

A sra. Penniman calou-se por um momento. — Suponho que seja esse o motivo pelo qual você foi vê-lo esta tarde.

Catherine enrubesceu como se tivessem lhe batido. — Sim, fui vê-lo! Mas isso é problema meu.

— Muito bem, então; não falaremos sobre isso. — E a sra. Penniman dirigiu-se novamente para a porta. Mas foi interrompida por um súbito grito de súplica da garota.

— Tia Lavinia, para onde ele foi?

— Ah, então você admite que ele foi embora? Não lhe disseram nada na casa dele?

— Disseram-me que ele tinha saído da cidade. Não fiz outras perguntas; tive vergonha — disse Catherine, com toda a simplicidade possível.

— Você não precisava ter dado um passo tão comprometedor se confiasse um pouco mais em mim — observou a sra. Penniman, com ares de muita importância.

— Ele foi para Nova Orleans? — Catherine continuou, sem dar-lhe atenção.

Era a primeira vez que a sra. Penniman ouvira falar de Nova Orleans em tal contexto; mas não suportaria deixar Catherine perceber que ela estava às escuras. Tentou produzir alguma luz usando-se das instruções que recebera de Morris. — Minha querida Catherine — disse —, quando combinamos uma separação, quanto mais longe ele for, melhor.

— Combinar? Ele combinou alguma coisa com a senhora?

— A sensação de que a bisbilhotice delirante da tia era uma dura realidade apoderara-se dela nos últimos cinco minutos, e ela ficou revoltada com a ideia de que a sra. Penniman tomara todas as liberdades, por assim dizer, em relação à sua felicidade.

— Certamente ele pediu meus conselhos algumas vezes — disse a sra. Penniman.

— Foi a senhora, então, que mudou seu comportamento, tornando-o tão pouco natural? — Catherine gritou. — Foi a senhora que o convenceu a deixar-me? Ele não lhe pertence, e não entendo como a senhora tem qualquer coisa a ver com o que há entre nós! Foi a senhora que tramou essa intriga e disse-lhe para me abandonar? Como pode ser tão perversa, tão cruel? O que eu fiz para a senhora, por que não é capaz de me deixar em paz? Tive realmente medo de que a senhora pusesse tudo a perder; pois a senhora estraga tudo que toca; tive medo o tempo todo em que estávamos no exterior; não pude descansar nem um pouco sabendo que a senhora falava a todo tempo com ele — Catherine continuou com cada vez mais fervor, extravasando no amargor e na perspicácia de sua exaltação (que, subitamente, pulando qualquer procedimento, fez com que julgasse a tia decisivamente e sem apelação) a inquietação que há tantos meses pairava sobre seu coração.

A sra. Penniman ficou assustada e perplexa; não viu nenhuma maneira de apresentar seus pequenos argumentos acerca da pureza dos motivos de Morris. — Você é uma garota extremamente ingrata! — exclamou. — Você me repreende por ter falado com ele? Asseguro-lhe que nunca falamos de nada além de você!

— Sim; e foi assim que ele ficou preocupado; a senhora cansou-o do meu próprio nome! Gostaria que nunca tivesse falado de mim para ele; nunca pedi sua ajuda!

— Tenho certeza de que, se não fosse por mim, ele nunca teria vindo até esta casa, e você nunca saberia o que ele pensava a seu respeito — retrucou a sra. Penniman, cheia de razão.

— Gostaria que ele nunca tivesse vindo até esta casa, e que eu nunca tivesse sabido de coisa alguma! Seria melhor do que isto — disse a pobre Catherine.

— Você é uma garota muito ingrata — repetiu a tia Lavinia.

O surto de raiva e a sensação de injustiça de Catherine deram-lhe, enquanto duraram, a satisfação que vem de toda afirmação de força; serviram-lhe como estímulo, e há sempre algum tipo de prazer em arejar sua fúria. Mas, no fundo, ela detestava ser violenta e não tinha a menor aptidão para ressentimentos prolongados. Acalmou-se com muito esforço, mas muito rapidamente, e caminhou pela sala por alguns instantes, tentando convencer-se de que a tia fizera o seu melhor. Não conseguiu falar com grande convicção, mas, depois de um tempo, foi capaz de falar com calma suficiente.

— Não sou ingrata, mas estou muito infeliz. Assim, é difícil mostrar gratidão — disse ela. — A senhora pode me dizer onde ele está?

— Não faço a menor ideia; não estou me correspondendo secretamente com ele! — E a sra. Penniman realmente desejava que estivesse, para que fosse capaz de dizer-lhe quanto Catherine a ofendeu, depois de tudo que ela fizera.

— Então, estava em seus planos terminar? — A essa altura, Catherine já estava completamente calma.

A sra. Penniman começou a vislumbrar novamente uma chance de se explicar. — Ele relutava... Relutava... — disse ela. — Faltou-lhe coragem, mas a coragem de prejudicá-la! Ele não suportaria a ideia de fazer recair sobre você a maldição de seu pai.

Catherine ouviu-a com os olhos fixos nela, e continuou a fitá-la por algum tempo. — Ele pediu-lhe para dizer-me isso?

— Ele me pediu para dizer-lhe muitas coisas... Todas tão delicadas, tão astutas. E pediu-me para dizer-lhe que esperava que você não o desprezasse.

— Não o desprezo — disse Catherine. E, então, acrescentou: — Ele ficará longe para sempre?

— Ah, para sempre é muito tempo. Seu pai, talvez, não viverá para sempre.

— Talvez não.

— Tenho certeza de que você é grata... Que você entende... Mesmo com seu coração sangrando — disse a sra. Penniman. — Sem dúvida, deve achá-lo rigoroso demais. Também o acho, mas respeito seus escrúpulos. O que ele lhe pede é que faça o mesmo.

Catherine ainda fitava a tia, mas, por fim, falou, como se não a tivesse ouvido ou compreendido. — Então tudo estava em seus planos. Terminou tudo deliberadamente; desistiu de mim.

— Por enquanto, minha querida Catherine. Ele apenas postergou tudo.

— Ele me deixou sozinha — prosseguiu Catherine.

— Você não tem a mim? — perguntou a sra. Penniman, enfaticamente.

Catherine balançou a cabeça lentamente. — Não acredito nisso! — e saiu da sala.

XXXI

Embora tivesse se forçado para manter a calma, Catherine preferia praticar essa virtude em particular e absteve-se de aparecer para o chá – uma refeição que, às seis horas de domingo, substituía o jantar. O dr. Sloper e sua irmã sentaram-se frente a frente, mas a sra. Penniman nunca olhou nos olhos do irmão. Mais tarde, foi com ele – mas sem Catherine – até a casa de sua irmã Almond, onde a infeliz situação de Catherine foi discutida pelas duas senhoras com uma franqueza preservada por misteriosas reticências da parte da sra. Penniman.

— Fico muito contente que ele não vá se casar com ela — disse a sra. Almond —, mas ele deveria ser chicoteado mesmo assim.

A sra. Penniman, chocada com a grosseria da irmã, respondeu que ele fora movido pelo mais nobre dos motivos... O desejo de não empobrecer Catherine.

— Fico muito feliz que Catherine não ficará pobre... Mas espero que ele nunca tenha um tostão sobrando! E o que a pobre garota lhe disse? — a sra. Almond perguntou.

— Disse que tenho muita habilidade para confortar os outros — disse a sra. Penniman.

Foi assim que ela descreveu a questão à irmã e, talvez por estar consciente de suas habilidades, ao retornar naquela mesma noite à Washington Square, apresentou-se mais uma vez à porta de Catherine. Ela veio abrir-lhe; aparentemente, estava muito calma.

— Só queria dar-lhe um pequeno conselho — disse ela. — Se seu pai perguntar alguma coisa, diga-lhe que tudo continua igual.

Catherine ficou ali parada, com a mão na maçaneta, olhando para a tia, mas sem pedir-lhe que entrasse. — A senhora acha que ele vai me perguntar?

— Tenho certeza que sim. Acaba de me perguntar, a caminho da casa de sua tia Elizabeth. Expliquei tudo à sua tia. Mas disse a seu pai que não sei de nada.

— A senhora acha que ele vai me perguntar quando perceber... Quando perceber... — mas Catherine calou-se.

— Quanto mais ele perceber, mais desagradável se mostrará — disse a tia.

— Deve perceber o mínimo possível então! — Catherine declarou.

— Diga-lhe que está prestes a se casar.

— Assim o farei — disse Catherine calmamente; e fechou a porta na cara da tia.

Não poderia tê-lo feito dois dias depois; na terça-feira, quando finalmente recebeu uma carta de Morris Townsend. Era uma carta de tamanho considerável, com cinco grandes folhas quadradas, escritas na Filadélfia. Era um documento explicativo, que elucidava muitas coisas, entre as quais destacavam-se as considerações que levaram o escritor a aproveitar uma ausência "profissional" urgente para tentar banir de sua mente a imagem daquela que cruzara seu caminho, apenas para deixá-lo em ruínas. Arriscava-se a esperar apenas um sucesso parcial nesta tentativa, mas prometia-lhe que – mesmo com seu fracasso – ele nunca mais se colocaria entre seu coração generoso com brilhantes perspectivas e seus deveres filiais. Terminava com a insinuação de que suas atividades profissionais poderiam obrigá-lo a viajar por meses, e com a esperança de que, quando ambos tivessem se adaptado ao que estava duramente envolvido em suas respectivas posições – mesmo que tal resultado demorasse anos para ser alcançado –, deveriam encontrar-se como amigos, como companheiros de sofrimento, como vítimas inocentes, mas conformadas, de uma lei social maior. Que a vida dela fosse calma e feliz era o maior desejo daquele que ainda ousava assinar como seu mais obediente servo. A carta foi lindamente escrita, e Catherine – que a guardou por muitos anos depois disso – foi capaz, depois que a percepção da crueldade de seu significado e do vazio de seu tom tornou-se mais aguçada, de admirar a elegância de seu fraseado. Naquele momento, e por muito tempo depois de recebê-la, tudo que tinha para ajudá-la era a determinação, cada dia mais forte, de não apelar à compaixão do pai.

Este deixou passar uma semana e, então, certo dia pela manhã, a uma hora em que ela raramente o via, ele entrou na sala dos fundos. Ficara atento ao momento certo e encontrou-a sozinha. Ela estava sentada, trabalhando, e ele entrou e parou diante dela. Estava de saída, portava chapéu e suas luvas.

— Não me parece que você esteja me tratando com toda a consideração que mereço — disse ele, subitamente.

— Não sei o que fiz — respondeu Catherine, com os olhos fixos no trabalho.

— Aparentemente, você baniu completamente de sua mente o pedido que lhe fiz em Liverpool, antes de partirmos; o pedido que me avisasse com antecedência antes de sair de minha casa.

— Não saí de sua casa! — disse Catherine.

— Mas pretende sair e, pelo que me deu a entender, sua partida deve estar para acontecer. Na verdade, embora ainda esteja aqui fisicamente, já está ausente em espírito. Sua mente fixou residência com seu futuro marido, e poderia muito bem já estar alojada sob o teto conjugal, dadas todas as vantagens que temos tirado de sua companhia.

— Tentarei mostrar-me mais alegre! — disse Catherine.

— Certamente deveria mostrar-se mais alegre, pois, se não está, você é exigente demais. Ao prazer de casar-se com um jovem brilhante, acrescente-se o fato de fazer sua própria vontade; parece-me ser uma jovem muito sortuda!

Catherine levantou-se; ela começava a sufocar. Dobrou seu trabalho manual, de forma deliberada e minuciosa, curvando o rosto ardente sobre ele. O pai continuava no mesmo lugar; ela estava à espera que ele saísse, mas ele alisou e abotoou as luvas e, então, pousou as mãos nos quadris.

— Seria muito conveniente saber quando posso esperar que a casa fique vazia — ele prosseguiu. — Quando você for embora, sua tia também partirá.

Ela finalmente olhou para o pai com um longo e silencioso olhar que, apesar de todo seu orgulho e determinação, expressava parte do apelo que ela recusava-se a fazer. Os olhos frios e cinzentos dele examinavam os olhos da filha, e ele insistiu em seu interrogatório.

— Partirá amanhã? Na próxima semana, na seguinte?

— Não irei embora! — disse Catherine.

O doutor ergueu as sobrancelhas. — Ele desistiu?

— Rompi meu noivado.

— Rompeu?

— Pedi-lhe que saísse de Nova Iorque, e ele partiu há um bom tempo.

O doutor ficou tão perplexo quanto desapontado, mas resolveu sua perplexidade dizendo a si mesmo que sua filha simplesmente estava deturpando os fatos — o que era justificável, mas, mesmo assim, continuava a deturpá-los — e aliviou seu desapontamento — o de um homem que perdera a chance de desfrutar do pequeno triunfo com o qual contara — dizendo em voz alta algumas palavras.

— Como ele recebeu seu rompimento?

— Não sei! — disse Catherine, com menos engenhosidade do que vinha demonstrando até então.

— Quer dizer que você não se importa? Está se mostrando bastante cruel, depois de encorajá-lo e brincar com ele por tanto tempo!

Afinal, o doutor obtivera sua vingança.

XXXII

Nossa história, até aqui, avançou a passos muito curtos, mas, à medida que se aproxima de seu fim, deve tomar passos mais largos. Com o passar do tempo, pode ter parecido ao doutor que o relato de sua filha acerca da ruptura com Morris Townsend – que ele considerava pura presunção – era justificado, em certo grau, pelo que se seguiu. Morris continuou tão rigorosa e ininterruptamente ausente quanto se tivesse morrido com o coração partido, e Catherine parecia ter enterrado a memória desse decepcionante episódio tão profundamente que era como se tivesse terminado por sua própria escolha. Sabemos que ela se ferira de forma intensa e incurável, mas o doutor não tinha como sabê-lo. Certamente, ele ficara curioso e teria oferecido muito para descobrir toda a verdade; mas sua punição foi nunca ficar sabendo – punição, quero dizer, por ter abusado do sarcasmo nas relações com a filha. Efetivamente, havia também muito sarcasmo no fato da filha tê-lo mantido na ignorância, e o resto do mundo conspirou a seu favor nesse sentido, mostrando-se tão sarcástico quanto ela. A sra. Penniman não lhe disse nada, em parte porque ele nunca a questionou – não confiava nela o suficiente para isso – e, em parte, porque lhe agradava a ideia de que tanto uma discrição torturante quanto uma tranquila confissão de ignorância serviriam-lhe como vingança à teoria do irmão de que ela se intrometera no assunto. Ele foi duas ou três vezes ver a sra. Montgomery, mas a sra. Montgomery nada tinha a dizer. Ela simplesmente sabia que o noivado do irmão fora rompido e, agora que a srta. Sloper estava fora de perigo, ela preferia não dizer nada contra Morris. Já o fizera antes – embora contra a vontade – porque sentia pena da srta. Sloper; mas não tinha mais pena da srta. Sloper agora – absolutamente nenhuma. Morris não lhe dissera nada sobre suas relações com a srta. Sloper à época, e também não lhe disse nada desde então. Estava sempre ausente e raramente lhe escrevia; ela acreditava que ele partira para a Califórnia. A sra. Almond, nas palavras de sua irmã, começara a se "dedicar" intensamente a Catherine desde a recente catástrofe; mas, embora a garota fosse muito grata por sua gentileza, ela não lhe revelou nenhum segredo, e a gentil dama não poderia dar ao doutor nenhum esclarecimento. No entanto, ainda que ela tivesse sido capaz de narrar ao doutor a história do infeliz caso de amor da filha, encontraria certo conforto em deixá-lo na ignorância, já que a sra. Almond, a essa altura, não estava completamente em sintonia com o irmão. Ela deduzira por si só que Catherine havia sido cruelmente rejeitada – nada soube pela sra. Penniman, pois a sra. Penniman não se atrevera a apresentar a famosa explicação dos motivos de Morris diante da irmã, embora a tivesse achado boa o suficiente para Catherine – e reconheceu que o irmão se mantivera constantemente indiferente ao que a pobre criatura devia ter sofrido, e ainda sofria. O dr. Sloper tinha sua própria teoria, e raramente alterava suas teorias. O casamento teria sido abominável, e a garota fora abençoada por ter escapado. Ela não era digna de pena por isso, e fingir condolências seria fazer concessões à ideia de que algum dia tivera o direito de pensar em ter algo com Morris.

— Insisti nessa ideia desde o início e vou continuar a insistir agora — disse o doutor. — Não vejo nada de cruel nisso; nunca será demais insistir no que acredito. — A isso a sra. Almond respondeu mais de uma vez que, se Catherine livrara-se de seu pretendente inapropriado, ela merecia todo o crédito e sujeitar-se à opinião esclarecida do pai sobre o assunto deveria ter-lhe custado um esforço que ele tinha a obrigação de valorizar.

— Não tenho tanta certeza de que ela tenha se livrado dele — disse o doutor. — Não há a menor probabilidade de que, depois de ter se mostrado teimosa como uma mula por dois anos, ela subitamente tenha dado ouvidos à razão. É infinitamente mais provável que ele tenha se livrado dela.

— Mais uma razão para que você seja gentil com ela.

— Sou gentil com ela. Mas não posso ser dramático; não consigo verter lágrimas, para parecer amável, diante da coisa mais afortunada que já lhe aconteceu.

— Você não tem compaixão — disse a sra. Almond. — Esse nunca foi o seu forte. Basta olhar para ela para ver que – bem ou mal, tenha o rompimento partido dele ou dela – o pobre coração da garota está gravemente ferido.

— Lidar com as feridas – e até mesmo derramar lágrimas sobre elas – não as torna nem um pouco melhores! Minha tarefa é cuidar para que ela não se machuque novamente, e irei fazê-lo com muita atenção. Mas não reconheço essa descrição que você faz de Catherine. Ela não me parece de forma nenhuma uma jovem à procura de um tratamento moral. Na verdade, ela parece estar melhor agora do que enquanto o sujeito andava por perto. Está completamente tranquila e viçosa; come e dorme, faz seus exercícios habituais e ocupa-se, como sempre, com seus trabalhos manuais. Ela está a todo momento tricotando alguma bolsa ou bordando algum lenço, e parece-me que tem terminado essas peças mais rápido do que nunca. Não tem muito a dizer; mas quando é que ela teve algo a dizer? Ela dançou sua valsa e agora está sentada descansando. Suspeito que, no geral, esteja gostando de sua situação.

— Gosta tanto quanto as pessoas gostam de livrar-se de uma perna que foi esmagada. O estado de espírito após a amputação é, sem dúvida nenhuma, de relativo repouso.

— Se sua perna é uma metáfora para o jovem Townsend, posso garantir-lhe que ele nunca foi esmagado. Esmagado? Nunca! Está vivo e perfeitamente intacto, e é por isso que não estou completamente satisfeito.

— Você gostaria de tê-lo matado? — perguntou a sra. Almond.

— Sim, muito. E acho perfeitamente possível que tudo não passe de um disfarce.

— Um disfarce?

— Um acordo entre os dois. *Il fait le mort*[12], como se costuma dizer na França; mas está à espreita. Pode ter certeza de que ele não queimou todos os seus navios; guardou um deles para voltar. Quando eu morrer, zarpará novamente e então ela se casará com ele.

— É interessante saber que você acusa sua única filha de ser o mais vil dos hipócritas — disse a sra. Almond.

— Não vejo que diferença faz ela ser minha filha única. É melhor acusar uma pessoa do que uma dúzia delas. Mas não estou acusando ninguém. Não há a mínima hipocrisia em Catherine, e nego até que esteja fingindo estar infeliz.

A ideia do doutor de que toda a coisa era um "disfarce" teve seus intervalos e renovações; mas pode-se dizer que, de modo geral, tal ideia renovava-se à medida que ele envelhecia, assim como sua convicção quanto ao estado de tranquilidade e viço de Catherine. Naturalmente, se ele não encontrou razões para vê-la como uma donzela abandonada durante um ou dois anos depois

---

12 "Ele se finge de morto", em francês. (N. do T.)

de sua grande aflição, não encontraria nenhuma depois que ela já havia recuperado completamente o domínio de si. Viu-se obrigado a reconhecer que, se os dois jovens estavam à espera que ele saísse do caminho, pelo menos tinham bastante paciência. De tempos em tempos, ouvia dizer que Morris estava em Nova Iorque; mas ele nunca permanecia muito tempo por lá e, até onde o doutor sabia, não se comunicava com Catherine. Tinha certeza de que nunca se encontraram e tinha motivos para suspeitar que Morris nunca lhe escrevera. Depois da carta que foi mencionada, ela teve notícias dele mais duas vezes, com intervalos consideráveis; mas, em nenhuma dessas ocasiões, foi ela quem escreveu. Por outro lado, como observou o doutor, ela evitava completamente a ideia de casar-se com outra pessoa. Suas oportunidades para fazê-lo não eram numerosas, mas aconteciam com frequência suficiente para testar sua disposição. Ela recusou um viúvo, um homem com um temperamento muito amigável, uma bela fortuna e três filhas (ele ouvira dizer que ela gostava muito de crianças e mencionou as filhas com certa confiança); ela não deu ouvidos às solicitações de um jovem e inteligente advogado que, com a perspectiva de uma grande clientela e a reputação de ser um homem extremamente agradável, tivera a astúcia de, ao procurar uma esposa ao seu redor, acreditar que ela lhe serviria melhor do que inúmeras garotas mais jovens e belas. O sr. Macalister, o viúvo, gostaria de fazer um casamento racional, e escolhera Catherine pelo que supunha ser suas qualidades latentes de mãe; mas John Ludlow, que era um ano mais novo do que a garota, e de quem se falava ser um rapaz que poderia fazer qualquer "escolha", estava completamente apaixonado por ela. Catherine, no entanto, nem sequer olhava para ele; e deixou-lhe claro que achava que ele vinha visitá-la com demasiada frequência. Mais tarde, ele conformou-se e casou-se com uma pessoa muito diferente, a jovem srta. Sturtevant, cujos atrativos eram óbvios até a mais embotada inteligência. Catherine, à época desses acontecimentos, já havia deixado seu trigésimo ano bem para trás, e ocupara seu posto como solteirona. Seu pai teria preferido que ela se casasse e disse-lhe certa vez que esperava que ela não fosse exigente demais. — Gostaria de vê-la como esposa de um homem honesto antes de morrer. — Disse-lhe tal coisa depois que John Ludlow vira-se obrigado a desistir, embora o doutor lhe tivesse aconselhado a perseverar. O doutor não o pressionou mais e era conhecido por não se "preocupar" com a solteirice da filha. Na verdade, preocupava-se mais do que parecia, e houve longos períodos em que estava certo de que Morris Townsend estava à espreita atrás de alguma porta. — Se não está, por que ela não se casa? — perguntava-se. — Por mais limitada que seja sua inteligência, ela deveria entender perfeitamente que foi feita para fazer o que está dentro dos costumes. — Catherine, porém, tornou-se uma admirável solteirona. Adquiriu hábitos, organizou seus dias de acordo com um sistema próprio, interessou-se por instituições de caridade, hospícios, hospitais e sociedades assistenciais; e passeava, a passos uniformes e silenciosos, pelos rigorosos afazeres de sua vida. Essa vida, no entanto, tinha uma história secreta, além da pública – se é que posso falar da história pública de uma solteirona madura e tímida, para quem a notoriedade era uma combinação de horrores. De acordo com seu próprio ponto de vista, os grandes fatos de sua vida foram que Morris Townsend brincara com seus sentimentos e que seu pai havia despedaçado sua mocidade. Nada poderia alterar tais fatos; eles sempre estariam ali, assim como seu nome, sua idade, seu rosto simplório. Nada poderia desfazer o mal ou curar a dor que Morris lhe infligira, e nada poderia fazê-la sentir por seu pai o que sentira quando era mais nova. Havia algo morto em sua vida, e seu dever era tentar preencher aquele vazio. Catherine reconhecia com todas as forças esse dever; e desaprovava completamente entregar-se às ruminações e aos lamentos. Ela não tinha, certamente, nenhuma disposição para extinguir tais recordações divertindo-se; mas participava livremente das festas habituais da cidade e tornara-se, por fim, uma figura constante em todos os eventos respeitáveis. Era muito querida e, com o passar do tempo, tornou-se uma espécie de simpática solteirona para a parcela mais jovem da sociedade. As moças costumavam confiar-lhe seus casos amorosos (o que nunca fizeram com a sra. Penniman) e os rapazes gostavam dela sem saber o porquê. Acabou desenvolvendo algumas excentricidades inofensivas; seus hábitos, uma vez formados, eram mantidos de maneira bastante rígida; suas opiniões, em todas as questões morais e sociais, eram extremamente conservadoras; e, antes dos quarenta anos, ela já era considerada uma pessoa antiquada e uma autoridade em costumes já extintos. Em comparação, a sra. Penniman era uma figura bastante jovial; ficava mais jovem à medida que envelhecia. Ela não perdeu o gosto pela beleza e pelo mistério, mas tinha poucas oportunidades para exercê-lo. Com os pretendentes posteriores de Catherine, ela falhou em estabelecer relações tão íntimas como aquelas que lhe proporcionaram tantas horas prazerosas na companhia de Morris Townsend. Esses cavalheiros desconfiavam de suas boas intenções, sem saber definir o porquê, e nunca falavam com ela sobre os encantos de Catherine. Seus rebites, fivelas e pulseiras brilhavam com mais intensidade a cada ano que se sucedia, e ela continuava a mesma sra. Penniman intrometida e imaginativa, essa estranha mistura de impetuosidade e discrição que já conhecíamos. Em determinado ponto, no entanto, sua discrição prevaleceu, e é preciso dar-lhe o devido crédito. Por mais de dezessete anos, ela nunca mencionou o nome de Morris Townsend à sobrinha. Catherine ficara-lhe grata por isso, mas esse silêncio intermitente, tão em desacordo com a personalidade da tia, causava-lhe certo alarde, e ela nunca conseguiria livrar-se por completo da suspeita de que a sra. Penniman, às vezes, recebia notícias dele.

XXXIII

Aos poucos, o dr. Sloper retirara-se de sua profissão; visitava apenas os pacientes em cujos sintomas reconhecia certa originalidade. Foi novamente para a Europa, e lá permaneceu por dois anos; Catherine foi com ele e, dessa vez, a sra. Penniman juntou-se a eles. Aparentemente, a Europa não era tão surpreendente para a sra. Penniman, que frequentemente comentava, nos locais mais românticos: — "Vocês sabem que já conheço tudo isso?" — Deve-se acrescentar que tais comentários não eram dirigidos ao seu irmão, e nem mesmo à sua sobrinha, mas a outros turistas que por acaso estivessem por perto, ou mesmo ao guia de turismo, ou ao rebanho de cabras em primeiro plano.

Certo dia, após seu retorno da Europa, o doutor disse algo à filha que a assustou... Parecia-lhe algo vindo de um passado tão distante.

— Gostaria que você me prometesse algo antes de eu morrer.

— Por que o senhor está falando em morrer? — ela perguntou.

— Porque tenho sessenta e oito anos.

— Espero que ainda viva por muito tempo — disse Catherine.

— Também espero! Mas algum dia desses posso pegar um forte resfriado e, então, não importará muito o que esperamos. Essa será minha maneira de sair de cena e, quando isso acontecer, lembre-se do que lhe disse. Prometa-me que não se casará com Morris Townsend depois que eu partir.

Foi isso que fez Catherine assustar-se, como dissera; mas seu susto foi silencioso e, por alguns instantes, ela não lhe disse nada.

— Por que o senhor ainda fala nele? — ela perguntou, por fim.

— Você questiona tudo que digo. Falo nele porque é um assunto como qualquer outro. Como qualquer outra pessoa, ele pode aparecer, e ainda está à procura de uma esposa – pois teve uma e já se livrou dela, não sei como. Esteve recentemente em Nova Iorque, na casa de sua prima Marian; sua tia Elizabeth viu-o por lá.

— Nenhuma das duas me disse nada — respondeu Catherine.

— Isso é mérito delas, e não seu. Ele ficou gordo e careca, e não fez fortuna. Mas não posso confiar apenas nesses fatos para fortalecer seu coração contra ele, e é por isso que lhe peço que me prometa.

"Gordo e careca": essas palavras apresentavam uma estranha imagem à mente de Catherine, da qual a memória do rapaz mais bonito do mundo nunca havia desaparecido. — Não acredito que o senhor compreenda — disse ela. — Raramente penso no sr. Townsend.

— Então será muito fácil continuar a não fazê-lo. Prometa-me que, depois da minha morte, fará o mesmo.

Novamente, por alguns instantes, Catherine ficou em silêncio; o pedido de seu pai a surpreendera profundamente; ele abrira uma velha ferida, fazendo com que ela doesse como nova. — Acho que não posso lhe prometer isso — respondeu ela.

— Seria uma grande satisfação para mim — disse seu pai.

— O senhor não entende. Não posso lhe prometer isso.

O doutor ficou em silêncio por um minuto. — Estou pedindo por uma razão em especial. Estou alterando meu testamento.

Essa razão não chocou Catherine; de fato, ela mal a compreendeu. Todos os seus sentimentos fundiam-se na sensação de que ele estava tentando tratá-la como havia tratado anos antes. À época, ela sofreu muito com aquilo; mas, agora, toda a sua experiência, toda tranquilidade e austeridade que adquirira protestaram. Ela tinha sido tão humilde quando jovem que, agora, podia dar-se ao luxo de ter um pouco de orgulho, e havia algo no pedido do pai, e no fato de ele julgar-se no direito de fazê-lo, que lhe parecia uma ofensa à sua dignidade. A dignidade da pobre Catherine não era agressiva; ela nunca estava pronta a atacar; mas, se fosse forçada o suficiente, era possível atiçá-la. Seu pai tinha ido longe demais.

— Não posso lhe prometer nada — ela simplesmente repetiu.

— Você é teimosa demais — disse o doutor.

— Não acho que o senhor compreenda.

— Por favor, explique-me, então.

— Não posso explicar-lhe — disse Catherine. — E não posso prometer.

— Palavra de honra — seu pai exclamou —, não tinha ideia de quão teimosa você é!

Ela própria sabia que era teimosa, e isso lhe dava certa alegria. Ela era agora uma mulher de meia-idade.

Cerca de um ano depois, ocorreu o acidente que o doutor havia mencionado; ele pegou um forte resfriado. Em um dia de abril, ao ir a Bloomingdale para visitar um paciente com transtorno mental internado em um hospício particular, cuja família desejava muito a opinião médica de um profissional eminente, foi apanhado por uma chuva primaveril e, estando em uma charrete sem capota, ficou encharcado até os ossos. Voltou para casa com calafrios ameaçadores e, na manhã seguinte, já estava gravemente doente. — É uma congestão pulmonar — disse ele a Catherine. — Vou precisar de muitos cuidados. O que não fará diferença, pois não conseguirei me recuperar; mas quero que tudo seja feito, nos mínimos detalhes, como eu mesmo o faria. Detesto um quarto de doente com má conduta; e você fará a gentileza de cuidar de mim, na hipótese de que eu fique bom. — Disse-lhe também qual de seus colegas médicos chamar e deu-lhe uma infinidade de instruções minuciosas; e foi com base na hipótese mais otimista que ela cuidou dele. Mas ele nunca se enganara em sua vida, e não se enganou então. Estava chegando aos setenta anos e, embora tivesse uma constituição muito bem-disposta, seu domínio sobre a vida perdera a firmeza. Ele morreu depois de três semanas de doença, durante as quais a sra. Penniman, assim como a filha, permaneceu constantemente ao lado de sua cama.

Quando seu testamento foi aberto – após um intervalo decente –, constatou-se que consistia em duas partes. A primeira delas, datada de dez anos antes, tratava de uma série de disposições em que ele deixava a maior parte de suas propriedades para a filha, com atraentes espólios para suas duas irmãs. A segunda era um apêndice recente, mantendo as contribuições anuais para a sra. Penniman e a sra. Almond, mas reduzindo a parte de Catherine a um quinto do que lhe fora legado anteriormente. "Ela já está completamente amparada por sua mãe", dizia o documento, "sem nunca ter gasto mais do que uma fração de sua renda com tal fonte; por isso, sua fortuna já é mais do que suficiente para atrair aventureiros inescrupulosos, classe à qual ela me deu razões para acreditar que ainda persiste em considerar interessante." Portanto, do muito que restava de suas propriedades, o dr. Sloper dividiu em sete partes desiguais, deixando-as como doação a inúmeros hospitais e escolas de medicina diferentes, em várias cidades da União.

Para a sra. Penniman, parecia monstruoso que um homem pregasse peças semelhantes com o dinheiro dos outros; pois certamente, depois de sua morte, como ela disse, o dinheiro era de outras pessoas. — É claro que você vai contestar esse testamento — comentou ela com Catherine, estupidamente.

— Ah, não — respondeu Catherine. — Prefiro-o assim. Só gostaria que tivesse sido expresso de uma maneira um pouco diferente!

XXXIV

Era seu hábito permanecer na cidade até o fim do verão; ela preferia a casa em Washington Square a qualquer outra, e era sob protestos que costumava ir para a praia no mês de agosto. Junto ao mar, passava todo o mês em um hotel. No ano em que seu pai morreu, interrompeu completamente esse costume, pensando que não era um hábito compatível com o luto pesado; e, no ano seguinte, adiou de tal forma sua partida que, em meados de agosto, ainda se encontrava na solidão acalorada de Washington Square. A sra. Penniman, que gostava de mudanças, geralmente ficava ansiosa por uma ida ao campo; mas nesse ano ela parecia bastante satisfeita com as impressões pastoris que conseguia obter, da janela da sala, dos ailantos atrás das cercas de madeira. O perfume peculiar dessas árvores misturava-se ao ar da noite, e a sra. Penniman, nas noites quentes de julho, costumava sentar-se diante da janela aberta para respirá-lo. Essa era uma época feliz para a sra. Penniman; depois da morte do irmão, ela sentia-se mais livre para seguir seus impulsos. Uma vaga opressão desaparecera de sua vida, e ela desfrutava de uma sensação de liberdade da qual não tivera consciência desde aqueles tempos memoráveis, há muitos anos, quando o doutor foi para o exterior com Catherine, deixando-a sozinha em casa para entreter Morris Townsend. O ano que se passara desde a morte do irmão fizera-a recordar-se daquela feliz temporada, porque, embora Catherine tivesse se tornado uma pessoa mais difícil ao envelhecer, ainda assim sua companhia era muito diferente, como disse a sra. Penniman, de ter de conviver com um balde de água fria. A velha senhora mal sabia o que fazer com essa maior liberdade em sua vida; ela sentava-se e olhava para sua vida como sempre o fizera, com a agulha na mão, diante de seu bastidor. Porém, tinha a esperança de que seus preciosos impulsos e seu talento para bordar ainda encontrariam aplicação, e essa esperança foi justificada antes de terem se passado muitos meses.

Catherine continuou a morar na casa de seu pai, apesar de parecer-lhe que uma dama solteira de hábitos pacatos poderia encontrar uma morada mais conveniente em uma das residências menores com fachadas de tijolos que, a essa altura, começavam a enfeitar as ruas transversais da parte alta da cidade. Ela gostava daquela construção mais antiga – nessa época, aquela casa começava a ser chamada de "velha" – e decidira terminar seus dias ali. Se era algo grande demais para um par de senhoras despretensiosas, era melhor esse defeito do que seu oposto, já que Catherine não desejava dividir instalações mais acanhadas com a tia. Ela esperava passar o resto de sua vida em Washington Square e desfrutar da companhia da sra. Penniman durante todo esse período; tinha a convicção de que, enquanto vivesse, sua tia viveria pelo menos o mesmo tanto, e sempre manteria seu brilho e atividade. A sra. Penniman sempre lhe inspirara a ideia de uma vitalidade admirável.

Em uma dessas noites quentes de julho a que fiz menção, as duas senhoras estavam sentadas juntas, diante de uma janela aberta, olhando para a tranquila praça. Estava quente demais para manter os lampiões acesos, para ler ou trabalhar; parecia até mesmo quente demais para conversarem, já que a sra. Penniman estava muda há muito tempo. Ela sentara-se na janela, com metade do corpo no parapeito, e cantarolava uma canção. Catherine estava dentro da sala, sentada em uma cadeira de balanço rente ao chão, vestida de branco, e agitava lentamente um grande leque de folha de palmeira. Era assim – naquela estação do ano – que tia e sobrinha costumavam passar as noites, depois do chá.

— Catherine — disse, por fim, a sra. Penniman —, vou dizer-lhe algo que vai surpreendê-la.

— Por favor, faça-o — respondeu Catherine. — Gosto de surpresas. E está tudo tão quieto agora.

— Bom, então... Eu vi Morris Townsend.

Se Catherine se surpreendeu, não demonstrou; não se assustou, nem soltou qualquer exclamação. Na verdade, ficou por alguns instantes perfeitamente imóvel, o que pode muito bem ter sido um sintoma de comoção. — Espero que ele esteja bem — disse ela, finalmente.

— Não sei; ele mudou muitíssimo. Gostaria muito de vê-la.

— Prefiro não vê-lo — disse Catherine rapidamente.

— Tinha medo de que dissesse isso. Mas você não parece surpresa!

— Estou... E muito.

— Encontrei-o na casa de Marian — disse a sra. Penniman. — Ele frequenta a casa de Marian, e eles têm tanto medo de que você o encontre por lá. Tenho plena convicção de que é por isso que ele a visita. Ele quer muito vê-la. — Catherine não respondeu e a sra. Penniman continuou a falar. — No início, não o reconheci; ele está tão mudado. Mas ele me reconheceu em um instante. Disse-me que não mudei nem um pouco. Você sabe como ele sempre foi muito educado. Ele estava de saída quando eu cheguei, e caminhamos um pouco juntos. Ele ainda está muito bonito, mas, é claro, parece mais velho, e não é tão... Tão agitado quanto costumava ser. Havia um quê de tristeza nele; mas sempre houve um toque de tristeza nele antes... Especialmente quando ele foi embora. Receio que ele não tenha tido muito sucesso... Que ele nunca tenha se estabelecido por completo. Não acredito que ele esteja se esforçando o suficiente e isso, afinal, é o que traz sucesso neste mundo. — A sra. Penniman não mencionava o nome de Morris Townsend à sobrinha há mais de um quinto de século; mas, agora que o silêncio fora rompido, ela parecia querer recuperar o tempo perdido, como se ela sentisse uma espécie de júbilo ao ouvir-se falando dele. Ela prosseguia, no entanto, com considerável cautela, fazendo pausas ocasionais para permitir que Catherine lhe desse algum sinal. Ela não lhe deu nenhum outro sinal além de ter parado de balançar-se em sua cadeira e de agitar seu leque; ficara imóvel e calada. — Foi na última terça-feira — disse a sra. Penniman — e, desde então, tenho hesitado em lhe contar. Não sabia se você iria gostar. Por fim, pensei que fazia tanto tempo que, provavelmente, você não sentiria nada de especial. Vi-o mais uma vez, depois de encontrá-lo na casa de Marian. Encontrei-o na rua e ele acompanhou-me por um tempo. A primeira coisa que disse foi a seu respeito; fez-me inúmeras perguntas. Marian não queria que eu lhe dissesse coisa alguma; ela não queria que você soubesse que eles têm recebido sua visita. Disse ao Morris que tinha certeza de que, depois de todos esses anos, você não poderia sentir mais nada a respeito de tudo o que passou; que você não ficaria ressentida por ele ir visitar seu próprio primo. Disse-lhe que, se isso acontecesse, então ainda estaria muito amargurada. Marian tem as ideias mais estapafúrdias acerca do que aconteceu entre vocês; ela parece pensar que ele se comportou de alguma maneira muito incomum. Tomei a liberdade de lembrar-lhe dos fatos e de colocar as coisas em seus devidos lugares. Ele não guarda nenhum ressentimento, Catherine, posso garantir-lhe; e, caso o fizesse, poderia ser perdoado por isso, já que as coisas não lhe correram tão bem. Esteve em tudo quanto é lugar, e tentou estabelecer-se por toda parte; mas uma estrela maligna o acompanhava. É muito interessante ouvi-lo falar de sua estrela maligna. Tudo falhou; tudo, menos seu... Você bem sabe, deve lembrar-se... Seu espírito nobre e orgulhoso. Acredito que ele tenha se casado com uma senhora em algum lugar da Europa. Você sabe que eles se casam de uma forma muito peculiar e prática na Europa; um casamento de conveniência, é como o chamam por lá. Ela morreu logo depois; como ele mesmo me disse, ela apenas deu um giro rápido pela vida dele. Fazia dez anos que não vinha a Nova Iorque; voltou há alguns dias. A primeira coisa que fez foi perguntar-me sobre você. Ouviu dizer que você nunca se casou; parecia muito interessado nisso. Disse-me que você foi o verdadeiro amor da sua vida.

Catherine permitira à companheira prosseguir de um ponto ao outro, de uma pausa à outra, sem interrompê-la; fixou os olhos no chão e ouviu-a. Mas a última frase que citei foi seguida de uma pausa de significado especial e, então, finalmente, Catherine falou. Devemos observar que, antes de fazê-lo, ela recebera muitas informações sobre Morris Townsend. — Por favor, não diga mais nada; por favor, não prossiga com esse assunto.

— Ele não lhe interessa? — perguntou a sra. Penniman, com um certo atrevimento tímido.

— Ele faz-me sofrer — disse Catherine.

— Receava que me dissesse isso. Mas você não acha que poderia se acostumar com tal assunto? Ele quer muito vê-la.

— Por favor, não, tia Lavinia — disse Catherine, levantando-se de sua cadeira. Afastou-se rapidamente, dirigindo-se à outra janela, que estava aberta para a varanda; e ficou por muito tempo do lado de fora, escondida da tia pelas cortinas brancas, olhando para a cálida escuridão. Sofrera um grande choque; era como se o abismo do passado tivesse se aberto subitamente e um espectro emergisse dele. Havia algumas coisas que ela acreditava ter superado, alguns sentimentos que considerava mortos; mas, aparentemente, ainda dispunham de certa vitalidade. A sra. Penniman agitara-os. Foi apenas uma agitação momentânea, Catherine disse a si mesma; logo tudo passaria. Ela tremia, e seu coração batia tão forte que podia senti-lo; mas isso também se aquietaria. Então, de repente, enquanto esperava retornar à calma, ela começou a chorar. Mas suas lágrimas fluíram muito silenciosamente, de modo que a sra. Penniman não pôde vê-las. No entanto, talvez porque as pressentisse, ela não voltou a falar em Morris Townsend naquela noite.

XXXV

Mas sua atenção renovada por esse cavalheiro não tinha os limites que Catherine desejava para si própria; durou apenas o suficiente para fazê-la esperar mais uma semana antes de mencionar seu nome novamente. Foi sob as mesmas circunstâncias que ela voltou a abordar o assunto. Estava sentada com a sobrinha à noite; mas, nessa ocasião, como não estava tão quente, o lampião fora aceso e Catherine colocara-se ao lado dele com um bordado minucioso. A sra. Penniman ficou sentada sozinha na varanda durante meia hora; então, entrou movendo-se lentamente pela sala. Por fim, sentou-se em uma cadeira perto de Catherine, com as mãos entrelaçadas e aparentando certa empolgação.

— Você vai ficar com raiva se eu lhe falar novamente sobre ele? — ela perguntou.

Catherine olhou para ela em silêncio. — Quem é ele?

— Aquele a quem você amou.

— Não ficarei com raiva, mas também não vou gostar.

— Ele enviou-lhe uma mensagem — disse a sra. Penniman. — Prometi-lhe que a entregaria e devo cumprir minha promessa.

Em todos esses anos, Catherine tivera tempo de esquecer o pouco que tinha a agradecer à tia na época de seu sofrimento; há muito tempo ela perdoara a sra. Penniman por ter-se intrometido em demasia. Mas, por um momento, essa sua atitude de intromissão e desinteresse, a transmissão de recados e as promessas feitas, tudo aquilo trouxe-lhe de volta a sensação de que sua companheira era uma mulher perigosa. Ela dissera que não ficaria com raiva; mas, por um instante, sentiu-se ferida. — Não me importo com o que a senhora vai fazer com sua promessa! — ela respondeu.

A sra. Penniman, no entanto, com a sua crença na santidade das promessas, insistiu em seu raciocínio. — Fui longe demais para recuar agora — disse ela, embora não se desse ao trabalho de explicar o que aquilo significava exatamente. — O sr. Townsend deseja muito vê-la, Catherine; ele acredita que, se você soubesse quanto e o porquê de seu desejo, você consentiria em recebê-lo.

— Não pode haver nenhuma razão — disse Catherine. — Nenhuma razão boa o bastante.

— A felicidade dele depende disso. Não é uma boa razão? — perguntou, imponente, a sra. Penniman.

— Não para mim. Minha felicidade não depende disso.

— Acho que ficará mais feliz depois de vê-lo. Ele partirá novamente... Vai retomar suas viagens. É uma vida muito solitária, inquieta e sem alegrias. Antes de ir, deseja falar-lhe; para ele, é como uma ideia fixa... Está sempre pensando nisso. Ele tem algo muito importante para lhe dizer. Acredita que você nunca o entendeu... Que você nunca o julgou corretamente, e essa crença sempre pesou terrivelmente sobre ele. Ele deseja justificar-se; e acha que poderia fazê-lo com poucas palavras. Deseja encontrá-la como amigo.

Catherine ouviu esse maravilhoso discurso sem interromper seu trabalho; já tinha tido vários dias para acostumar-se a pensar novamente em Morris Townsend como uma realidade. Quando o discurso acabou, ela simplesmente disse: — Por favor, diga ao sr. Townsend que eu gostaria que ele me deixasse em paz.

Ela mal acabara de falar quando a campainha da porta vibrou, em alto e bom som, através da noite de verão. Catherine olhou para o relógio; ele marcava nove e quinze – uma hora muito avançada para visitas, especialmente estando a cidade vazia. No mesmo instante, a sra. Penniman teve um pequeno sobressalto e, então, os olhos de Catherine voltaram-se rapidamente para a tia. Eles encontraram os olhos da sra. Penniman, sondando-os intensamente por um momento. A sra. Penniman enrubescera; tinha um ar culpado; parecia confessar algo. Catherine adivinhou seu significado e levantou-se rapidamente da cadeira.

— Tia Penniman — disse, com um tom que assustou sua companheira —, a senhora tomou a liberdade...?

— Minha querida Catherine — gaguejou a sra. Penniman —, espere até vê-lo!

Catherine assustara a tia, mas ela própria também ficara assustada; estava a ponto de correr para dar ordens ao criado – que passava pela porta – para não deixar ninguém entrar; mas o medo de encontrar o visitante deteve-a.

— Sr. Morris Townsend.

Enquanto hesitava, foi isso que ela ouviu, dito de maneira imprecisa, mas reconhecível. Encontrava-se de costas para a porta de entrada e, por alguns momentos, manteve-se de costas, sentindo que ele entrara. Porém, ele nada dissera e ela finalmente olhou para trás. Então, viu um cavalheiro em pé no meio da sala, por onde sua tia discretamente retirara-se.

Ela nunca o teria reconhecido. Ele tinha quarenta e cinco anos, e sua figura não era a mesma do rapaz magro e rijo de que se lembrava. Mas era uma pessoa muito bem-apessoada, e a barba clara e lustrosa que se espalhava sobre seu peito elegante contribuía para tal efeito. Depois de um momento, Catherine reconheceu a metade superior do seu rosto, que ainda era incrivelmente bonito, apesar dos volumosos cachos de seu visitante terem se tornado mais acanhados. Ele mantinha uma postura profundamente reverente, com os olhos no rosto dela. — Atrevi-me... Atrevi-me... — disse ele; e então calou-se, olhando ao redor, como se estivesse à espera de que ela o convidasse a se sentar. Era a voz de sempre, mas não tinha o mesmo encanto de antes. Catherine, por um instante, estava claramente determinada a não convidá-lo a sentar-se. Por que ele viera? Foi errado de sua parte ter vindo. Morris estava constrangido, mas Catherine não iria ajudá-lo. Não que ela estivesse contente com seu constrangimento; pelo contrário, aquela situação despertava o mesmo tipo de adversidades que ela mesma tinha e isso lhe doía muito. Mas como ela poderia recebê-lo bem quando sentia tão intensamente que ele não deveria ter vindo?

— Queria tanto... Estava decidido... — Morris continuou. Mas parou novamente; não era algo fácil. Catherine permanecia calada, e ele poderia muito bem ter se lembrado com apreensão de sua antiga aptidão para o silêncio. No entanto, ela continuava a olhar para ele e, ao fazê-lo, incorreu na mais estranha das observações. Parecia ser ele, mas não era ele; era o homem que lhe tinha sido tudo e, no entanto, essa pessoa não lhe era nada. Há quanto tempo fora aquilo... Quantos anos ela envelhecera... Quanto ela vivera! Vivera às custas de algo que tinha relação com ele e, ao fazê-lo, esgotara tudo que havia dele em si. Essa pessoa não parecia infeliz. Parecia alguém atraente e bem conservado, vestido à perfeição, maduro e íntegro. Quando Catherine olhou para ele, a história da vida dele revelava-se diante de seus olhos; ele se acomodara e nunca se deixou prender a ninguém. Mas, mesmo enquanto sua percepção abria-se a esse fato, não sentiu o desejo de prendê-lo; sua presença era-lhe dolorosa, e ela queria apenas que ele fosse embora.

— Você não vai se sentar? — ele perguntou.

— Acho melhor não — disse Catherine.

— Estou ofendendo-a com minha presença? — ele estava bastante sério; falou com um tom altamente respeitoso.

— Não acho que devesse ter vindo.

— A sra. Penniman não lhe disse... Ela não lhe transmitiu minha mensagem?

— Ela me disse qualquer coisa, mas não entendi o que quis me dizer.

— Gostaria que você me deixasse falar-lhe... Que me deixasse falar por mim mesmo.

— Não acho que seja necessário — disse Catherine.

— Talvez não para você, mas para mim, sim. Seria uma grande satisfação... E não tenho tido muitas. — Ele parecia estar se aproximando; Catherine afastou-se. — Não podemos ser amigos novamente? — ele disse.

— Não somos inimigos — disse Catherine. — Tenho apenas sentimentos amistosos para com o senhor.

— Ah, pergunto-me se sabe a felicidade que me dá ouvi-la dizer isso! — Catherine não lhe deu a entender que media a influência de suas palavras; e ele prosseguiu — Você não mudou nada... Os anos passaram felizes por você.

— Passaram muito calmamente — disse Catherine.

— Não deixaram marcas; você está admiravelmente jovem. — Agora, ele conseguiu aproximar-se... Estava muito perto dela; ela viu sua barba lustrosa e perfumada, e os olhos acima dela pareciam estranhos e duros. Era muito diferente do rosto antigo – de seu rosto jovem. Se ela o tivesse visto assim da primeira vez, não teria gostado dele. Parecia-lhe que ele sorria, ou tentava sorrir. — Catherine — disse ele, baixando a voz —, nunca parei de pensar em você.

— Por favor, não diga essas coisas — respondeu ela.

— Você me odeia?

— Ah, não — disse Catherine.

Algo em seu tom desencorajou-o, mas, em um instante, ele se recompôs. — Ainda tem algum tipo de afeição por mim, então?

— Não sei por que o senhor veio até aqui para me fazer esse tipo de pergunta! — Catherine exclamou.

— Porque por muitos anos tem sido o maior desejo da minha vida que sejamos amigos novamente.

— Isso é impossível.

— Mas por quê? Não será, se você permitir.

— Não vou permitir! — disse Catherine.

Ele olhou novamente para ela, em silêncio. — Entendo; minha presença a perturba e faz-lhe mal. Irei embora; mas você deve me dar permissão para voltar.

— Por favor, não volte — ela disse.

— Nunca? Nunca mais?

Ela esforçou-se muitíssimo; desejava dizer-lhe algo que tornasse impossível que ele voltasse a cruzar novamente sua porta. — É um erro de sua parte. Não há nenhuma compostura em fazê-lo... Nenhuma razão para isso.

— Ah, minha querida senhora, você está sendo injusta comigo! — exclamou Morris Townsend. — Nós ficamos a vida toda à espera, e agora estamos livres.

— O senhor me maltratou! — disse Catherine.

— Se pensar bem, verá que não. Você teve uma vida tranquila com seu pai... E era exatamente isso que eu decidi que não ia negar-lhe.

— Quanto a isso, sim, tive.

Morris sentiu que era uma desvantagem considerável à sua causa o fato de não poder acrescentar que ela tivera muito mais; mas é desnecessário dizer que ele já sabia do conteúdo do testamento do dr. Sloper. No entanto, ele não se perdera. — Existem infortúnios muito piores do que o seu! — exclamou, enfático; e poderia muito bem estar se referindo à sua própria situação desamparada. Depois, com ainda mais doçura, acrescentou: — Catherine, você nunca me perdoou?

— Perdoei-o anos atrás, mas é inútil tentarmos ser amigos.

— Não se esquecermos o passado. Ainda temos um futuro, graças a Deus!

— Não posso esquecer... Não esquecerei — disse Catherine. — Você me tratou muito mal. E senti muito; senti-o durante anos. — E, então, ela prosseguiu, com o desejo de mostrar-lhe que ele não deveria tê-la procurado desta maneira. — Não posso recomeçar novamente, não posso aceitar isso. Tudo está morto e enterrado. Era algo sério demais; alterou completamente a minha vida. Nunca esperei vê-lo aqui.

— Ah, você está com raiva! — exclamou Morris, que desejava muitíssimo arrancar alguma chama de paixão de sua calma. Nesse caso, poderia ter alguma esperança.

— Não, não estou zangada. A raiva não dura, da mesma forma, por anos a fio. Mas há outras coisas. Quando são fortes, as impressões duram. Mas não quero falar.

Morris coçava a barba, com os olhos turvos. — Por que você nunca se casou? — perguntou, abruptamente. — Você teve oportunidades.

— Não quis me casar.

— Sim, você é rica, você é livre; não tinha nada a ganhar.

— Não tinha nada a ganhar — disse Catherine.

Morris olhou lentamente ao redor e soltou um suspiro profundo. — Bom, esperava que ainda pudéssemos ser amigos.

— Planejava dizer-lhe em resposta à sua mensagem, por minha tia – caso tivesse esperado por minha resposta –, que lhe era desnecessário vir com essa esperança.

— Então, adeus — disse Morris. — Desculpe-me minha indiscrição.

Fez-lhe uma reverência, e ela deu-lhe as costas – e ali ficou, em pé, com os olhos no chão, por alguns momentos, depois de tê-lo ouvido fechar a porta da sala.

No saguão, ele encontrou a sra. Penniman, agitada e ansiosa; parecia ter ficado ali, à mercê de seus impulsos irreconciliáveis de curiosidade e dignidade.

— Que belo plano, o seu! — disse Morris, batendo no chapéu.

— Ela foi assim tão dura? — perguntou a sra. Penniman.

— Ela não dá a mínima para mim... Com aquele seu maldito jeito seco.

— Ela foi muito seca? — prosseguiu a sra. Penniman, muito solícita.

Morris não deu atenção à sua pergunta; ficou pensando por um instante, com o chapéu na cabeça. — Mas, então, por que diabos ela nunca se casou?

— Pois é. Por que, afinal? — suspirou a sra. Penniman. Então, como se sentisse que aquela explicação era insuficiente: — Mas o senhor não vai se desesperar. Vai voltar, não?

— Voltar? Mas que maldição! — E, com a sra. Penniman fitando-o, Morris Townsend saiu apressado da casa.

Enquanto isso, Catherine, na sala, pegou seu minucioso bordado e se sentou novamente... Para o resto da vida, por assim dizer.

Impressão e Acabamento
Gráfica Oceano